禁書啓示錄

平路

王德威主編　當代小說家 5

Edited by David D. W. Wang,
Professor of Chinese Literature, Columbia University.
Published by Rye Field Publishing Company,
(A division of Cité Publishing Group)
11F, No. 213, Sec. 2, Hsin-Yi Rd., Taipei, Taiwan.

◎本書出版承圓神、聯經、聯合文學、皇冠出版公司協助，謹致謝意。

當代小說家5

禁書啟示錄

作　者／平　路
主　編／王德威
責任編輯／林慈敏
發 行 人／涂玉雲
出　版／麥田出版
台北市信義路二段251號6樓
電話：886-2-23517776　傳真：886-2-23519179
發　行／城邦文化事業股份有限公司
台北市愛國東路100號1樓
電話：886-2-23965698　傳真：886-2-23570954
網址：www.cite.com.tw　E-mail:service@cite.com.tw
郵撥帳號：18966004　城邦文化事業股份有限公司
香港發行所／城邦（香港）出版集團有限公司
香港北角英皇道310號雲華大廈4／F，504室
電話：25086231　傳真：25789337
馬新發行所／城邦（馬新）出版集團有限公司
Cite(M) Sdn. Bhd. (458372 U)
11, Jalan 30D/146, Desa Tasik, Sungai Besi,
57000 Kuala Lumpur, Malaysia.
電話：603-9056-3833　傳真：603-9056-2833
E-mail: citekl@cite.com.tw
印　刷／凌晨企業有限公司
初版一刷／一九九七年五月一日
二版一刷／二○○二年六月十五日
售　價／三四○元

ISBN／957-708-493-1（平裝）
ISBN／986-7895-28-2（精裝）

【當代小說家】

編輯前言

王德威

八〇年代以來，海峽兩岸的文學相繼綻放新意，而且互動頻仍。其中尤以小說的變化，最爲多彩多姿。或由於毛文毛語的衰竭，或由於解嚴精神的亢揚，新一代的作者反思家國歷史的變化，觀察欲望意識的流轉，深刻動人處，較前輩只有過之而無不及。

回顧前此現代小說的創作環境，我們還眞找不出一個時期，能容許如此衆聲喧嘩的場面。政治依然是多數小說家念之寫之的對象，但「感時憂國」以外，性別、情色、族羣、生態等議題，無不引發種種筆下交鋒。更不提文字、形式實驗本身所隱含的顚覆玩忽姿態。宋澤萊、張承志從小說見證意識形態的眞理，王文興、李永平則由文字找到美學極致的依歸。共產烏托邦裏興出了莫言、賈平凹的《酒國》與《廢都》，而白先勇、朱天文的孽子荒人正要建立同志烏托邦。蘇童《妻妾成羣》，李昂《暗夜》《殺夫》。尤有甚者，平路的國父會戀愛，張大春的總統專撒謊。歷史流散，主義量產。彼岸要說這是「新時期」的亂象，我們不妨稱之爲「世紀末的華麗」。

我們的世紀雖自名爲「現代」，但在建構文學史觀時，貴古薄今的氣息何曾稍歇？魯迅曾被神化爲絕世宗師，彷彿新文學自他首開其端後，走的就是下坡路。而寫實主義萬應萬靈，從當年的爲人生爲革命，到今天的爲土地爲建國，正是一脈相承。所幸作家的想像力遠超過評者史家。他（她）們不但勇於創新，而且還教我們「溫新」而「知故」。阿城、韓少功的「尋根」小說，使沈從文的風采重見天日；林燿德、張啓疆的台北都會掃描，竟似向半世紀前的海派作家致敬。而張愛玲傳奇的歷久彌新，不正來自張迷作家的活學活用？文學史的傳承其實是由無數斷層所組合。當代小說家的成就未必呼應任何前之來者。但也正因此，他（她）們所形成的錯綜關係更凸顯新文學的傳統，原就應當如此曲折多姿。

然而反諷的是，小說家如今文路廣開的局面，也可能是一種反高潮。從魯迅到戴厚英，從吳濁流到陳映眞，小說家曾與國族的文化想像息息相關。他（她）們作品的流傳或查抄，無不成爲社會象徵活動的焦點。影響所及，甚至金庸或瓊瑤的風行或禁刊，也可作如是觀。但曾幾何時，小說家發現他（她）們越能言所欲言，他（她）們在家國「大敍述」中的地位反而每下愈況。經過半世紀的磨鍊，現代中國小說的可讀性與日俱增，昔日的讀者卻不可復求。世紀末影音文化的風靡騷動，不過是問題的一端而已。

一種文類的興盛與消亡，在過往的文學史裏所在多有。中國「現代」小說，果不其然要隨著二十世紀成爲過去？有能耐的作家，早已伺機多角經營。他（她）們或爲未來的作品累積經驗，或藉已有的文名隨波逐流，是非功過，都還言之過早。與此同時，就有一批作者寧願獨處一隅，以千言萬語博取有數讀者的讚彈。寫作或正如朱天文所謂，已成一種「奢靡的實踐」。彼岸的王安憶更以一本《紀實與虛構》，道盡小說家無中生有、又由有而無的寓言。從自我創造，到自我抹銷，滿紙是辛酸淚，還是荒唐言？兩百五十多年前曹雪芹孤獨的身影，依稀重到眼前。而我們記得，

《紅樓夢》寫了原是為一二知音看的。

這大約是當代中文小說最大的弔詭了。小說世紀的繁華看似方才降臨，卻又要忽焉散盡。以時間的觀念而言，當代意味浮光掠影的剎那，但放大眼光，（文學）歷史正是無數當代光影的投射。〔當代小說家〕系列的推出，即是基於這樣的自覺。以往全集、大系的編輯講究回顧總結、成其大統。這套系列既名為當代，注定首尾開放，而且與時俱變。所介紹的作者都是以其精鍊風格或實驗精神，在近年廣被看好。世紀將盡，這羣當代小說家也許只能捕捉一時光芒——他（她）們甚至可能是羣末代小說家。但只要說故事仍是我們文化中重要的象徵表義活動，下個世紀的中文小說風景，應由他（她）們首開其端。

在編輯體例上，這套系列將維持多樣的面貌。除了精選作品外，也收入評論文字及作者創作年表。作為專業讀者，我對每位作者各有看法，也有話要說。這些話將見諸每集序論部分。評者的讚彈，當然是見仁見智之舉。以一己之（偏）見與作家對話，我毋寧更願藉此機會表示對他（她）們的敬意：寫小說不容易，但閱讀好小說，眞是件快樂的事。

王德威，文學評論家，美國哥倫比亞大學東亞系及比較文學研究所教授。

目次

序論

想像台灣的方法

——平路的小說實驗

王德威

在台灣當代女作家中，平路算不上是受到歡迎的一位。儘管過去十餘年裏，她的長短篇小說及劇作曾屢獲大獎，卻似乎不能贏得一般讀者的青睞。這幾年女性主義論述大行其道，評者在建立女學家譜時，讚彈的目標多集中在數位更具「特色」的作家如李昂、朱天文、施叔青等身上。相形之下，平路毋寧是寂寞的。除了《行道天涯》一書所帶來的短暫議論外，平路作爲新聞人及文化人的形象，反凌駕她小說創作者的身分。

平路小說的缺乏「特色」，也許正可作爲我們討論的起點。所謂沒有特色，並不是說平路欠缺挖掘題材的慧心，或調弄形式的興趣。從早期的《椿哥》到最近的《行道天涯》，她不斷尋求突破的用心，在在可以得見。然而比起李昂對性與政治的露骨揭發，或朱天文世紀末式的踵事增華，平路的文章顯然平淡得多。《行道天涯》側寫國父、國母的牀笫情事，不可謂不大膽。但平路寫來卻是如此的謙抑自持，儼然別有懷抱。而像〈台灣奇蹟〉、《是誰殺了×××》等作，直搗島內政治亂象，也是嘲仿多於表述，以理念，而非情辭，取勝。

除了這些表面原因外，評者及讀者對平路保持距離，恐怕更是由於她讀來「不像」是個女性作家吧？平路無意經營閨閣情事、錦繡文章，這使她自外於傳統的女性敍述典範。另一方面，她對當紅的女性身體／政治論述，也缺乏一以貫之的忠誠度。別的不說，除了情色男女，她還有興趣寫電腦、寫政治、寫科幻人生、華洋百態、歷史祕辛；選用的文類則從寫實到後設、寓言到傳記。擺盪在新舊女性書寫方式間，平路的游離姿態其實饒富頡頏意義。她的行文特色也許正在於拒絕特色——不論這特色是來自作者的自覺選擇或閱讀團體的期望或賦予。我們的女性主義學者忙著從女作家中找尋若合符節的聲音，好印證理論付諸實踐的可能性。平路的小說包羅駁雜，又「不動聲色」，難以受到她們重視。而這是否已反映新女性論述又一種畫地自限的危機呢？

一

平路創作的方式五花八門，但她對台灣的關懷始終如一。如何想像或銘記台灣經驗，成為她作品中最值得探勘的線索。「書寫」台灣在今天早成顯學：淚水與喧囂往往成為重溯歷史、控訴不義的不二法門。面對政經現象劇變的家園，平路顯然意識到這樣書寫方式的不足。一反涕淚飄零的模式，她的敍述往往多了一分省思或諷刺的層次。而相對於多數人亟亟挖掘歷史黑洞的作法，她選擇了「向前看」：以台灣的未來參詳過去，用未知的想像詮釋可見的事實。誠如她在〈驚夢曲〉中的感喟：「不著重未來，所以便注定將失掉過去。」❶不同的歷史視野需要不同的敍述形式來承擔。平路的勇於實驗文類——尤其是科幻小說——不是偶然。從排比時空、玩弄文字的過程中，她正經營台灣過去與未來的種種「擬態」：出虛入實，文學正是探索歷史已然與或然的最佳方法。

然而平路一路寫來，也並非總是得心應手。看八〇年代平路最好的小說如〈椿哥〉、〈玉米田之死〉等，我們不難想像彼時身在國外的她，是怎樣輾轉於鄉愁與感傷間，找尋出路。她成爲又一代海外遊子文學的健筆。與此同時，平路已經開始與國內新聞、文化媒體密切聯繫。台灣與日俱移的變貌必曾刺激她自省作爲小說家的責任。她不再甘於沿襲海外作家望洋興嘆、有家難歸的老調；急速變化中的寶島是等不得、也不耐煩鄉愁情淚的。去國與還鄉的抉擇於她充滿了迫切的時機感。由此產生的道德及心理的壓力，最爲可觀。於是有了像〈在巨星的年代裏〉這樣的作品。誇張的人物、躁鬱的行動、宣言式的告白，無不失之過露，但作者本人的焦慮也一覽無遺。

〈玉米田之死〉應是平路早期演練台灣情結的最佳示範。透過一個華人駐美記者的採訪報告，一樁神祕的自殺案件得以逐步釐清始末。死者來自南台灣的甘蔗家鄉，千山萬水，落籍美利堅。他愛國思鄉情切卻又一籌莫展；住處旁邊的玉米田居然對他產生神祕的召喚。終有一天，他走入了像甘蔗般搖曳的玉米田，不再出來。

這是一個典型的魂斷異鄉的故事。從郁達夫的〈沉淪〉到白先勇的〈芝加哥之死〉，不知有多少中國作家，已藉此寫出一代代遊子逐客的栖遑心事。平路其生也晚，並沒有趕上留學生文學的好時候，到了八〇年代再寫同類故事，她必得面臨時將過、景將遷的尷尬。好在平路的用心並不止此，〈玉米田之死〉事件充其量只是個引子，帶出敘事者本人對存在及認同的危機感。這位敘事者爲台灣報紙擔任駐美記者，數年蹉跎早已疲憊不堪——雞毛蒜皮的僑社、猥瑣無聊的駐外單位、還有名存實亡的婚姻，在在銷磨他的雄心。藉著羅生門式的採訪紀錄，他開始思索自己的去留，終於決定回台。相對於那玉米田之死的悲劇，我們的敘事者回歸了他的甘蔗田。

對這樣光明的尾巴，世故的讀者先別急著掩口竊笑。因爲數年之後，平路終能運用同一敍事者，寫出了迴不相同的〈台灣奇蹟〉，下文當再論及。這裏所可注意的是，她的敍述方式如何承襲了以往遊子文學的成規，卻又能暗暗加以嘲諷。往昔留學海外的才子佳人出落得驚人的平庸滯悶，所有異國悲歡化爲不著邊際的濫情鄉愁。小說的敍事者也是平路要嘲弄的對象之一，儘管如此，他畢竟保持了一份自省能力。而他即使選擇回歸台灣，依舊不是全然快樂的。平路爲她的角色保留了一種抑鬱多思的性格，使得他最後迎向甘蔗田時，也顯得別有心事。這是一著重要的伏筆，也使小說的思辨向度，陡然加深。

平路藉〈玉米田之死〉贏得文學獎，多少呼應台灣文藝機制對傳統鄉愁文學的「最後的鄉愁」。再過幾年，島內的政治板塊要劇烈震盪，管他玉米甘蔗都得重新落地尋根。饒是平路，恐怕也再難培養如是溫情作品。同在這個時候，她又寫出了〈椿哥〉，也值得一提。這個中篇描述大陸來台的孩子椿哥從小失學，又被父親棄養，寄人籬下受盡辛苦。台灣三十幾年經濟愈見改善，椿哥的生活卻毫無起色。他犧牲自己、默默付出，到頭來成了社會進步下最大的冤大頭。

平路以哀矜的心情，娓娓敍述椿哥由小到老的點滴，的確是人道寫實主義的點題之作，贏得評者叫好，並不令人意外。我卻以爲此作在描寫椿哥每下愈況的生命，其實已在濫情邊緣打轉。我並不是說平路誇張了椿哥這類人的苦難——比椿哥還倒楣的小民，也一定所在多有。五四以來「被侮辱與被損害」式的人物，恐怕可以車載斗量。平路的椿哥除了使我們對社會的不義嘆息，對己身的無明自慚，更說明了人道寫實主義小說在修辭及道德使命上的兩難。就像魯迅寫祥林嫂或老舍寫駱駝祥子一樣，小說的手段與目的暗暗相互衝突。人道寫實主義意在藉文字彰顯生命的不合情理，以求改善；但是魯迅以降的作者越是寫得筆力萬鈞，反而越凸顯生命的無理、改善的無望❷。寫作成了死胡同。看平路爲〈椿哥〉寫的序，重重驚嘆號間可想見她心情的激切。但我以爲她不能跳脫人道寫實敍述預設的弔詭。

到底要怎麼寫，才得寫出那複雜的家國感懷？〈椿哥〉之後，平路的小說屢屢把問題擺上枱面，〈在巨星的年代裏〉一作恰可作如是觀。這個中篇重複的運用〈玉米田之死〉那種怨懟又自嘲敍事聲音。藉著名聞海外的赫大夫猛找槍手，替心目中的台灣影歌巨星寫傳記，平路好好揶揄了一羣好事之徒的面目。但她當然不僅意在作浮世繪。赫醫生急切拉抬本土美女，並以之爲台灣改頭換面的象徵，更顯露了一種轉嫁鄉愁的「便宜」措施。他的作法也許並不可取，但他焦灼憊懶的姿態，卻直指一種無從著力的虛脫感。這是一個製造、並追逐的巨星時代，是否也是個頹廢版的造神時代？而飄流海外的華人又何以如此熱中製星追星？

小說另一重心，在於探討用文字來敷衍、傳播巨星的迷思。敍事者受命爲巨星作傳，終難下筆，似乎不只是出於個人道德的判斷，也更出於「修辭正義」的考量。他不能容忍赫醫生的僞善，也無法用「涕淚飄零」的形式，營造寶島灰姑娘傳奇。寫作是良心事業，何能成爲鄉愿或犬儒的共謀？平路的對「寫實」模式思考，至此已達內爆的臨界點。〈在巨星的年代裏〉冗長枝蔓，不能算是佳作。但藉此平路顯示一種與形式搏鬥的苦惱。呼之欲出的自白、千迴百轉的辯證，無不預告她求變的心意。

二

前此我介紹了平路寫實台灣的三種方法：草根子弟命斷異鄉的故事；大陸遷台小民的悲愴紀實；還有滯美華人的怪現狀掃描。儘管故事不同、人物有異，平路點出所有的悲喜劇都來自台灣的種種牽引。她的角色辜負或愛戀這塊地方，不論身在何處，未嘗或已。但我已一再指出，平路不是天眞的原鄉主義者。就在她對台灣念之望之時，她已隱然預見島上的千變萬化，不是一種望鄉或懷鄉的姿態所能述盡。寫〈椿哥〉的同時，她也完成了科幻小說〈驚夢曲〉，投射未來台灣或好或壞的藍圖。婆娑之洋、美麗之島，多年以後已被蹧蹋得不成樣子——台灣成了個完全墮落的樂園。這篇小說寫得粗糙，但平路卻從科幻敍述中，找到處理她對台灣「終極關懷」的方法。在我們抱怨「台灣無史」的當兒，少有人想到現在及未來也是歷史想像的一部分；只能往回看的台灣其實已在預支她未來的資產。

〈驚夢曲〉改頭換面，數年後成了贏得小說獎的〈台灣奇蹟〉。有了這篇小說，平路自〈玉米田之死〉以來經營的台灣辯證想像，才算有了完整呈現，而她人道寫實小說的困境，也因此豁然開朗。〈台灣奇蹟〉以九〇年代中期爲時間背景，用喜劇幻想的形式描繪台灣如何在世紀末時分，竟然走出了現代中國歷史政治的陰影。台灣不但傾倒大陸，而且征服美國，更占據了世界舞台的中心。

小說始於一位台灣駐海外記者（可能即〈玉米田之死〉中的那位記者）對美國社會的一些變

化的觀察。這些變化很奇怪地呼應台灣近年來的情況。參議員與衆議員每天在國會山莊上打羣架；大衆不去從事日常工作而去玩弄股票及大家樂、六合彩。白宮爲了「改運」而雇用最當紅的風水專家爲總統的裝潢顧問；教會開始就股票市場上最值得下的注提供「明牌」。房地產價格突飛猛漲，道瓊股票指數在兩三月內從兩千猛升至一萬點。在乏味的中產階級住宅區裏，家庭式的妓院雨後春筍般地冒出，而且以泰國妹和大陸妹作號召。更不可思議的是帝國大廈的頂端竟新增了違章建築——台灣最大的按摩院「文化城」的紐約分部。

這只是〈台灣奇蹟〉的開始。要不了多久，「奇蹟」更變本加厲，像傳染病般的四散。它表現爲一種選票與拳頭混爲一體的新的民主體制；一種崇拜貪婪與機會主義的宗教；一種新飢渴症病毒——其症狀首先可見於病人對中國食物及投機活動貪得無厭的追求；一種導致美國氣候及農業劇烈變化的生態變異。「台灣化」一辭成爲被經濟學家、心理分析學家、歷史學家、政客、物理學家及未來學家經常使用的術語。這一術語究竟意味著什麼呢？根據平路的最新版韋氏詞典，「台灣化」意味著：(a)由於不斷盲目膨脹而失去界限的一個國家、一個社會或一種語言；(b)任何導致模糊曖昧及自相矛盾的感情的事物；(c)世界的將來。

平路的敍事方式可以說是文學中常見的由疏離來認知(defamiliarization)的方式。她將一些我們習以爲常的事情放入某種極端環境中，從而引起我們的注意。在上面的例子中，平路藉用美國這最令人不可思議的背景，暴露台灣所有社會及經濟問題。但平路並不是第一個借助幻境凸顯現實缺陷的中國現代作家。半世紀前老舍的《貓城記》和沈從文的《阿麗思中國遊記》都使用了相似模式，來表達他們對中國墮落的憂慮。

平路特殊的世紀末想像，使她得以改寫台灣在國際政治上被矮化及邊緣化的事實。更爲有趣的是，台灣這種魔術般的時來運轉瓦解了傳統現實主義的敍事方式。〈台灣奇蹟〉在體例上熔科幻小說、三流愛情故事、影射小說、政治小說與暴露小說於一爐。愛國說教、金融行話、道德教條及感傷呢喃層出不窮，奇特地構成了一種庸俗的修辭雜耍。這種體例上的混亂所造成的喧譁不僅嘲諷了台灣社會的混亂性質，也同時對寫實主義的常規提出了挑戰——而（狹義的）寫實主義往往是官方及衞道之士認爲作家在表現感時憂國主題時最應該採取的姿態。

〈台灣奇蹟〉中如果有什麼勝利，這一勝利是用「形式」表現出來的「幻想」勝利。如果台灣人的自豪來自於把自己貶得一文不值後，再奇蹟般的敗部復活的話，那麼〈台灣奇蹟〉使我們聯想到阿Q的「精神勝利法」的邏輯；尤其是阿Q那種以自己是頭號無賴而自豪的邏輯。當羞辱與勝利、自貶與自誇混爲一體時，我們見到的是〈台灣奇蹟〉對台灣邊緣政治地位極其矛盾的態度。

台灣時來運轉的奇蹟故事還有一個令人爭議的層面。如前所述，〈台灣奇蹟〉不僅涉及台灣，故事中的美國提供了所有的必要角度，暴露台灣「奇蹟」中的缺陷。爲什麼選擇美國？平路將台灣與美國放在一起，顯然想造成一種鮮明的對比效果。美國是世界的領袖、軍事超級大國、現代民主的先鋒、（部分）第三世界國家的道德及經濟支持者，也是發展中國家人民的夢境。而台灣卻似乎代表了美國的反面，甚至台灣的經濟力量也應被看成是種勝之不武的成就。面對這種明顯對照，〈台灣奇蹟〉的讀者理應對台灣征服美國的無稽之談感到好笑：美國是如此民主，愛德華・甘迺迪(Edward Kennedy)和史蒂芬・索拉茲(Stephen Solarz)哪會在參議院或衆議院的講台上打架；美國是如此理智，美國老百姓既不炒股票也不玩彩票。美國是一面照妖鏡，反射出台灣所有問題。

然而，細讀〈台灣奇蹟〉會使人領悟到這篇小說不只處理台灣與美國的不同之處，也處理它們之間的相同之處。如前所述，「台灣化」是一個強有力的運動，它不僅在表面上影響了美國人的道德和舉止，而且進而控制並改造了整個美國的經濟、文化、政治及生態環境。按照小說的邏輯，如果台灣目前已經壟斷美國國旗及避孕套的生產，那麼預言有一天美國大多數產品將受海外廠家控制，或許並不太離譜。亞洲的大小國家在七〇年代及八〇年代中受到現代化（美國化？）的巨大影響，眼見自己的精神與物質文化越變越「美」。風水輪流轉，誰也說不準有一天所有美國人會吃大米而不吃麵包，愛我華州的農夫會租灰狗巴士上芝加哥玩股票，新英格蘭地區各州會申請併入台灣呢。正如台灣往昔無條件地被美國化，從軍備到民主到麥當勞漢堡包照單全收，美國有朝一日也無法抗拒「台灣化」病毒的入侵。沒有世界美國化的模式在先，世界台灣化短期就能完成還真不可想像。

英國學者霍米‧巴峇（Homi Bhabha）曾用「默仿」（Mimicry）概念來解釋其殖民地論述的觀點❸。殖民地臣民像扮演模擬啞劇一樣，抄襲殖民者的每一特徵，到頭來卻發現自己的模仿只是東施效顰，以局部扭曲的方式再現殖民者的嘴臉。「默仿」的效果總是似是而非。這種模仿在嘲弄瓦解殖民者的特徵的同時，也暴露了被殖民者自己的不足❹。據此我要說〈台灣奇蹟〉之類的故事將美國與台灣、中心與邊緣之間複雜的權力取予關係戲劇化。平路開始時也許從美國的角度嚴厲批評台灣，但終不免有意無意地從台灣的立場批評美國。台灣「奇蹟」的災難性後果必須被理解爲全球美國化故事裏的一個續集。

「台灣奇蹟」在隱喻和直接層次上都不是一種自別於美國範圍之外的特異例子，而是這一範圍內所滋生的一種現象。由於台灣奇蹟是美國奇蹟的不完善的翻版和模仿，它提醒我們注意那些足以打破「原型」與「再現」間對等關係的歷史性因素，它並且威脅美國在二十世紀世界作爲對眞理與權力的位置。這一位置，如同以前任何代表權勢與榮耀的位置一樣，已經不再是一成不變的中心位置。換言之，〈台灣奇蹟〉對中心與邊緣，或者第一世界與第三世界之間的對立，提出了疑問。它在處理這種簡單對立時，從差異中發現同一，並揭示了對抗關係中的共謀嫌疑。當我們意識到自己的邊緣地位時，我們已不可避免地肯定了中心的存在：邊緣與中心是一體之二面。在這層意義上，〈台灣奇蹟〉可以被看成有關九〇年代初期，台灣政治經驗上一種最令人深思的告白。

三

〈驚夢曲〉或〈台灣奇蹟〉只是平路小說實驗的一小部分，有心讀者應會注意到她近年文字的「遊戲性」益發強烈。像是〈五印封緘〉，是一篇標準的後設小說，與讀者大玩接力閱讀／書寫橋段。又像最新的〈虛擬台灣〉，以電腦擬眞遊戲形式，思考台灣種種未來可能，儼然是〈台灣奇蹟〉的完結篇。至於〈歧路家園〉、〈禁書啓示錄〉等，又似與博赫斯(Borges)以降，西歐及南美新小說大師們互通聲息。「好」的作品，當然不必以形式前衛與否取勝。八〇年代後設、解構之風蔓延，我們已看到太多人云亦云的效顰之作。平路的創新形式之舉，畢竟也有不能免俗的時候。

前面所提的〈五印封緘〉就嫌過於賣弄。但參看她前此的寫實小說表現，以及她對政治、社會議題持之以恆的關懷參與，我們必須對她的「遊戲」文章，另眼相看。

我在上一節提到平路藉著科幻小說文類，探討台灣歷史的異類想像。她是當代作家中，少數自覺的「形式」主義者之一。傳統的文學觀講究誠中形外、言爲心聲。文字形式成爲思維表達的透明媒介。而二十世紀以來，「爲人生而藝術」的寫實主義雖有西方文藝理論支撐，基本也強調意識，甚或意識形態，先行的信條。對這一傳統，平路顯然不能完全同意。以眞情或熱血來寫作的抱負，並不足以支撐一位專志作家的事業。早年的大師從魯迅到巴金、茅盾，由寫作而吶喊徬徨，而革命參政，固然是時勢使然，卻也透露文學創作邏輯上的困境。而五六〇年代崛起的作家如黃春明、陳映眞等，早早說完他們的故事，另謀出路，不也暗示又一種志氣的銷磨？誠如平路的自白，如果寫作是一種志業，那應是「一生要走的路」[5]。相較於素樸的寫實精神，她必須在「寫什麼」之外，不斷琢磨「怎麼寫」的問題，好讓她的故事不斷的講下去。

對平路而言，寫作因此是一種「人工」的紀事，是一種「智慧」的遊戲吧？推陳出新，總得付出代價，平路的作品時有參差。但在她求變的過程中，一種不肯或不願原地踏步、持續反省批判的姿態，已油然而生。前述的〈驚夢曲〉及〈台灣奇蹟〉玩弄烏托邦及反烏托邦狂想曲；〈按鍵的手〉觸及人文及科技智慧的較勁；〈蘋果的滋味〉嘲諷新世代的夫妻關係如何因（蘋果牌）電腦第三者的侵入，發生變調，都是好例子。而〈蘋〉套用黃春明同名小說，尤應使讀者發出會心的微笑。張系國外，平路是經營科幻文類的又一有心人。她與張一搭一檔，合寫小說《捕諜人》，並不令人意外。而她女作者的身分，尤屬難能可貴。

就著這些議論，我特別要提及〈人工智慧紀事〉一作。這篇小說講的是個男科學家製造女機器人，竟然相互愛戀而不能自拔的故事。人與機器前的智慧權之爭，是西方啓蒙主義論述的重要主題；瑪麗・雪萊(M. Shelley)的《科學怪人》(*Frankenstein*)是浪漫時期的精采詮釋。至於男人創造女人的神話原型，則可上溯到希臘皮格米里安(Pygmalion)的故事。〈人工智慧紀事〉在選材上或許師承有自，平路卻能巧爲運用，凸顯自己的作風。女機器人由「出生」到成長，感情與智力進步神速。她原是男科學家的理想結晶，但在精密的程式、機關運作下，終要超越她的製造者。平路特有的沉思、辯證式敍述方式，在此有了最佳發揮。從牙牙學語到縝密思考，機器人的聲音不斷改變，也提醒我們她性格及智力的激增。只是這一過程使她更像人，還是越來越不是人了呢？什麼又是人；是自然消長的生物，還是「人工智慧」的觀念產物？

小說的高潮是女機器人不耐主子的糾纏，失手（？）殺了他，因而繫獄待審——她的自述也是她的證詞。值得深思的是，她一方面看透了人性的庸懦，一方面也因此深得其中三昧，無以自拔。與其拒斥人類的審判，她還不如隨波逐流：「對人類的模擬中，我終於無望的也成爲人類的一員。」[6]既抽離又陷溺，人工智慧的極致竟徹底顚覆了人的範疇。但我們的閱讀不應就此打住。小說既然是機器人的自白，我們又如何判定她的千言萬語，是款款深情的懺悔，還是網路串連的輸出？而寫作人工智慧的作者平路，又是在什麼層次下，或累積、重組他人的智慧，或傾吐一己的生命玄思？

我們不妨把此作的寓意，擴充到平路對創作哲學的反省。她（或她的機器人）自我質詰的核心，正是人和人道思想論述的誘惑與限制。有「人味」的書寫，何嘗不是一種人工智慧的表彰！

不僅此也，從女作家的角度，平路必然更要追究人工智慧是男人的、女人的，還是機器人的智慧？半個世紀以前茅盾曾寫下〈創造〉，敘述一個男性知識分子如何調教妻子成爲現代女性，殊不知這是潘朵拉的盒子，一開不可收拾。平路則再進一步，提醒我們男權與女權的分野，甚至可能小看了人我關係的複雜性。女性主義者就此，應可發展出更細密的辯證。當女機器人一面慷慨赴審，一面遐思自己單性生殖（？）成形的偶像男性，她豈不重複了男科學家無中生有的造人神話。只是女人造的男人，會比男人造的女人更理想麼？

九〇年代以來，平路也將人工智慧的隱喻擴及到其他生命層面的觀察。〈天災人禍公司〉諷刺災難新聞的製作與報導，如何已成爲人道關懷「企業化」的重要環節。媒體的道義負擔與收視率及形象傳播的考量，互爲消長。〈禁書啓示錄〉投射一個知識不斷自行分裂、繁殖的時代，文化、政治霸權必將反撲的危機。〈世紀之疾〉嘲弄愛滋世紀裏，「正常人」對非我族類者的嚴密監控，卻似總難澆熄那禁色之愛的星星之火。而屬名「鄉愁系列」的〈童年故事〉更爲可觀。就著男性敘述者沾沾自喜的自白，平路揭露兩性權力角逐中，所謂的童年往事、鄉愁情結早爲男性作爲自我撇清的藉口，或是自作多情的標的。她的諷刺批判，偶有過於明白之弊。像是〈歧路家園〉質疑家庭與愛情約定俗成的迷思，或像〈情逢對手〉戲謔愛情與嗑藥的未來狂想，就是過猶不及的例子。但比起許多獨沾一味的作家，平路對文化網絡千絲萬縷的糾結，有不能自已的好奇。藉著小說，她要把最自然、最「著毋庸議」的人間「本相」，淘洗顚覆，從而一窺各種人爲——或人工——的動機。

但如果我們只注意平路小說實驗深具社會批判意識的一面，未免小看了她的才具。人工智慧

——不論正負評價——畢竟有時而窮。在人與未知交手的過程中，仍有許多或神祕、或尷尬的時刻，讓我們無言以對。別的不說，小說創作本身就是一場詭譎的尋求、定位「意義」的迷宮遊戲。平路著迷後設小說形式，寫了好些篇關於寫小說的小說，像是〈五印封緘〉、〈歧路家園〉、〈午夢五闋〉等。與其說她只是玩玩，更不如說她太把寫作當回事，亟亟爲讀者、也爲自己，甚至筆下角色思索辯證開闢對話的空間。她刻意求工，卻未必盡如人意。〈五印封緘〉大量的文辭互爲指涉，如今看來無足爲奇了。〈歧路家園〉中作者與所創造的角色間的較勁，也顯得難以爲繼。

人在追逐智慧過程裏無窮的欲望與挫折，也許讓平路心有戚戚焉吧？機關算盡，哪裏能盡如人願。由著這點不堪與不甘，人生才更爲多事，於是有了像〈郝大師傳奇〉這樣動人的作品。郝大師神通陰陽、氣遊五界。他的通靈功夫成爲海外遊子趨之若鶩的傳奇。郝大師斷言過去，預測未來，雖說是江湖術士，但他也有自成一套的「科學」根據：他的招數正是另一種人工智慧！他的存在與興盛正反證了科學實踐的不足。然而在他事業頂峯，郝大師驀然驚覺自己成就的虛幻與徒勞。他的智慧、他的預言「那樣含糊、糾結、纏繞、迴盪之中隱藏的正是所謂我執，訴說的乃是永生的欲望；而那樣無望又無助地企圖攀升，正是微小人類面對自己一條尺軀的自傷自憐與不可避免的自我膨脹……」❼。

這幾乎是個浮士德式的寓言了。平路卻將筆鋒一轉，不去探究欲望的超拔可能，而默默訴說欲望無盡生剋的鎖鍊。面對世紀末台灣怪力亂神的現象，平路的小說聽說了奇妙的先見之明。郝大師的徒衆難道眞的把大師奉若神明麼？還是在神妙的乩禮儀式演出中，大家各盡所能、各取所需？郝大師到底是道高一尺，看出了自己的以及徒衆的虛惘與我執。但他苦苦的追根究柢，何嘗不又陷入另一重顢頇的欲望羅網裏？他能爲人排憂解蔽，卻再不能遏止自己的心魔叢生。面對世紀末台灣怪力亂神的現象，平路的小說訴說了奇妙的先見之明。郝大師的下場在此賣個關子。由他歇斯底里的意識危機裏，平路看出道德劇的意義。「恐怖啊！恐怖」，迴盪此作的是康拉德(Conrad)《黑暗的心》(*Heart of Darkness*)裏，匿居非洲的赫茲上校最後的告白。人與神，或與無盡全知全能欲望的拔河，果然是寫之不盡的好題材。在短篇〈紅塵五注〉裏，平路也多有發揮。從電腦科幻到密教寓言，她的關懷充滿了人文色彩：冷眼靜觀之餘，對這紅塵世界，她還有許多的牽扯迷戀。

四

一九九四年，平路出版《行道天涯》。這是她的第一本長篇嘗試，所投注的心力爲前所僅見。最重要的是，小說側寫國父、國母孫中山、宋慶齡伉儷的私密情事，自然要引來陣陣側目眼光。

爲名人身後事抽絲剝繭，重理意義，平路前此已有過經驗。在劇作〈是誰殺了×××〉裏，她重寫蔣經國、章亞若的一段情。對應解嚴後的偉人揭祕熱潮，〈誰〉劇以戲中串戲的方式，訴說政治的波譎雲詭，歷史眞相的重重障蔽。置身其間的大人物或小百姓，哪裏再找眞情實義？死亡是無所不在的威脅，但何其反諷的，竟也是一種解脫。是非功過，由著後人爭執笑罵吧。此劇雖也贏得獎項，但未必是眞正的佳作。平路難掩有太多話要說的衝動，使她的劇本有淪爲案頭讀物之虞。文字是她的最愛，小說才是她的本業。

憑藉新聞從業者的訓練，《行道天涯》提供極多不足爲外人道的史料，讓我們重睹孫中山與宋慶齡的黃昏之戀。平路的挑戰是艱鉅的：在我們熟知的正史紀錄以外，她要爲國父寫外傳，但又雅不欲流於蒐祕醜聞的報導；對應新聞採訪、歷史考據的實證式要求，她也必得預留想像空間，讓「小說者言」發揮另一種逼眞的魅力。尤其令人注目的，作爲九〇年代一位關愛台灣的女性知識分子作家，平路要怎樣尋求有利觀點，切入大中國的論述，並且還給女性聲音一個公道的位置？

一頁頁國民黨版的建國史，載滿了十次革命、碧血黃花的英雄事蹟。而位於正史敘述中心的，正是我們的國父。以父之名，孫中山是怎樣被寫成民主革命的先知，三民主義的本尊！而平路要告訴我們，孫先生的革命道路從來不是平順的。背叛、陰謀、政變、黨爭與他的生命共相始終；作爲一位政治家，他其實常在權力圈外的。公衆形象之後，還有一位孫中山：浪跡四海、風流少恩。在解救中國同胞的同時，他已辜負了不少女同胞呢。平路的敍事者不禁嘆道：「即使一名小說作者，在描述先生眞實面目的此刻，都不斷要與心中另一種莊嚴的聲音對抗。那是冥誕時響遍台灣中小學各個操場的〈國父紀念歌〉：啊！我們國父，首創革命，革命血如花！」[8]

在國父龐大的歷史身影後，還有那出身傳奇家庭的國母。宋慶齡來自上海巨室宋氏家族，當年以二十三歲的青春之身，下嫁五十開外的孫中山。這段姻緣，有人謂之爲忘年佳話、有人謂之爲政治聯姻。宋因仰慕孫文的革命抱負而許身，婚後卻飽嘗顚沛，甚至爲躲避陳炯明的叛變，流失唯一一次的妊娠。一九二四年孫中山溘然去世，留下年輕的慶齡夫人。然後呢？她堅此百忍，繼承亡夫遺志參與政治。她的身價扶搖直上，到了三、四〇年代，已是新民主革命的精神母親，與她的妹妹蔣宋美齡夫人分庭抗禮。國民黨號稱是孫中山的嫡傳宗派，共產黨也可自封爲慶齡夫人的欽命正朔。一九四九年後，毛澤東建國當家，更得捧著國母號召天下。

但平路告訴我們，這一切就算不是假的，卻也眞不了。孫宋的婚姻到底內情若何？三〇年代孀居的宋慶齡與楊杏佛、鄧演達的傳聞恐怕不是空穴來風。還有她晚年與小她三十好幾的「生活祕書」一段深宮之戀，早是公開的祕密。原來國母還有這許多不足爲外人道的幽幽心事；原來在她中年以後，日益發福的龐然身軀內，還潛藏著總難排解的兒女情懷。兩岸的國家歷史要爲尊者諱，平路卻要將孫、宋請下神壇，重塑他們的血肉。

如前所述，解嚴後爲政治人物寫翻案文章，我們已是見怪不怪。平路憑藉著什麼，使她的孫中山、宋慶齡傳奇獨樹一幟？不同的歷史「說法」必須經由不同的敍事模式來支撐。在大歷史仍是國家政黨的禁臠時，小說成爲對話的利器。不僅此也，一反那莊嚴的，男性的（？）敍史高姿態，平路選擇了女性的角度與聲音相與抗衡。她的敍事者優游不同歷史場域，進入人物意識，構造成一時空座標交錯、公私領域合流的敍述體。大歷史誇張政治欲望，她的歷史要書寫情愛欲望。

小說情節至少分四個層次進行。國父最後三個月的生命行止，按照順時時序居中進行。孫夫人的回憶想像則是跳躍流轉，包羅了一生的大小事蹟。除此，平路創造了珍珍——夫人情人S的女兒——作爲引導進入過去的媒介。更在此之外的，當然是敍事者忽近忽遠的聲音。那男性的君父的情節場景，儼然被包裹在重重女性視野及詮釋中。而過去必得由現在來背書。如今飄流海外的珍珍是我們進入歷史迷宮的線索，但那耽於臆想的台灣作者才是眞正追記似水華年的主角。在這歷史漫漶的年月裏，大道不再行於中州，天涯也可近在咫尺。《行道天涯》骨子裏是本反思時間、重寫記憶的小說。明乎此，這本書才眞正顯露在世紀末台灣出現的意義。

有心的讀者可以細看平路在《行道天涯》中，如何一點一滴的拆解政治神話。偉人後半生的行止竟充滿了無可奈何的流徙與自欺，而他有名的臨終遺言，「和平、奮鬥、救中國」，可能是一場人云亦云的誤會。女性主義者則應該就著宋慶齡的感情歷練，建立又一種現代中國女性的欲望論述。她年輕時嫁給老得可以作爸爸的總理，年老時愛上了小得可以作兒孫的侍從。這是怎樣權力與欲望的錯置故事啊。在一個極度誇張禁欲的共產時代裏，母儀天下的宋慶齡艱難地找尋情愛依託，而且愛烏及屋，竟收養了情人的二個女兒。風裏來、浪裏去，革命的口號叫得再震天價響，嚇不倒這位老婦人。她確是一位「眞正的」革命女性。

然而一切的政治或情欲掙扎或辯證，都要隨時間的流逝，灰飛煙滅。緬懷前輩人物不可言說的祕辛軼事，平路發展了小說家獨有的想像力量。她的敍述是由一張照片開始，攝製的時間是一九二四年十一月三十日。由神戶起碇的「北嶺丸」上，孫先生與夫人匆匆留下一張小影。照片中的先生暮氣沉沉，面有病容。身旁的夫人身著皮帽皮衣，雙眉微蹙，望著另一方向。兩人各有所思，而一刹那間的失神凝眸，被開麥拉眼凍結成一幀歷史寫眞。

照片的魅力，在於其留存映象，召喚視覺的記憶。藉著「寫眞」，我們彷彿與過往的時地再續因緣。那膠片上的一人一物都似乎捕捉了一種意義，一種生命流變中原無法定格的意義。但是批評家們已一再告訴我們，相片的魅力是一種蠱惑，一種擬戲。它「寫」眞的同時已銘刻了無限的想像符號、欲望軌跡。被攝入膠片的映象看似栩栩如生，但無一細節不訴說著時間的流淌，生命的消失。蘇珊・桑戴克(Susan Sontag)在有名的《論照相》中寫道，照片是一種「悼亡的藝術」[9]。而羅蘭・巴特(Roland Barthes)更指稱照片的寫實幻象下，蘊藏了「一種創傷：語言的懸宕，意義的短路」[10]。只有藉著不斷命名(naming)的過程，我們向照片逝去的人事招魂，爲播散的意義復元。

平路的小說敍事於焉登場。孫中山與宋慶齡的起程照片也啓動了平路的文字之旅。孫宋所航向的將是死亡，是壯志肉身的銷毀，是一段歷史的終結。平路好生的渲染了照相美學所透露的感傷特質，但她小說敍述所要作的，卻是起死回生。照片或歷史寫眞所凝結的生命悸動，要由文字來抒解。那映象裏侷促的一顰一笑，要由寫作者代爲詮釋渲染。但更重要的是，二十世紀中國由映象／寫實主義代表的寫作傳統，也須因此而受質疑。文學史總是告訴我們，現代文學是因爲一場「逼眞」的視覺震撼而開始：魯迅因爲看了那張有名的日軍砍中國人頭的幻燈片，因此促生了他寫作的欲望。寫作是再現、回歸那斷裂現實的努力。九〇年代的平路看照片說故事，卻要否定任何寫實再現的迷思。她意味深長的告訴我們，孫中山逝世的當兒，某位目擊者惋惜自己的攝影器材毀於兵亂，以致「如此要事，而絕不見攝影者，中山死後，並未留影，蓋皆心亂，無人想及」[11]。

逝者已矣，照相存眞、新聞紀實，甚或歷史考證，又能留下多少眞相？回憶的吉光片羽、官能的偶然震慄，才更直指那不可復追的往日情懷吧？平路筆下宋慶齡的世界支離破碎，充滿流動意象或臆想。沉浸在千迴百轉的記憶線索中，宋慶齡幽幽的跨越時光隧道，重新銘記她的過去與現在。而在隧道的彼端，平路又何嘗不被牽引、誘惑進入那神祕的黑洞？歷史竟是可以這樣寫就的。宣傳照片中肥胖的宋慶齡採棉花、抱嬰兒的留影，因此也越發失眞了。小說的第五十四節更藉珍珍口吻寫道：「尤其恐怖的是紀念畫册裏，有一張媽太太化好了妝躺在玻璃棺材裏的相片，前排站著許多面容悲悽含著眼淚的小朋友行舉手禮，圖片說明是：『孩子們向慈愛的宋奶奶

告別』。」⓬

歷史上的宋慶齡早在一九二四年那張登船照片中就「死過」了。她從彼時開始，就要準備扮演從遺孀到聖母的角色，並且隨政治波動，一再被重塑金身。《行道天涯》反其道而行，以娓娓無盡的敍述爲木乃伊化的孫中山、宋慶齡接骨造肉。這是一場華麗的文學冒險，而藉著這冒險，平路也再一次申說了她的抱負。從一般文學批評的觀點來看，《行》書仍有不盡人意的地方：平路依違史實間患得患失的心態，使她不能更大膽的一任想像馳騁，而她選擇珍珍作爲敍事者之一，並未達到預期的效果，只是較明顯的缺點。但我依然以爲，這本書是她創作以來最佳的表現。

寫完了宋慶齡的故事，平路顯然意猶未盡。趕在宋美齡百齡華誕的前夕，她又推出了〈百齡箋〉。中國現代史上的傳奇姊妹，於是在小說家的筆下又有了對壘機會。〈百齡箋〉中的宋美齡在百歲誕辰的前幾日，依舊伏案幽幽的寫著信。隱居紐約鬧市的夫人早就不再與聞政治了。比起她一輩子見過的大風大浪，眼前這批政客的呼來喝去，算得了什麼？曾經滄海難爲水，只有寫吧。她還有千言萬語要昭告世人，見證歷史。但是寫著寫著，她的「世人」——從美國總統到華興育幼院的孤兒——已是幾輩浮沉，而她的「歷史」早就模糊不清了。

如果平路的野心更大，〈百齡箋〉有足夠的材料讓她發展成中長篇小說，成爲《行道天涯》最奇詭的姊妹篇。在目前的篇幅裏，平路游移在宋美齡公私生活幾條線索間，卻似乎不能掌握重點。她有意嘲弄夫人過時的政治姿態，但又暗示對百齡人瑞而言，能活著擺出姿態，而且是有模有樣的姿態，不也是種勝利？她也有意追蹤夫人與委員長的一頁戀史，卻顯然不能挖出更多內幕。西安事變後夫人同情張學良而與委員長意見相左，原可多加描寫，因爲這畢竟顯示了她政治立場上的小小自我堅持。但平路只是點到爲止。

作爲夫人，宋美齡風華絕代，老而彌堅。作爲女人，她毋寧還是寂寞的吧？這應是平路最終的疑問。蔣宋的出身如此不同，但共同創造了半世紀的中國史。當夫人愈益衰老，她除了記得歷史大事，也忘不了小事：豐鎬房蔣毛氏的寧波湯糰，陳潔如與蔣介石情書往返，還有她自己在開羅會議與羅斯福總統的巧笑盼兮。這些小事潛藏了多少挫折與悸動，以致要讓老去的夫人依舊耿耿於懷。平路有意打破歷史禁忌，走入(女)偉人的私生活中。但正如《行道天涯》一樣，在情欲敍述的門檻幾度徘徊，她退卻了。

即便如此，平路寫出了〈百齡箋〉爲夫人壽：夫人有知，怕是要哭笑不得。從《行道天涯》到〈百齡箋〉，平路神遊兩岸歷史，幻想姊妹情仇。放眼九〇年代中文小說，她無疑已開闢了一相當獨特的領域。她的小說是好是壞，應會引起更多議論，但她書寫是類小說的方式，已淸楚標明一位世紀末台灣女作家強勢的創作暨政治立場。

---

❶平路〈驚夢曲〉，《椿哥》（台北：聯經，一九八六），頁一三八。

❷見 Marston Anderson 的討論，"Morality of Form," in Leo Lee, ed., *Lu Xun and His Legacy* (Berkeley: Univ. of California Press, 1985), pp.43-55.

❸ Homi Bhabha, "of Mimicry and Man," *October* 28 (1984): 172.

❹ Robert Young, *White Mythologies: Writing History and the West* (New York, 1990), p.147.

❺見李瑞騰對平路的專訪，〈在時代的脈動裏開創人文的空間〉，《文訊》一九九六年八月號，頁八五。

❻平路〈人工智慧紀事〉，《是誰殺了×××》（台北：圓神，一九九一），頁二一九。

❼平路〈郝大師傳奇〉，《五印封緘》（台北：圓神，一九八八），頁二〇二。

❽平路《行道天涯》（台北：聯合文學，一九九五），頁一六八。

❾Susan Sontag, *On Phthtgraphy* (London: Allen Lane, 1978), p.138.

❿Roland Barthes. "The Photographic Message," *Camera Lucida* (N. Y. Hill and Wang, 1978). p.30.

⓫《行道天涯》，頁二三一—二三二。

⓬同上，頁二一八。

小說爲什麼該禁？

1. 對作者而言，它玩物喪志：與現實毫無助益（證據見作者自序）。

2. 對讀者而言，它亂人耳目：給予太多的預設、指出太多的可能，包括虛構的可能（證據見本書內文）。

自序

挑挑揀揀十幾篇小說，十幾年寫作的日子，就在這裏了**（只有這些？）**。

這本集子裏的小說有新有舊，所謂舊的，其實是指別地方看不到的作品。我之前的小說集包括《玉米田之死》、《五印封緘》、《是誰殺了×××》等，由於不是暢銷書，沒有出版社願意再版，版權總會再度回到我手中。這本書裏的單篇作品〈玉米田之死〉、〈在巨星的年代裏〉、〈台灣奇蹟〉、〈人工智慧紀事〉、〈郝大師傳奇〉都出自上幾本選集。它們已經絕版，意味著從書店架子上徹底消失**（好呀！有什麼不好？）**，每有人問起比較熟知的幾篇作品的去處，我吶吶地回答不出來，因為我自己也找不到它們，而朋友偶然在角落裏發現一本，就好像尋覓到什麼出土的古物一樣驚奇。如今與王德威教授商量，除了新作外，選定寥寥幾篇舊的收進書內，也算是我自己的典藏版，一來希望它們不至於佚散無蹤；二來，放在自己寫作的脈絡之中，亦希望能夠顯現出它們前所未見的相關意義**（有什麼意義？）**。

校對過程裏，觸摸著塗改到曲折蜿蜒、雜沓紛繁、如同一幅幅迴旋圖畫的原稿，便又再次記起了自己面對文字始終不尋常的笨拙。十幾年的歲月，十幾篇小說，都在這裏，我是不是選擇了一種其實超出我能力的志業**（很可懷疑！）**？

只能說是情深必墜吧，近些年來，爲了寫作我必須學習放棄更多東西，而不穩定的生涯漸漸帶來了驅之不去的漂泊之感——不只感覺上的，還有實質上的，絕非外人所能夠體會。因此，「唯將舊物表深情」，呈現的不只是初稿的本來面貌，更是一次次更動的痕跡，包括歲月在生命上的刻痕。相信讀者自有特殊細膩的感知能力，將直覺地知道我所依然癡迷、依然追尋，以及最重要的，依然等待、依然好奇的是些什麼（**是些什麼？**）……

禁書啓示錄

輯一

「邊緣紀實・虛構台灣」

玉米田之死

最近，台北老是下雨。我坐在窗枱前，收拾牀底下的雜物時，揀出一本兩年前的舊筆記本。封面有老鼠咬嚙的痕跡。隨手翻翻，除了灑落幾粒塊狀的老鼠屎外，還搧出一股衝鼻的霉濕。這股霉濕味使我中輟下翻閱的動作，把鼻頭貼近雨水沖刷過的、清涼的玻璃。玻璃外面，是已連續數天的雨霧，以及遠遠近近交疊而模糊的公寓平頂。看得出輪廓的只有電視天線架成的十字架，一根根在灰色的水泥台上嶙峋交錯，像是一處廢棄的墳場……未等這不愉快的聯想在腦袋裏成形，我又盡速把眼光從窗外掉轉回來，但屋內空氣裏澎湃著的，仍是單身漢房間特有的齷齪與凌亂……一霎時，我不禁回憶起當年那棟綠茵裏的向陽洋房，以及房裏有女主人的日子（啊！那是一種多單純的秩序！）。於是，年前那由於拋棄婚姻、事業而引起的罪惡感，又像夢魘一樣，對我兜頭兜臉籠罩下來……

但當我試著展讀手上這一本兩年前的筆記，那一片豐美的玉米田便在心裏展現，同時，那抉擇時義無反顧的心情亦清晰的浮現出來。於是，目前生活的脈絡，都在眼底隱沒，那一年夏天發生的事（尤其是重要的事），便歷歷如昨了。

那一年夏天，華盛頓DC的天氣好像比往年更為燠熱，連著一兩星期氣溫都在華氏一百度左右徘徊。那時候，我是某日報的駐華府特派員，××日報的第一版上，隔幾日就會出現我的名字（「特派員」某某某專電）。照這個響噹噹的頭銜來看，我的日子應該過得很精采才是（「特派員」？有位多事的朋友告訴我，他第一次聽到立刻的聯想是「〇〇七」「特派員」），但可惜並不如想像中精采。事實上，那個時候，我對駐外記者的生涯已經相當厭倦了。原因多少在於國事蜩螗，使我們這些跑新聞的也因而喪失些該享的權利，甚至嘗到些勢利的眼色（譬如說：就有那麼些友邦新貴一登龍門之後，第一件事是拒絕你的採訪，眞足以構成對我的職業的莫大侮辱！）！當然，我的難處尙在應付一些閒雜人等，那一陣子，不知為什麼，好像所有阿貓阿狗之輩都借考察之名出國觀光來了。觀光之餘，偏偏下定決心要擠上報屁股風光風光。所以，如何在跟著他們疲於奔命的空檔中，製造出一些可大可小的握手言歡事件，也是當時我責無旁貸的職務。

這種送往迎來的日子過久了實在不是辦法。開始一兩年裏，我曾經幾次請調國內，後來終因美雲的堅決反對而作罷（在我妻子的眼睛裏，單單住在美國這一項，便値回一切票價！）。近幾年我自己倒也懶了，畢竟蹲在這裏是駕輕就熟的事。很自然的，我便以我天賦的語言能力與這些年在這一畝三分地上泡出來的歷練令報社對我倚重起來。但以一個新聞從業員來說，我覺得自己正以一種獨特的方式墮落下去。

卻也就在那些年中間，我逐漸養成仔細閱讀報上的訃聞的習慣來：每天手上拿著剛出滾筒、尙帶著餘溫的郵報，除了把大標題逐一瀏覽，找出幾條用 Telex 打回台灣外，剩下的時間還是很多，我便蹲在新聞大樓固定的一角，把報上的訃聞逐字揀進眼裏。

至於爲什麼會養成這奇怪的習慣，原因大概比我說得出的更爲複雜，一來可能因爲前兩年妻舅驟然去世，使我頓興人世無常之感；二來大概多年來看慣了樓起樓塌，便悟到什麼才帶來眞正的平等。每次讀到那些生前翻雲覆雨的人也逃不過這最終的命運，我的心底，便隱然透出一些奇怪的得意。

那一次，陳溪山的名字，就擠在訃聞欄的小角落裏。簡單幾行，像分類廣告的吉屋招租，寫著他存歿的年月日（好年輕，才四十歲不到的人），任職的地方（房屋發展部），以及身後留存的一妻一女。寡婦叫做喬琪，當時我啜著杯子裏的咖啡，不經心地唸出來。

後來我爲什麼會對這一則華人的死訊又留心起來，以至於翻完另一疊體育版，再度把視線移回這個角落，可能的解釋只是我當時實在太無聊了。那是燠熱的夏天，過不完的夏天，社裏跑當地新聞的小秦恰巧公幹紐約，我連抬槓都找不到搭子，他臨走曾玩笑地囑託我幫他順便照管一下：「爆幾個漏網新聞嘛！也讓我見識見識您的眞功夫！」他斜叼著煙捲說，聲音裏卻絕無讓賢的意思；想到他少年得志的氣焰，當時我掏出袋裏的CROSS金筆，朝那方塊大小的地方密密加框起來。

當天我就照著我袖珍電話簿上的號碼打了幾通電話。想以不驚擾當事人的方式，先瞭解些前因後果。我心裏希望他橫豎是個青年才俊，最好還回國開過「國建會」，這樣，即使炒不出什麼新聞，至少我可以用哀誄的方式隨意發揮一篇，登在報上，也算反映政府對海外學人應有的矜憐之意；可惜，這姓陳的小子不上道得很，雖然年輕，卻不見得是個才俊，搞不好還有幾分孤僻，因此與國內任何求才的管道都扯不上干係。就在我幾乎要放棄的時候，一個無意中打聽來的線索卻令我精神一振，原來在死訊發佈之前這姓陳的人先失蹤了一個月，屍體尋獲後就以沒有他殺的嫌疑而匆匆結案。這讓我覺得蹊蹺起來，憑著我殘存的那點跑社會新聞的直覺，我有心往深層探討下去，至少，我應該設法與他的妻子見上一面。

但是，這一類有關「僑情」的新聞實在是小秦的地盤，到時候戳出紕漏，只會怪我狗拿耗子；萬一烘托出熱門新聞，憑小秦黑吃黑的狠勁我又絕對搶不過他。這樣想想，我便不起勁了，但我還是蓄意地耍了一記陰險，沒對剛從紐約回來的小秦提起；也許只是天熱的緣故，反正我就是懶得開口。那一個禮拜，華盛頓的氣溫繼續在上升之中，四郊原先就茂密的樹木，一瞬間全長成糾結在一起的熱帶林。

然後就是週末，氣溫仍然沒有下降的意思。可怕的是一絲風都沒有。星期天下午，我坐在冰箱嗡嗡響的廚房裏，瞪著後院待剪的草坪發愣。美雲出門前才指著我的頭皮叫我去剪草，她說，鄰家的草都修剪過了。剪過又怎麼樣呢？我當場想到一句英文成語：“Keep up with Joses”「永遠要與瓊斯家看齊」，可惜，她嫁的這個人，不能看齊的地方太多了。一來就唸的是文，永遠不能讓她做一個「工程師」、「建築師」、「律師」或者「會計師」的太太，所幸近幾年我在報界還小有名氣，對她在太太圈裏的威望倒也不無小補。眞蠢！原來男人沾沾自喜的標準是「勿忝其所婚」。眞蠢！要是有頭腦就不會娶到這麼蠢的女人啦！蠢女人說鄰家的草都修過了，那又怎麼樣呢？問題是我根本不認爲草坪需要修剪。「參差不齊也是一種美感！」我一面揮舞手臂一面在喉嚨裏咆哮，美雲卻已經搖著屁股去了。她去參加她的歌詠團，那是她最有興趣的社交圈，成員都是華府一些名流夫人。美雲大概算團裏的高音台柱，她們在一些慈善的場合獻唱，博得熱心公益的美名。

我卻彎著老腰在太陽下剪草。我把廚房裏的椅凳重重一推，突然有心約那個叫喬琪的女人出來見一面。

當我終於見到陳太太，是又過一個禮拜的事了。在那一星期當中，對這個電話設下的約會，我的確有著相當的好奇，因爲好奇，竟也滋生出泛泛的期待，這在我平淡的日子裏是極爲特殊的！因此，我還是沒對小秦提起。

約會的那一天到了，坐在「四季餐廳」靠甬道的座位裏，我開始擔心她會不會臨時變卦。儘管她在電話裏一口答應，但女人永遠有在最後一分鐘改變心意的本事。我變得焦躁起來，頻頻張望餐廳的入口處，入口處養著層層疊疊的闊葉植物，每當我鬱悶難當的時候，就覺得陷身叢林，叢林的植物八爪魚一樣的掛下來，撥也撥不開的綠，重重的壓過來。我覺得呼吸是件困難的事，因爲在濃密的綠裏空氣稀薄，或許只是家裏未剪的草地……美雲寒著臉斬釘截鐵的說草地終會長成叢林，如果我聽任它們自由生長的話；可是，自由有什麼不好呢？我也有追求自由的心願，雖然我必須去剪草，如果不是坐在這裏等那叫喬琪的女人……總算謝天謝地，她出現了，她沿著棕櫚樹間隔起來的甬道走到我的桌前，她是一個瘦高的三十歲女人，卻養了一頭粗黑濃密的髮，關節也是壯大的，向外突出的嘴巴冷靜地抿著，顴骨上有幾塊棕色的斑，眼睛卻像一小撮火苗似的閃爍跳動，顯示出她過人的精力。我記得沒開口她就從手提袋裏掏出印著某某貿易公司的名片，接著，她用她帶著廣東腔的英文，快速地衝著我說：

「不要以爲我不明瞭你們記者這一行的居心，但請同時也尊重我的權利，我是歸化過的美國公民，相信種種有關的權利你亦知曉，所以不要跟我玩什麼花樣，你不准以我的名字見報，否則，我的律師會直接跟你聯絡！」

一邊說話，她的眼鏡片一邊射出茶色的光，襯在她背後熱帶林的背景裏教我想到沙灘，以及沙灘上身材平板的女人……我有幾分眩惑，也有幾分倒胃口，絕不是給她唬住了，她這個下馬威其實不過幼稚園的程度，我想，我當時只是難以隱忍的失望罷了……不錯，對手有幾分精明，卻也那麼平常，平常得像任何辦公大樓裏果決的女人，談的不過是一件權益糾紛……那時我雖然失望，卻並不具體知道自己的期待，我希望看到什麼呢？擰著手帕、哭得柔腸百折的小女人？還是章回小說裏鬢邊一朵白花、俏生生的小寡婦（或者，乾脆刺激一點，何不素孝裏裹著紅羅裙，一副敢作敢當的模樣……）？我想，我必然是太無聊了，才會無聊到存著這一類值得批鬥的荒唐想法……

當時，我還是殷勤的向她保證，我絕沒有惡意，甚至也不打算在報紙上提起，我只是希望多瞭解一點，只是一番好意，希望能夠幫忙，如果能夠幫得上忙的話。

但當這叫喬琪的女人放鬆下來，開始改用中文，並且點上一支煙對我談她丈夫的死因時，我卻頓時大吃一驚，我作夢也沒有想到，死因居然眞是撲朔迷離。我或許該有心理準備的，但我並沒有，我所有的興趣只緣由於一個悶熱的夏季，以及對死了丈夫的年輕女人（「年輕」？的確是的！任何比我小了十歲的女人都絕對稱得上「年輕」！）一點不該有的好奇而已。可是我畢竟見過不少大風大浪的場面，心裏暗暗囑咐自己穩住，臉上已換了一副凝重的表情。這時她更爲放鬆，心情甚至顯得相當愉快，可以說有問必答，她的答覆簡單扼要，她那面對問題的勇氣，使我不由得對她產生一種職業性的好感，到後來，我甚至欣賞起她的坦爽來了。我偶爾會想起剛認識美雲的時候，她也是不慌不忙，一副天不怕地不怕的神氣。這種女人天生讓人肅然起敬，但只有我這種苦哈哈的男人才會把這樣的女人當眞娶進門作老婆；果然婚後不久，我就在美雲昂揚的鬥志裏敗下陣來，所以人家說婚姻原是戰場與墳場的綜合，戰場裏考驗你的意志，耐力不夠便葬身墳場，長眠不起……不！不是長眠！是壯烈成仁！當我瞪著眼前這容光煥發的未亡人，一種求仁得仁的意念忽然從我心頭冉冉升起，我於是再度提醒自己不要聯想到妻；她們倆必有什麼相似的地方，也許是那爽脆的聲音，像槍子一樣的彈無虛發，那麼，故事是怎樣的呢？疲倦的男人碰上了精力充沛的女人？……ㄊㄚㄊㄚㄊㄚㄊㄚㄊㄚ……那是機關槍掃射的效果，注定了鞠躬盡瘁，搞不好便屍骨無存！ㄊㄚㄊㄚㄊㄚㄊㄚ……我必須時時把自己從槍林彈雨的冥想裏拖出，才能繼續我們的談話，以下，是我筆記上留存的一些談話紀要：

妻子的話

「溪山大約兩個月前失蹤，從那一天夜裏出去，就沒有回來，我還是第二天早上才發覺有異……後來我報了警，警局的人來是來過，但沒什麼下文，只說會把溪山的資料放進電腦，又說他們每年失蹤的人成千上萬，找回來的比例很小……後來一個多月後，差佬告訴我在玉米田裏找到了他，屍體已經開始腐爛，天熱的關係，但他們確定是他。

「我們家去年十月剛搬進一處新住宅區，附近還留著些玉米田，就在那裏……也許他聽到了什麼聲音，也許他早有夢遊症，誰知道呢？每天下班回來，我已經累得半死，好不容易等小薇睡下，我往牀上一倒就人事不知了，實在沒想到半夜還會有人開門跑出去！

「警局的人說最大的可能是自殺，我偏不相信他們！有一個『烏龍』組長居然還問我溪山生前跟不跟我吵架，我馬上反問他，他跟不跟他自己的老婆吵架，眞是有沒有搞錯？天下還有不吵架的兩公婆嗎？

「如果你也要問我這一類的問題，我可以告訴你，溪山和我這些年一起苦出來，同甘共苦的感情總是有的……夫妻之間，那大概就比什麼都重要！

「我原是香港來的，大學城打工的時候識得溪山，小城裏沒幾個中國人嘛！他那時候書唸了一半不唸了，一時又找不到事，就在餐廳裏幫廚，等到我畢業之後，他才好不容易找到一份事，沒多久我們就註册結婚了！

「沒認識我之前，據說他頗有一批狐羣狗黨的朋友，人家鬧釣魚台，他也跟著瞎起鬨，聽說一度還傻傻的想回『社會主義的祖國』貢獻去，認識我之後，這些朋友全拒絕往來啦！這些年才算安定下來，還進了聯邦政府工作：但是他最近又常提想回台灣去，不過他講講罷了，他知道他以前有過紀錄，搞不好還在黑名單上，而且我也絕不可能同他一起回去的！

「我現在手上有間貿易公司，專做純羊毛地毯進口，生意還不錯，沒辦法啊！進聯邦政府之前，溪山始終找不到穩定的事，這樣子錢多少活動一點，而且小薇將來也要用錢，在美國女兒尤其花費多！還有這棟買下不到一年的房子，要供！我其實當初是不打算養小孩的，現在更好了，成了沒有父親的孩子，不過，她的生活秩序還照常就是：只是換我每天去保母那裏接她，週末就學鋼琴，她爸爸不在她反而輕鬆一點，沒有人逼她認方塊字，她爸爸甚至無聊到教孩子講台灣話，你說她爸爸是不是有點頭腦不清楚！

「說實在的，溪山眞是個沒什麼腦筋的人：根本不懂政治，釣魚台的時候他也跟著人家吵回歸，就不看看自己這台灣人要歸去哪裏？這幾年他又變了心意想回台灣，說是不在乎任何窮鄉僻壤，只要回到自己生長的地方；我實在忍不住了，就不客氣的告訴他，釣魚台時你可以說是年輕人血氣方剛，現在呢？你有家有眷的，又老大不小了，除非你能把一切都抛掉，否則還是乖乖的給我在美國把根扎下去！

「他的個性，有點迂來的，眞會把人急死，所以我尤其想不通好端端怎麼會出這個意外，他平常跟別人絕對沒有什麼恩怨過節，要綁架也找不上我們這種人家……

「那天晚上，我的確沒聽到什麼聲音……」

目送陳太太走出「四季餐廳」的玻璃門之後，我也把筆記本闔起來放進了上衣口袋，靠在深陷的卡座裏再回想她說的話，我愈來愈覺得這整件事有些蹊蹺：陳太太微帶廣東口音的國語，讓我想到紐約僑報版面上的「香港傳眞」，除了聲色犬馬的娛樂新聞外，就滿篇語不驚人死不休的社會版，天天花樣翻新著販毒、走私、綁架……但是，這裏不是香港，陳太太也不像多是非的人，會是什麼呢？……還沒有找出解釋，供應晚飯的時間已經到了，想到那不能報銷的帳單，我只好挽著西裝走出「四季」。外面的馬路正揮發一天蓄積下的熱量，我的一頭霧水便化作一身濕漉漉的汗氣。

當我從溽蒸的空氣回到城郊的家，家裏重型冷氣機吹出來的清涼立刻令我精神一振，隔著幾扇門的甬道，我聽見妻正用亢揚的女高音唱那首〈清平調〉。原來，又是一個練唱的下午。

等我沖了一個溫水澡出來，並替自己泡上一杯茉莉香片時，她正顫抖的唱到「一枝紅豔露凝香，雲雨巫山枉斷腸」，不知是不是唱詞裏淒婉的聯想感動了我，一時，我竟想到妻斜坐牀沿梳髮的背影，我幾乎有一個衝動要推開臥室的門進去，告訴她今天發生的事。但幾乎也是立刻的，她的歌聲停歇在一個長休止符裏，於是，我想到我們中間像環結一樣糾在一起的問題，想到她那張堅定的臉，臉上對物質生活強烈的渴求，相反的我卻是那麼顢頇。大概是老夫少妻或者是人與人相處本質上的悲哀，總之已經不可挽回……但悲哀的是即使想得這麼清楚，多少次我還是一樣會把持不住，結果除增長她的氣焰之外，更注定我長此匍匐在她膝蓋頭上的悲慘命運，這樣想著，那一剎那，我握住門環的手又頹然鬆下……

然後，很奇怪的，在下一刻裏，我的心念竟跳進一片玉米田。更奇怪的是這層層搖曳的墨綠並沒有帶來往常那種陷身叢林的鬱結，我只是想到一個叫陳溪山的。陳溪山他躺在那裏，玉米團團圍繞著他，像是溫暖的洋流，而他浮泳於陽光照射的海面，這一剎那，我忽然知覺像他這樣死去也許不是一件壞事，如果活著也只剩行屍走肉的話。

爲了多知道點關於陳溪山的生平，我打了幾通電話，終於在數天後聯絡上他辦公室的同事高立本。高立本英文名叫傑克，安徽人，比陳溪山大十來歲，進到房屋發展部也早幾年。我跟他電話約好，在他們辦公室那弧形建築門口碰他。當時，我穿了一件夏威夷衫，腋下夾了筆記本，一副輕車簡從的樣子，免得引起些不必要的猜疑。想不到，高卻是很四海的一個人，看到我站在那裏，他很熱情的向我走來，抓起我的手就是重重一握，看來姓高的以前大概跑過不少碼頭。

當他談起陳溪山的時候，他卻一反嘻笑的神情，他肅穆下來，當時他一大疊皺紋的眼裏，如果細看的話，好像還泛著一層淺淺的水光。

同事的話

「小陳嗎？起先聽說他失蹤的消息我眞不敢相信——直到後來去參加他的葬禮——哎！眞是個大好人，這麼好的人又正當壯年，怎麼會落得這種下場？

「眞是老實，老實到我都忍不住拿他來開開心，現在想想，還眞對不住他——

「小陳是那種一絲不苟的人，襯衫上一點縐褶都沒有，大概天天洗天天拿熨斗燙……小陳的家庭觀念很重，辦公室擺著放大的全家福，講起話就是小薇長小薇短，每天準四點跨出辦公室大門，說怕小薇在保母家等急了。

「他的娛樂大概就是種中國蔬菜，聽他說，他家後院子種了各種各樣的菜，其實我也嚐過不少，尤其他種的蘿蔔，味道眞甜，像我們家鄉的青皮蘿蔔。

「唔！玉米田，我知道他死在玉米田裏。哎！他跟我提過的，他家是新闢的住宅區，事實上，那個房子幾乎是他自己監工造的，去年十月才落成，附近有一片玉米田，他爲此還興奮得不得了。據他說，像他小時候常跑進去玩的甘蔗田，他告訴我他小時候是個頑皮孩子，最喜歡偷甘蔗，那是他童年時候最愛做的事。那時候，最多不過被主人抓到修理一頓，打完了主人還奉送他一捆甘蔗帶回家，陳溪山一邊講一邊露出牙齒嘿嘿地笑，那表情再爽也沒有了——好像他失蹤前一天還這樣說過。

「記得我還跟他開玩笑：我說小心美國的農戶都有槍，搞不好玉米偷不到還蝕上命一條，眞成了『偷雞不成蝕把米』。

「要知道竟會一語成讖，打死我我也不敢再胡說俏皮話啦！

「噢！對不起，你是問我辦公室都辦什麼樣的公……公家機關裏等因奉此，走遍天下都是那一套，沒有重要性的！……沒有、沒有，絕對沒有，你們做記者就是想像力豐富，老弟，這是二十世紀的亞美利堅，不是十八世紀的非洲大陸，沒有人因爲吃一口公家飯就惹上殺身之禍，如果有這個可能，我今天就上辭呈不幹了……老弟，別扯遠了……對了，等你找出頭緒時，拜託千萬告訴我一聲，我與小陳同事一場，這陣子見不到他，還眞不是味道。哎！做事的地方遇上個投契的人不容易喲！哎——哎！」

步出那棟弧形建築後，我的腦袋裏還盤旋著高立本臨送我出門那聲悠長的嘆息，然後他又抓住我的手重重一握，一副重託我的樣子。其實，我能做什麼呢？我不過是個新聞記者，這又是在人心隔肚腸的美國。

聽高立本話中的意思，陳溪山是個頗爲退縮的人，否則，大概也不會一早進公家機關做事。這樣想著，我的眼前便浮起剛才那新穎而闇深的建築，甬道裏一排一排日光燈，好像永遠不明不滅的閃著。

然後，我想起那玉米田的線索，看來，玉米田在陳溪山心目中的確別有分量，因爲長得像甘蔗田便勾起他童年的回憶嗎？又因爲某種回憶才直接、間接牽引出這場悲劇嗎？面對這理不清的謎團，我的腦筋格外紛雜了起來……

奇怪的是，除了腦筋偶爾會混亂一陣之外，想到陳溪山的時候，我卻愈來愈明確知悉心裏那種清涼的感覺。只要想到他曾經靜靜的躺在玉米田裏，那年夏天的燠熱便不再蒸烤到我。於是，我止不住一再想起他來。他與我必有某方面的相關，是的，我們都娶了能幹的女人，但是他比我多一個五歲的女兒，有個孩子總是好的，如果妻不是極端理智的話，我的孩子也該五歲了。

我想，我必須找到小薇談一談。

我在保母的家裏看到小薇，一個口齒伶俐的五歲女孩。眼睛很大，但不知是不是因爲她父親的事顯得空洞，也因此可憐兮兮的，嘴巴呈一個稜角的向外突出，讓我很快想到她的母親，但孩子沒有承繼到她母親的自信與犀利，臉上就顯得單薄多了。

小女兒的話

「爸爸走了，從那天晚上推門出去就沒有回來，小薇現在還在等爸爸回來，像以前一樣，那天四點過十五分鐘，爸爸又站在劉婆婆家樓梯口等小薇啦！

「爸爸對小薇最好，他比媽媽有耐性，而且準時下班，不像媽媽，常常好黑好黑才回家。

「爸爸推門出去那天我聽到的，有輕輕動門柄的聲音，那時候，小薇起來噓噓；後來，我作夢還聽到砰地好大一聲，不知是不是打槍……要是小薇一直醒下去就好囉！

「那一陣子，媽媽晚回家，爸爸總愛站在大門口，望著路邊那塊玉米田發愣，……有時候，月亮好圓好圓，遠遠有狗叫，好多隻狗，……我看到爸爸就像小薇一樣會流眼淚……臉上好多條水溝，小薇看到也很想哭欸！

「媽媽回家他們就吵，但除了開頭爸爸還哼唧幾句，都是媽媽朝爸爸大聲吼。他們吵架都用英文，小薇聽不懂，不過我知道媽媽怪爸爸不出來幫媽媽做生意，只會縮在殼裏；媽媽又常黑著臉跟爸爸說：『你要回去，我教你一輩子不用再見到小薇！』

「記者伯伯，你告訴我，爸爸是不是一輩子看不到小薇了？爸爸以前常摟著小薇告訴小薇，他捨不得小薇……他為了小薇哪裏都不去……以前爸爸心裏很不舒服的時候，就牽著小薇的手到菜園裏……爸爸也喜歡教小薇種菜，就是用一點點水把『仔仔』埋進土裏，……爸爸還要小薇把泥土握在手裏，好黏好軟又好好玩，爸爸說，那是世界上跟我們最親、最不會丟掉我們的東西！

「記者伯伯，爸爸是不是不回來了？小薇想要告訴爸爸，她每天都在等爸爸，等得很辛苦欸！」

當小薇揮舞著短胳臂的身影消失在車窗玻璃之後，我竟一時忘不了小女孩圓大而空洞的眼睛，她好像聽到槍聲，她說月夜的時候她爸爸常瞪著玉米田，她是在作夢嗎？還是整件事都是一個夢？……為什麼當我對著她的眼睛時，我就覺得她的爸爸一定會回來？四點過一刻的時候，站在保母家樓梯底下等她。

這樣想著，我甚至是妒忌著陳溪山了，因為不管他在生命中欠缺什麼，他至少有個解事的女兒，而我有什麼呢？許多年前，當疲倦的產科大夫褪下手套，伸出他的大手握住我的，告訴我在母親與胎兒間只能擇一，而他們救了母親，遺下氧氣不足的胎兒時，我不知道在我心底處，是否有改變他們決定的心願。我曾經多希望有個孩子，因爲孩子可以是另一個自己，全然有希望的自己，生命絕對需要更新，特別當我原來有的只是具猥瑣的軀殼而已。

而我竟失去了我的孩子，後來妻亦曾懷孕，但她卻以不願再冒險的理由，早早扼殺了我的骨肉，那是五年前的事了……從那以後，我便由衷地厭恨著妻的肌膚（當然，我也有情不自已的時候），我覺得與妻之間所有的感情自那之後便一點點地死去……或許是我，是我自己一點點地死去了……

見過小薇之後，那年夏天便已經過去了一半多。然後我突然忙了起來，因爲一撥一撥新上任的議員出國考察。我必須離開華盛頓，隨他們到東北角幾個州參觀訪問，往年碰到這種機會我都會挺高興的，因爲我喜歡旅行。旅行時你總會記得許多年輕時候的夢，在旅館的酒吧間裏與女人搭訕的調調也容易讓人一霎時忘情起來，忘記自己已是早有家室的人。當然，這樣的時間並不多。因爲議員先生的行程一般比較緊湊，尤其這次來的幾個黨外議員，閒下來還要出席同鄉會的邀約，偏偏同鄉團體中也不乏台獨的外圍勢力，於是，我親眼看見他們在各路人馬的包圍下進退兩難：既怕人家以與國民黨合作的「靠攏分子」相視而失了黨外的色彩，亦怕這又是某種有形的「請君入甕」。替他們想想，也的確是煩惱，想來這就是涉身政治的悲哀……可是，若再轉回頭來想，我們駐外記者這一行，多少時間就花在爲政治人物錦上添花上面，豈不更是悲哀的悲哀？……每當我這樣子自暴自棄的時候，就會依稀想起當年，當年在島內跑地方新聞的日子，橫豎豆腐干一塊地方，跑久了自然能搞出些門道來。平常看不慣的，碰到選舉時轟他一炮，居然立竿見影，馬上帶來各階層的關切——不管時效有多短，那兩天即使蹲在攤子上喝魚丸湯，都以爲自己是社會良心，自己才眞是宣傳車上爲民喉舌的人——也許那時便是快樂的日子，快樂而且自由，盡到了新聞從業員的本色！

但是耗在東北角的日子畢竟不虛此行，憑著一點鬼使神差的狗屎運，我在一個討論會上打聽到一位陳溪山的高中同學。更難得的是，他對溪山還有印象。從他口中，我知道了陳溪山的另一面：

高中同學的話

「陳溪山是我們班的小胖子，坐在前排，功課總在五名之內，不怎麼愛講話，屬於貌不驚人那一型。

「他好像當了幾年衛生股長，安排大家打掃，倒也井井有條。

「眞正惹起大家注意還是高三上的畢業旅行，那時候，儘管計畫之初熱熱烈烈的，但臨行前功課好的同學都打了退堂鼓，留著時間啃書去了，去的多是些一向比較瀟灑的。

「陳溪山倒去了，一路上誰也沒有想到，原來他拿著一具麥克風，就可以逗得大家哈哈大笑。任誰也沒有想到，他竟是這樣會講笑話的一個人。

「那時候，我們是環島旅行。最後一站到他家。到他家前還要坐一段糖廠的小火車，他家附近都是甘蔗田。他家裏人還做飯菜招待我們全體，我記得有一道白切雞，蘸那種濃濃的醬油露。他父母親老實到話都講不出，只是一直替我們夾菜，自己都沒吃，臨走還不停朝我們鞠躬，說我們是讀書人，很了不起；又說要我們多照顧他們家阿屘。

「後來高中畢業見面就少了，陳溪山考上財稅，他的第一志願，我考上另一間大學的會統，一年之後我又轉進工學院，總會害怕唸丁組下去連女朋友都交不到。

「後來幾次在路上碰見他，好像和他之間還是沒話可說，但心裏又有說不出的熱絡；大概經過那一次畢業旅行，我多少看到了另一面的陳溪山，所以之後聽說他搞釣運，我並沒有太吃驚……

「釣運那一陣，他還眞搞得轟轟烈烈過，召開什麼『國是研討會』，眞的一樣！不過，不出奇就是，像他在畢業旅行的一路上，豈不是也出了每個人的意外！……後來他們保釣不成，『國是研討會』也就無疾而終，我聽說陳溪山曾經大大消沉過一陣子，功課荒廢了不少，書也不能讀了，當時我還十分替他可惜……

「等我再聽到他的消息，他已經結婚，聽說他娶了一個年輕能幹的老婆，還是做進出口生意的，我以爲他小子不愧爲聰明人，大概已經混得比每個同學都好。要是今天沒聽您說這個嚇人的消息，我還當眞以爲他躲在僻靜地方作起寓公來了……」

見過這位「貝爾實驗室」的硬體工程師不久，議員團也結束了他們密集式的訪問，我跟著他們又回到華府。那時候，已經夏末，即使氣溫還是很高，但由於濕度低的緣故，便不再悶得難受了。回來第一件事是整理桌上堆得老高的報章雜誌，我多半翻也不翻就直截丟進字紙簍，其實，這不過是我對付雜蕪外電的故技。我常陰惻惻的想，就算把面前這些電碼字條一把火燒掉，又有什麼關係呢？世界照舊運轉，明天出版的報紙亦不會因此而失色，甚至沒有人會發現這個缺失。

大概是存心不良的緣故，我常覺得高掛在牆壁的世界地圖正虎視眈眈的瞪著我，怪我對各偏遠角落的天災人禍起不了惻隱之心：也許是我冷血，也許便是我職業上的倦怠感吧！我總認為世界大同之類的理想永沒有實現的可能，因爲即使我一個資深的外事記者，也終難跟外電中的奇人逸事認同起來，我想，我只是一部傳譯的機器，把冷冰冰的電文再打進冷冰冰的鍵盤，如是而已。

很意外地，我在一捆雜誌底下翻到一份左派團體的通訊，上面寫著：

陳×山君，屏東縣人，平日除致力鄉梓外，一向心向祖國，日前突陳屍田裏，死因不明，本組織對其無端故去至爲關切。

又及：陳×山君十年前在釣運會上慷慨陳辭，爲出力最多的一員猛將。

然後，就是毫無進展的整整一個月，事情在我腦子裏似乎更撲朔迷離了：同時，憑著我一點業餘的精力，我似乎已走入死胡同裏。其間我也試圖在警署中套出一點口風，他們的回覆卻是公事公辦的一句話：「沒有他殺嫌疑。」之後我也試過電話訪談陳家的近鄰，一來陳家附近是個新住宅區，二來陳家人一向深居簡出，鄰舍竟連有這戶人家都不知悉。每當這麼沮喪的時候，就像有什麼奇異的力量，拉著我必須向玉米田裏去，因爲只有那裏，是我一向未涉足的現場，也可能是謎底所在。

我記得那是十月初的一個下午，中午出門前，妻與我又一貫地發生齟齬，我相信是由待剪的草坪引起的，然後愈扯愈遠，美雲竟把它說成是對她愛情的一種保證，而我一向的懶散，也可以歸結到我對她的缺乏愛情——「愛情！」——當她提到這兩個字的時候，臉上一下子充滿聖潔的光輝，我忍不住噗哧一笑，第一次，我能夠平息下怒氣玩味起她字眼裏頭的僞善意味。

那天當我由家中來到辦公室，站在交誼廳等候電梯的時候，大片玻璃透入的和暖陽光讓我俯身過去張望……窗外是圖畫一樣的國會山莊，以及閃閃跳動的波多馬克河，當我的眼光正要由岸邊濃鬱的綠移向那淌淌的河水時，陷身叢林的鬱悶卻瞬時攫捉了我，我一陣子暈眩……於是，像陷溺的人抓住浮木，我及時強迫自己想到陳溪山，想像他舒展了手腳躺在泥土上，微風輕輕地呵護他，搖曳著的綠色枝幹像是搖籃，像是母親的手，在裏面人得到眞正的安息……我吐出一口氣，心裏逐漸泛起清涼的感覺……

就這樣，我那埋藏著的，要闖入玉米田的欲望又強烈起來。平常，這段長長的下午，我常去新聞大樓的頂層買杯酒喝，聽人用豎琴彈一些一、二十年的老歌，我的心裏便會浮起些褪色的夢：我早說過，我有一些軟弱的本質，常使我不自禁地濫情起來……但是今天，一杯酒下肚後，我仍記掛著那片玉米田，擔心不久後便是收割，剩下赤裸裸乾裂的土地，枯稭颳得吱嘎吱嘎響，然後一層雪一層雪蓋下來，最後剩下一片灰茫……啊！那就太遲了，那是太荒涼的景象……酒意裏我扶住方向盤，朝著陳溪山家直衝下去……連續上下幾次高速公路，終於路的盡頭，那片新營造的房子在眼前清晰起來，然後，我看見了，他家不遠處那片玉米，的確很像甘蔗，除了葉尖端處偶爾露出褐色的鬚髮，但不細看是看不出的。

我把車子煞在路旁，我趴在方向盤上想：我想，我應該回到公路上的。因爲秋初的晚風早有寒意，四周也轉眼暗將下來，尤其該想清楚的是，我這個年紀已不適合冒險。但是，晚風裏就是有一股召喚我的力量，逼使我穿過田埂……玉米的葉緣刺著我的肩膀，我必須斜著身子闢開一條路，我的脊背也透著一陣陣涼意，使我全身爬滿雞皮疙瘩，……但是，葉子與葉子的空隙間的確傳遞出一絲細細的聲音，在喘著氣，在召喚著我，那是陳溪山嗎？是他正試著告訴我綠色的莖葉中包藏的祕密，包藏著什麼？藏著他永遠的夢嗎？永遠不能實現的夢嗎？

當我一步步離開公路走向幽深，玉米葉摩挲的聲音繼續在我耳邊嘈切，奇怪的是，雖然酒意不見了，我的血液卻加倍澎湃起來，腳下踩著同樣的泥土，我幾乎能感覺到那晚上陳溪山的足跡，對了！他必然爲了找尋一樣東西來的，也許像我現在一樣，想尋求一個答案，起先他按捺著不去找尋，等著玉米一寸寸長大……終於在一個晚上，一個燠熱的晚上，他忍不住了……那晚上一點風都沒有，層層疊疊的林子，看起來更像甘蔗了，他按捺著狂喜走進去……但是，他的夢立時破了，雖然葉片緊緊保守著祕密，但那早已不是一個祕密：裏面並沒有多汁甘甜的甘蔗……玉米田只是一場可笑的夢，因爲田裏永遠種不出他要找的過去……就像他永遠不可能回到童年，厝邊就是甘蔗田的日子……他現在的家，是坡上那棟寬廣的宅第……也許，那亦是一場夢！美國是一場繁華的夢，婚姻是一場荒謬的夢，至於釣魚台呢？那大概是一場時空錯置的夢……

我沿著田埂坐下來，這時月亮出來了，照著枝葉頂端包裹著的玉米，像是花苞一樣的豐碩飽滿；而田野上經風起拂的稜線，又像夢境一樣的柔和安詳。於是，一霎時間，我想起這些年裏，自己一些關於故鄉與田疇的夢，都是遙遠而且模糊的，而且帶著童話的色彩，因爲憑著我有限的記憶，那就是我所能渲染出的畫面了……（在我隱約辨出槍聲的時候，我就作了流亡學生）……照理說，在年成好的時候，我的故鄉也該有「青紗帳」的，那會像玉米田呢？還是那會像我心裏謎團一樣的叢林？……（可惜，我眞的不記得了，我只記得跟著軍隊一站站開拔，留下潮水一般飢餓的人）……（大概也是艙裏餓久了吧！一到陌生的碼頭就搜尋吃的，攤子上水淋淋擺著一截截的竹竿，「ㄉ一竿？竹竿？」人家不高興地狠狠瞪我一眼……那就是我對甘蔗最早的印象了）……那之後呢？那之後我很少想起家鄉，也很少掉下眼淚，即使是在唱「高粱肥，大豆香」的晚會上……我只是勤勉的上補習學校，想要實現自己的志願，作一個挖掘民隱的新聞記者……

也許，都是作夢吧！月光下我迷離的想著……也許原來單純的願望，教人心弄得複雜了，也許我們表面看到的，實際上卻是障眼的把戲……會不會陳溪山只是一個不快活的男人（像我一樣！），所以他常常想要逃走（「天啊！幫助我，怎麼樣才能狠下心一走了之？」）……也許他以前月夜時站在家門口，正是一心在計劃逃亡，所以可能連屍體都是假的，他早有了有錢的情婦。現在正坐在某私家小島曬地中海的太陽……我幾乎是覺得快慰的往下想。

但就在這一刻裏，月亮掉進烏雲裏去了，我一時發現自己頹唐的坐在泥巴堆裏，也開始覺悟到自己的童騃——因爲我必須承認，憑著一些片面的資料，我對陳溪山的所知仍這麼少，以至於所有的臆測，只不過反映我自己的心境而已——可是，唯有一點我能夠確定的，那就是他曾經辛苦的活過，即使不快樂，他也曾努力地去尋求。我想到他後院該有一畦畦菜園，還有那個等他回家的女兒，到處都是他辛苦過的痕跡；然後他更辛苦的在坡上闢建下新家，他那麼喜歡他新家的地點，因爲不遠處的玉米總會長高起來……長高一點、長高一點，長得更像甘蔗一點……比起他來，我這幾年在美國的生活算什麼呢？我又有什麼資格想探索屬於他的領域？即使是這一片玉米田，也是屬於他的，因爲他有感情，是他一天天看著長高起來……比起他來，我在美國的生活還剩什麼呢？泥土跟我那麼疏遠，職業裏面我那麼虛僞，一點浪漫的幻想也已隨年齡消逝，我有的，只是一套浮誇的生活，一個貪求無厭的老婆而已。

我靜靜坐在田埂上，望著嵌在黑雲裏的月亮。夜風緊了，屁股底下也濕漉漉地盡是露水。我提起手臂，看戴在腕上的夜光錶，不用摸我就知道，背面鐫著「無冕之王」四個字，還是初進報社那一年，社長勉勵新人的紀念品。

（那時候，我是一個剛出道的小記者，可是，我多麼看重自己。現在機遇有了，我卻失去當初的心境了……）

「我想，無論如何，我該再試試的！」我望著月光下無限豐饒的玉米田，有些感動地對自己說。

於是，我拍拍屁股站起身來，映著月光在褲袋上擦乾淨錶背，然後，循著葉片摩挲的聲音，我邁出步子，從田埂裏一步步走出去……

這以後我沒有再探詢陳溪山的死因，我只是盡快請求內調，一個月後，請調准了，我於是安頓好美雲，隻身回來台北由外勤從頭幹起。

再半年後，美雲以兩地仳離的理由要求與我離婚，我爽快的答應了她。在她辦完手續臨去機場的時候，她極爲誠摯地望著我說，只要我再外放，我們仍有復合的希望。

我想我必須對她說眞話了。於是我握住她鮮紅蔻丹的手告訴她，我是個中年人，不容一錯再錯，而駐外記者一行，實在是小伙子單打獨鬥的事業，所以我寧願留在自己的地方，平實地扎下點根柢，過陣子或許找個鄉下女人成家，生一窩活蹦亂跳的孩子，因爲那是我認爲有意義的事。

從見過美雲之後，我很少再想起那片玉米田，偶爾想到的時候，我便跳上一列「枋寮線」的快車，當車過嘉南一帶，窗外那綠燦燦的大片甘蔗，便是我瑣屑生活裏最甘美的源頭……

在巨星的年代裏

——你用你的鄉愁，我用我遊子的孤寂，去探望故鄉的土地

1

那一年，我渴切地想回台灣，倒不是因爲我有幾篇不成氣候的小說在島內文壇獲得了小小的迴響，原因卻是倏乎間我厭倦了此間的一切：包括我的生活、我的職業、我已然破裂的婚姻，以及最重要的，我漸入中年的心境。

之前我已有三年未回過台灣。上次回去是參加父親的葬禮（那時候，我的母親亦已過世一年餘）。當我乾著眼睛看見新漆的棺木在陽光下閃閃發光，終於沉入泥黃的土中，我想的是至此我或將自由。多年來，我心裏彷彿有一頭小獸，它悄悄地四處衝撞，爲了躲避患上懷鄉病的父親那日趨模糊（卻在模糊中依然壓迫我）的影子。而更明確地說，見到自己流浪了這許多年仍舊一事無成，我甚至生出無比的快意，認爲這便是對曾經在我身上寄予一切不實際期望的父母最強烈的報復行爲。因此，站在那塊即將鋪起一方方朝鮮草坪的墓地上，我心中竟充滿新生的期待，是，這場多年來的戰事結束了，我心裏的那頭小獸也隨著棺木一同埋進了土裏。

想不到的是，葬禮過後又數月，才是我人生眞正一敗塗地的開始：而直到這時候，我才痛苦

地懷疑著原來我就是那頭小獸，我是蹧蹋自己的元凶，與我的過去、我的經驗，甚至與我一向勤懇、鄉愿（他們緬懷故土，卻希望我在國外落地生根）、但追根究柢仍充滿善意的父母毫無相關。懷著這樣的省悟，我寫下幾篇對自己顯然有救贖作用的小說，亦只有寫小說的過程讓我渾然忘記自我：我於是可以從頭來過，或許這一回有幸是另一個截然不同的我自己。

挑燈夜戰的寫稿生涯令我睡眠不足，如此長期渴望著眠覺，我不免日益嫌惡白天的那份工作（甚至連看到豎起一柱大旗竿的辦公室，我都覺得瞌睏異常）：我在此地的協調會——前身叫做大使館的衙門任職。因爲是當地雇用，從未經過外交官考試，所以連銓敍的資格都沒有。既然這是一份棄之絕不可惜的職業，我亦無意戀棧，一心想的是回去台灣，找個餬口的工作，千萬不要太忙，閒下來就可以背著我的行囊四處走走。那時候，似乎是我內心裏唯一強烈的渴望。

記得三年前父親的葬禮過後，婉拒了親友們的溫言邀約（前一刻，他們才對我身爲孤哀子的冷淡言行議論紛紛），我搭上通車不久的北迴鐵路，穿過聽說是「大約翰」挖出來的山洞（Big John與ㄅㄥ ㄎㄤ，我總覺得兩者之間有說不出的諧趣），望著浮在霧裏的龜山島：斜插的山與碧色的海之間是並不開闊卻無限壯美、豐饒的土地。那一瞬，我的目光中有淚，我竟爲眼前的景色由衷地感動了，想到數個鐘頭前我才乾著眼睛看見棺木合攏在泥土裏，此刻我奇異震撼的心中，卻替我外省籍的父母感覺到了羞愧——啊！他們這一生中，何曾打開他們的胸襟，擁抱過他們終於葬身的土地？——聽人說，在彌留的光景，父親居然一挺身從牀上坐起來，對著窗外一棵照眼明的鳳凰木（父親最後一年間住在南部的老人院），他竟笑咪咪地說他看見了老家院子裏的榆錢樹，「掉了一地的榆錢！」他含笑閉了目，卻等不及萬里外匍匐奔回來的兒子。

那一刻，眼望深崖之下豔陽中變化著詭麗色澤的海水，我在車廂內喃喃唸著婆娑之洋、美麗之島。而我知道，此後當我驀然醒轉，從一個個充塞著渴望與幻滅、虛無與追尋、甚至淤積著未能滿足的情欲的夢裏，眼前這夢土般的景色，從此便是我枯澀心腸中一方田田青綠！

而那些日子裏，回台灣的願望我倒不輕易與人提及。一來以我一個學文的，沒什麼背景，出國之後原有的少許聯繫就逐一斷去，如今要謀一枝可棲也並不容易；二來我們辦公室是官僚機構，有一切衙門裏的是非與閒話，我可不願意讓這批成事不足敗事有餘的傢伙知道我已萌異志。事實上，一旦讓我的頂頭上司曉得，對他而言，恐怕是一項嚴重的打擊。儘管我在辦公室內吊兒郎當，暗地裏我的頂頭上司卻奇妙地仰仗著我，有時候，為了避免那些資深同事的醋意，他甚至打電話到我家來徵詢我對某一重大決策的意見。這對我來說其實很不划算，榨取我的腦汁，卻變作他的工作表現，而同時他又明知我沒有任何僭越的野心（甚至沒有升遷的機會），因此，他樂於接納這種無酬的服務。

便因為私底下常為我的頂頭上司跑腿（他竟美其名為他的穿梭外交），在這個充滿野心家、政客、使節以及明日之星、後起之秀的城市裏，我也認得了幾位在僑界頗為一言九鼎的名人。那次，就是因為遞一檔公文的便利，我坐在赫醫生家那間斜擺著一架史坦威鋼琴的大客廳裏。

「我想回去做事。但是，恐怕一職難求，」單單挑中赫醫生開口，是因為他以善作國民外交著稱，想來人面都熟。我點上支煙，連吸幾口，故作輕鬆地抖抖煙灰，說：

「赫醫師，你辦法多、點子花妙，這幾年，連我們大老闆都要靠你來辦，呃，所謂的實質外交。說眞的，指點一條明路如何？」

「做事，你說回去做事，做哪一方面的事？」赫醫生摘下眼鏡，搓揉著鼻梁上兩塊凹下去的印子，一面抬起頭問我。

「Live a humble living 就好，只要別朝九晚五。」我笑著撚熄才燒了半截的香煙。

「不想按時間上下班？……那麼，大概你想做的要到文化事業裏去找。對嘛！我聽人說你還會寫小說，寫得不錯……」赫醫生沉吟著。

「沒的事，興趣而已。」

「是啊！稿費不能謀生。其實我的興趣，也不是醫師這一行……」

接下去，赫醫師居然長篇大論說起了他自己。這就是這批知名人士的通病，一談到自己就滔滔不絕，卻又了無新意。其實他說的每句話我都聽過數遍有餘，無非是他自己博學亦有所成名，身為醫生卻能腳跨政經兩界那一套。

「我有興趣的是為國家做些事，平實的、理性的、漸進的、溫和的……」提到溫和的目標，赫醫生的額角凸起了青筋，他的口沫在空中昂揚地飛舞著。

他吹擂了大約十五分鐘，總算語氣一轉，話題又回到我身上：

「你說想回去，打算什麼時候回去？」

「隨便。有份工作，我現在就走。」

這爽快的答覆——從一個年近四十的男人嘴裏說出來，顯然不負責任——竟讓赫醫師立時有些惱意。接下去，赫醫師從鼻孔裏冷哼了幾聲，便嘀嘀咕咕講了些什麼如今台灣的市場也過於飽和，回去千萬不要存著會有更好的發展，或者有人會為你抬轎子的心態。

我不在意地聽著，先前幾番過招，我已經知道他確實想不出有人就是爲了自己的抉擇回去，正像當初是爲了自己的抉擇出來……

靠在他家織錦團花的椅墊上，瞪著赫醫師那兩葉迅速翻動的嘴唇，我心裏無趣地想著他這個人眞是挺不痛快，平常他沾沾自喜跟上面（他喜歡用「層峯」這個名詞）關係非比尋常，其實大概是吹牛的成分居多；而他平素口口聲聲以「上醫醫國」爲己任，說穿了，不過沽名釣譽的心比誰都重而已。

面對他那不住晃動的腦袋，辦公室內那種厭煩的感覺又回到我的心裏。他既然缺乏誠意，我又何嘗願意浪費唇舌；而這些年間在官場的邊緣混一碗飯吃，這類談笑用兵的伎倆難不倒我，明知他無心幫忙，我的語鋒頓轉，刹那間剛才說的只是一場玩笑——

道過晚安退出他家客廳，走在他那花木幽深的院子裏，我想著其實他大可以拍拍胸脯答應，然後過一段時間再告訴我他的困難，這樣總算是敷衍過了，但沒有，他連敷衍也懶得，以他在我們衙門走動的殷勤，小小的關節上自有用到我的時候，待他在客廳裏尋思過幾回，保證他會爲自己的沉不住氣而暗自懊惱起來。

2

我那輛一九七五年的老福特輾過他家的草坪、退出迴旋的車道，沒想到，卻是我先嘗了失言的悔恨滋味。對這批政客一類傢伙的心態，難道我還搞不清楚？爲什麼？我竟要試探他的誠意？眞蠢，活該便是自取其辱！

其實，我早應該知道了，記得兩年之前與妻尙未離異的時候，我們參加過一回此地華人的野餐活動，那天的飯後餘興是排球賽：或許被妻子挽起袖子的英姿（在我心裏，妻子是名副其實的女強人）所撩撥到，我也硬湊上一角。

瞬間球起球落，沒兩下子，我的手腕青紫了好大一塊。看來場子裏的其他男士也不比我強，倒是幾位明明屆臨更年期的太太還唷喝唷喝地表現出過人的英勇。說時遲那時快，就在我分神冥想的一秒間，球掠過我的耳際，應聲倒地的是站在我後方、飛身救球的何太太。

我聽過這位何太太，在台灣本是中學體育教員，去年才移民來此，一直找不到工作，遇上何先生被卡車公司裁員，何太太只好捺下性子到餐館打工。何太太摀住面孔在地上半天沒吭聲，大家迅速圍了上來，一抬頭見她滿臉淚痕的工夫，才曉得她傷得不輕。

「別動她。」原來坐在涼棚裏的何先生喘吁吁跑過來，他推開衆人，噸位頗大的身體晃了晃，朝自己妻子跟前蹲將下去。

有人急忙打電話叫救護車。

幾位太太亂嚷嚷地問著來賓中有沒有醫生。

「有，有，這裏。」人羣裏立即裂出一道縫，迅速把赫醫師簇擁到最前面。

赫醫師大略看了看，一句話都沒說。由於我正好站在赫醫師旁邊，這個當兒，他眼眸裏——似乎連蹲下身去都顯得多餘的——那股漠然，我恰巧瞥見了。

一會兒救護車開到，還嘶嘶地鳴著警笛。穿白外套的醫護人員抬下擔架，不到五分鐘，何太太腿股四周已綁上冰袋，搬進了救護車。何先生大步跨了上去，幾位與何太太相熟的婦人也跟著擔架坐入救護車。救護車鳴起警笛揚塵而去的一霎，我看到早已閃到一旁也早已神色自若的赫醫師。

這霎間我簡直鄙夷他的，儘管那時候我還不認識他（與他相識乃是這一兩年爲我上司跑腿的緣故），便因爲他的職業是醫生，在我一廂情願的心裏，已認定他應該義不容辭地跳上救護車，至少也陪過去看看，說什麼都是安定何先生的心。而我在協調會裏時常聽說，當國內某要人出來，若是事關敏感而不欲接見新聞記者，總在赫醫師的醫院裏掛個身體檢查的病號，將養一番。兩相對照，我總覺得赫醫師那時的反應未免太現實了些。

的確，赫醫師是此地的名人，照片常出現在報紙上（總在適宜的時機與當紅的政要站在一起），不時發表幾篇有關島內前程的讜論。除此之外，他的名字也常跟美麗的影星連在一起。特別是現在已成超級巨星的劉瓊月，赫醫師簡直是她長年的知名度顧問；也是赫醫師，這些年間攛掇著她一再得些華人社區頒的大獎。

這時候，大家已亂哄哄地把球網拆掉。有人抬來水桶，將烤架上的餘火澆熄。妻一向手腳俐落，兩三下整理好帶來的野餐提籃，我們穿過球場向停車場走去。想起幾分鐘前何太太趴在地下咬著嘴唇忍痛的一幕，我心裏不免有些悻悻。但轉念一想，即使是仁心仁術的醫生，一旦看多了生老病死，自然也有他媽的面對痛苦的一番冷酷。何況，以赫醫師一個政治醫生的身分，分心的事情那麼多，難道又希望他做些什麼？

或許，愈對知名度高的人，我們愈有些極不切實、或許對他本身也是極不公平的期待吧！兩年前的那個野餐後的傍晚，我握住方向盤，悶悶地這樣想著。

3

繞了半圈環城公路才回到我暫住的下城區，在街角找到一個消防栓旁的車位。我停好車、熄掉引擎，看見我那戶公寓的窗帘在漆黑的夜霧裏悄悄浮動著。面對這超現實夢境一般的光景，我忍不住微喘地小跑步起來。

多少年前，在政工幹校服役的時候，我也是一面小跑步，一面看到遠處山崗上「熱海大飯店」的霓虹燈不住地閃爍。

來吧！來吧！來性交吧！那閃爍的霓虹燈像狡黠的眼睛，在夜空裏對我招引著。於是，我一面高唱軍歌，一面跑完晚點名前的最後半圈。

4

事隔數日，我正在辦公室裏與同事閒聊天，電話鈴響了，拿起來一聽，竟意外地是赫醫師。

「葛兄，我知道你現在辦公室裏講話不方便，沒關係，你只簡短答覆我就行。是這樣的，我替你想了個點子，也替你稍稍做了番市場調查。怎麼樣，不知道你對傳記有沒有興趣？」

「什麼？」我硬是有些摸不著頭腦。

「你知道美國目前市場上最賣錢的書是什麼？」

「不知道，」我實在搞不清赫醫師葫蘆中賣的是什麼膏藥。

「告訴你，葛兄，傳記！」

「噢。」我支吾著，腦子裏其實一片空白。

「凡是巨星，都有傳記，像什麼法蘭克・辛那屈、瓊・卡琳絲、莎莉・麥克蓮……」他熟極而流一大串。

「怎麼樣，葛兒，你嘛文筆不錯，聽說你那幾篇小說架構不差，可惜嫌生僻了，上不去台灣幾家書店的排行榜，銷路就難免吃虧……這年頭，要注意供需原理，千萬不能曲高和寡啊……怎麼樣，如果有機會寫一代巨星的傳記，怎麼樣，葛兒，你就可以回台灣啦！」

「我不行，赫醫生，你別開玩笑。」我覺得他在開玩笑。或許上次我從他家出來之後他愈想愈不妥，這一回，他老兄竟用個蹩腳的玩笑來搪塞我。

「不不不，你放心，當然不用你出名，是人家的自傳，你幫著劉瓊月寫。想想我們阿月的影迷，假定人手一冊，不不不，假定半數好了，嘿嘿，你要錢，人家要名，正如你所說的，不必太忙，時間有彈性，是一份穩妥的職業。」

「你要我來幫她——捉刀？」我問，一時心裏頗覺窩囊。儘管自己從來討厭身分、階級那一套玩意，尤其更看不起知識分子他媽的清高，但……自古文人落魄，大概都不外這等心境。

「職業嘛！你抽空還是可以寫小說。其實，你也可以把它當成一樁事業，寫完劉大牌，再寫秦大牌、洪大牌，嘿嘿，眞夠你寫的。」

「好處是你立刻就可以著手做。其實大部分資料，我已經整理起來，你都可以在我這裏看到。將來你回台灣，添幾篇訪問稿就可以了……

「穩賺的事業啊！重點是不要張揚出去。劉瓊月那邊我來安排，沒問題……」隔著電話筒，我能感覺到赫醫師在掀動他的鼻翼，……一掀一翕……誇張地嗤著口涎……但，漸漸地，我心裏那層憎惡的感覺沒有了，繼之而起的是好奇。或許我一向都是好奇的，到底是怎樣一個人，才能夠追逐我始終搞不懂的目標而從來不厭倦？

「試試看吧！」我聽見自己竟然答應。說完了，我驚異地瞪著話筒，或許此時在我心裏，正盤算著其中或有些亦未可知的驚奇與樂趣，甚至也有些亦未可知的機會呢！

我放下電話，終於抿住嘴唇陰陰地笑起來……

5

「爸爸，我只是要進一步瞭解複雜的人性。」當年我面對氣呼呼的父親搶著辯白。

「急功近利，就是你們！你們這一代在島上出生的人。」父親搖晃著一頭白髮轉身欲去。

「不，爸爸，不要這麼說，你不要忘記你也是在小島上生活了三、四十年的人。」我近乎哀求地攔住父親。

「島性！你看你膽敢數典忘祖，總有一天，你會連自己的出身都出賣了，這不是島性是什麼？」

「爸爸！」我大叫著驚醒過來，額上覆滿汗水。

夜半，窗外車燈的光影，映在公寓斑駁的牆壁上，我想到最近看的一場法國片。電影中，天安門前「世界無產階級大團結」的招牌拆下來，「機會主義者大團結」的招牌掛了上去。

光影裏我竟然冷汗涔涔，點上一根煙，我披著衣服從牀上坐直了身。

6

想不到，赫醫師比我所能想像的還認眞（實際上，是缺乏他媽的幽默感吧！），在他面前，我必須也要裝模作樣地正經起來。

坐在他的賓士車裏，他嚴肅地告訴我周邊另有許多人，把這世界當作大遊樂場，買些奢侈的玩具譬如賓士轎車。這類的毛病、這種嬉戲的心情，儘管也開著賓士的他自己卻是沒有的。

赫醫師那間掛滿了各式畢業與執業證書的候診室裏（熱帶魚在玻璃缸內安靜地吐著泡泡），他捧出一大疊仔細分類過、又按著年月整齊編排的剪報：

「我想，我們國家需要的是溫和與理性，一種溫和的形象、一名懇切的巨星，象徵我們國家從幾乎不可能的困境裏站立起來。反敗爲勝，正是近年來我們國家的走向……」他滔滔不絕地說。

「巨星的年代來臨了，同時，又因爲這位巨星這麼質樸、這麼善良、這麼富於親和性，所以她象徵的，正是我們社會漸漸進入民主的氣質……

「這就是我們國內最需要的，一種祥瑞的、活潑的、一種平易近人的親和力……

「事實上，她象徵的是一個奇蹟，我們國家的奇蹟……」

不斷地疲勞轟炸下，我的頭腦逐漸昏脹起來。

我閉上眼，休息三十秒，再張開，我看見缸裏的熱帶魚不停地吐著泡泡，咕嚕嚕、咕嚕嚕，然後我看見不住開闔地一張嘴。

「這樣，這本傳記，一定轟動，一定可以感動許多人，一位巨星竟默默地爲我們國家作出了貢獻，這也是這本傳記劃時代的意義……」他微笑著說。

我再度閉上眼，想著到底是什麼樣的人？可以把微弱的信心膨脹成堅信不移，久而久之，不但可以說服自己，漸漸地別人也會相信那是眞的……

那一刻，我不禁想到曾是我大學時代的知交，而今在島內方興未艾的組黨運動裏扮演著主導地位的M。

M曾用雁行折翼來譏諷我。

這些年來，他對我的冷漠與犬儒大爲不滿。他說我的缺乏行動乃是坐等別人去創造一個完美的世界！

我答覆他說任何政黨或任何體制在本質上可能全無區別，都是一個體系、都是一種廉價的希望，因此也都有「法西斯」的可能。

而知識分子最需要的卻是自由！我說。

但是這種自由多麼僞善與不堪一擊？他說。

到底人對誰而言有權利呢？僅僅是對他自己而已……別的都是假的……我喃喃著。

上一封信，M終於不耐煩地寫道：「我們正在戰鬥時，你眼中看到的卻是兩個怪物在爭鬥，那麼，我們已失去了你這個朋友。」

那是沙特對卡繆說的，我想，這便是他給我的最後一封信了。

那就是我曾經如兄如弟的朋友，M。

因此，你這種知識分子無形中在爲既得利益者效力，思想的蘆葦，自然亦是行動的侏儒。他說。

是誰在墮落呢？是誰背叛了我們的友情、我們的信仰？以及我們曾經最寶貴的——誠懇？

……這些年裏，我屢次想著這個實在難解的習題。

我抬起頭，假裝專注地凝視著眼前不住晃動的腦袋。

「我們一定要感動別人……」赫醫師說。

感動，感動，感動，天知道，我多麼希望自己還有可能——被一番話、一個人、一份信念，甚至一位巨星——感動的可能！

我閉起眼，赫醫師又滔滔不絕說下去。

7

當夜從赫醫師的診所裏出來，向晚的市區必然已經下過一陣雨，濕漉漉地，街口的號誌在水洗的地面上投下暗紅的燈影。

車等在大樓林立的街角，隔著茶色纖維玻璃的建築物望進去，牆上掛著畢卡索的《愛人》，鏡框鑲著，正是以前我們掛在家裏的那幅。

那是妻從舊貨舖子裏買回來的複製品，儘管那繾綣的線條在我們當年常起勃谿的臥房內近乎反諷，妻執意要掛，也就依她了。

……多少年前的事了，這時候沿著人家的高牆望上去，眞覺得那幅畫竟然掛錯了地方。

掛錯了地方？怎麼掛在辦公大樓的牆壁上呢？

我伸長脖子向外看，後視鏡裏，我看見自己那疲倦的、被壓抑的情欲纏繞著的面貌。

經過十四街的時候，我望到街角幢幢的人影，以及彷彿熒熒發著光的女體……

8

我拿著鑰匙開公寓的門。

我朝角落裏的抽水馬桶一路疾奔過去。

當我嗆咳地按下把柄，我看見那團不久前還淤塞在我食道中的穢物伴著煙屁，澎湃的水花中化成一道焦黃。

我對著馬桶站出自瀆的姿勢！

我想到當年成功嶺上溝狀的毛坑，我必須蹲好馬步，若是時機把握得不對，碰上自動沖洗的時刻，嘩啦啦水花濺上來，一屁股可都是洗也洗不淨的稀屎……

那濃重的尿騷，又像是坐進去男廁旁邊的普一教室：老教授面前永遠放著今天的早報，讀一段講義唸一段報紙，不管他唸到的是什麼，是物價指數還是某人訪華、某人得了諾貝爾大獎，結論一定是如此可以見證三民主義的博大精深。

那時候，每堂「國父思想」我都悶著頭在底下練功（鼻子裏不時竄入尿騷加上旁邊福利社的茶葉蛋香）。是一個靜好的冬日午後，坐在我前方的M突然從椅子上彈跳起來，與教授大聲爭辯著。

不是再五分鐘就下課了？——我茫茫然推開手邊的武俠巨著。

「造反，一班，簡直造反，班，班代表在哪裏？跟我，我，到訓導處一趟，記這名忤逆的學生兩個大過！」教授咆哮著哆嗦嘴唇。

我嚇呆了，眞不知道一向庸懦的老先生哪裏來這麼大的怒氣！

從此M開始有了紀錄，之後是校刊，之後是代聯會，後來M連預官考試都不用參加。

M倒是心安得緊，他下到部隊，來信說起連上老士官的種種，老士官娶了個山地女人，他說，每半個月，爲了省幾個錢，老士官都要背一袋米走十幾里的山路……

接到信的時候我在復興崗上，最艱苦的日子就是失戀的時候：記得課堂上正講著毒氣的種類以及防毒面具的使用方法，突然間教官再也講不下去（忘記戴上他媽的防毒面具了嗎？），因爲坐在前排的我竟瞪著黑板掉下大顆大顆眼淚。

那時候，M來信說他預感事情要糟，我接到那封紅帖子的當天，M說，連裏他正幫著老士官貼春聯，一霎時，黏滿漿糊的紅紙無風自落，他就知道事情果眞變了……

「這種女孩子，注定了高來高去，也注定是不會看上我們這類前途茫茫的窮小子……」M在信中安慰我道。

於是，宣洩過的我聽見嘩啦啦的水聲，多少年後，白瓷馬桶裏又出現了精緻的、卻是碎裂的那一張女孩面孔。

9

冬天，這個城裏的雨雪比往年都要充足。

儘管我常是無精打彩，我們的計畫倒還在進行中。

「高處不勝寒呀！其實，愈大牌愈寂寞。」赫醫師慨嘆道。

他說已經打過數通越洋電話，與阿月敲定了。明春我一回台灣，各項必要的步驟都會盡快執行下去。

「葛兒，你要回台北與我們阿月相處，」赫醫師不放心地看我一眼，「其實，與這類名女人相處沒啥祕訣，唯一的辦法，就是全把她們當作怪物來對待。」赫醫生道。

「我們既然做下去，就要做大、做好，做得像個樣子。」赫興沖沖地說：「這是巨星的年代！啊葛兒，回首以往，嘿嘿，我們國內還未出過巨星。

「……我看把這個計畫當作一個企畫案來作，傳記一出，配合登台、配合書店亮相、配合記者招待會、電視節目、配合全省的秀約，可惜我們阿月不會唱歌。你回台北想想辦法，只要阿月嗓子還過得去，找幾個好的和音，得勸她出一張專輯試試……」赫醫生囑咐著。

我在那間暖氣過分充足的診療室中不住打呵欠，看著皮椅子裏的他口沫橫飛。對我來說，這個劉瓊月實在缺乏吸引力，望著桌上一大疊各種角度的相片，沒有一張是對我胃口的：其實，我喜歡的女人不必是大胸脯動物，甚至不必曲線玲瓏，可是在某一寸肌膚或某一個表情上，一定要有令人怦然心動的性感，所謂內騷——騷在骨子裏——就夠了。

但我必須坐在診療室的椅子上，聽赫醫師用溫和的音色，把一大堆含混的概念與他個人巨細靡遺的記憶——某一張相片某個攝影棚裏拍的、他在場或不在場、攝影師是何許人、收到這張照片他正在做什麼等等——攪成一團。

而奇怪的是，除了這規律性的見面（每個星期，我們按時通兩回電話、見一次面，在他那間診療室裏，就他記憶所及讓我記下來），我家裏的那疊稿紙卻一張也沒有動。我愈來愈不能忍受整理與傳記有關的資料。

那一天，我又聽著他用不疾不徐的聲調自說自話：

「……我們阿月代表的是民氣、是社會的希望，一位樸實的巨星、一份平凡中的偉大，在我眼中，民主就是這樣，法治也是這樣，我們奇蹟式的經濟成果更是這樣。寫出來，感動的是參與其中的社會大衆……」

我再也按捺不住，我衝著他不住晃動的腦袋吼了出來：

「可是，對不住，可以感動我的地方卻這麼少，要寫，你自己寫！」

我拿起大衣，就奪門而出了。

10

我沿著赫家的車道小跑步起來。過了泊車的位置，我沒有上車。

如今拖著一副中年人的體軀，再短的距離也會讓我心跳氣促。

我聽見耳邊呼嘯的風聲，那一年，我正握著一張托福考卷在走廊裏狂奔，我躲過迎面而來的幾個傢伙，我翻窗而下，斜地衝出來的是那名監考的英語系助教，緊急中我揮了一拳，助教鼻子上的金邊眼鏡掉了。他錯愕地往後倒退。

「洋奴！」我從心裏啐了一口。

然後，我就在那一條以美國總統命名的馬路上跑將起來。

「他媽的阿美利堅！」那時候，我快樂地大聲吼著。

恍然間，我不知道該向哪一方跑去，我看到幾個戴著肩章的憲兵，陽光那麼耀眼，我甚至不再記得爲什麼把托福試卷偷出考場的原因，或許是監考的美國婦人太肥胖了（很像我印象中到處惹人反感的「美帝」）；或許是答題答得輕鬆愉快（南陽街補習班幾乎題題猜中）；或許是坐在後面的女生十分俏麗（她穿一件翡翠色的連身迷你裙）。想到那名女生皺著精巧的鼻梢正在勞神苦思，我很自然地把試卷從桌子上垂下一角，直到那棕色頭髮的胖女人指著我們兩人的前後位置大叫：

「You two are dismissed！」

那時候，怪我一時想不清楚那字是什麼意思，dismissed，她說，竟上前來搶我桌上的考卷。

後來，我便在街上不停地跑著。

現在想起來，那又多像我的朋友M做的事，儘管我經常期盼英勇，我終究缺乏那份膽量（那跑起來的動作、那考卷握在手裏的快意，我記得這麼清楚，又不可能不是我）；當然，這倒也不算什麼英雄事蹟，還是有點偷雞摸狗，竟從考場裏抓了份托福考卷出來。

那個把一張考卷盜出考場的年輕小子，到底是我，還是我的朋友M，我已經記不清楚了……

如今，我終於也不再在意了（我唯一確定的是：M始終留在島內，而那件考卷風波週年之後，我卻在父母的衷心祝禱下，改換了一個英文名字來到美國！）。

陽光毫無熱度，我踩著落葉，在赫醫師家坐落的高級住宅區裏喘吁吁地跑。

慢跑的人與我禮貌地嗨一聲便擦肩而過，於是，我漸漸調順呼吸，在那家家都占地遼闊的住宅區裏，我摘下領帶，掛在肩上，我於是大踏步跑了起來。

11

「說，你這個樣子，你還要不要到美國去？」父親聲色俱厲地。

「爸爸，我本來就不打算去美國！」

「留在這裏幹什麼？有辦法的人都要走的！你有種，等到反攻大陸再回來。」

「爸爸，這裏就是我的家！」我再也忍不住喊了出來。

「總是為你好，我們老了，你是我們唯一的兒子，我們是愛你的！」母親在後面打著圓場。

「哪有不愛自己兒女的父母呢？」望著我的背影，母親繼續她的喋喋。

12

之後許多天，都未與赫醫師聯絡。

直到感恩節前夕，赫醫師才打電話給我，邀我去他家過節。

我正為自己出言不遜有些微的內疚，便在電話裏答允下來。反正不答應，假日我也無處可去——離婚的另一個後果，便是失去所有會請你去過節的朋友。

在赫家擺滿明晃晃銀器與鋪著華美桌巾的大飯廳裏，我看到自有某種懾人威儀的赫太太。

赫太太高居於餐桌上首，面前放了一個黃銅鈴鐺，亮光閃閃地。赫先生陪笑道：「當初結婚時，我們的協定是家裏的大事由我決定，小事太座決定，可惜，從那時到現在，碰到的大事還不多就是！」

赫太太依然給了他一個白眼，逕自招呼我動用那隻肥油油足足有二十磅重的烤火雞。

發現沒有鋸刀，鈴鐺搖了幾聲，傭人卻遲遲不上來。

「這位大陸傭人，」赫醫師搖搖頭，「眞不好伺候。上次，我無意中看到她的家信，她居然說，這邊台灣來的家庭都很小器、對人很刻薄。」

「她們大概都是爲了請一紙綠卡，才當女傭的……」我說。

「聽說台灣的菲律賓女傭好，夠職業水準。」赫太太道。

「是啊！」赫醫生說：「你信不信？上一回，我們這位小黃居然把我向她的街道組織報告，寫信說她到了一戶台灣人家庭，這個台灣人常與台灣打越洋電話；又說我與國府的官方辦事處有來往。還說什麼美國朋友要去台灣的協調會發表新職，我在家裏宴請他們之類的。報告得清清楚楚。」

「這樣隔牆有耳，麻煩吧！也許你們應該換一位。」不經心地，我建議道。

「可是，又覺得沒什麼資格嫌棄別人……」喝下三杯葡萄酒的赫醫師——不知道是否因爲在妻子面前——竟然鮮少自信了……

對著那隻噴香的火雞，坐在下首的小男孩猛嚥口水，悄悄伸出一隻叉子，又被赫太太凌厲的眼神嚇了回去。

「所以說啊！這種家教下，」赫醫師偷眼望著妻子，「你知道我這個人，只能夠在體制內求改革，束縛底下爭取小小一點自由……」赫太太轉身的工夫，一張酒紅臉的赫醫師竟一反常態，向我悄悄坦白著。

「我太太你是見到了，你瞧瞧她，她自信、果斷、有擔當。不瞞你說，她有我身上缺少的一切東西……」傭人招呼不來，赫太太走出去了，赫醫師對她的背影低語不絕。

……一霎間，廳上的吊燈像流星般樣四散迸落，當我從妻的身體上爬起，我永不能夠忘記她滿是輕蔑的眼色……

13

必然喝多了豔紅的水果酒，車子駛出赫家的車道，我的頭就劇烈地暈撞起來。

大拜拜，我記得自己推著那輛破腳踏車從鎮上出來。地下滿是鞭炮屑。鎮裏的每家商店，都供著肩上一綹黑毛、嘴裏銜著鳳梨葉的千斤豬仔。我原與M一起，踩腳踏車來的。被他連上充員兵哄鬧著多喝了幾杯烏梅，他就躺下了，我一個人站在鐵軌後方的廣場上。

近處搭著戲台。遠遠地，熾烈的火焰將漆黑的天燃成了白晝，一種彷彿不是眞實的富麗，燒在天邊。紙紮的童男女，舞台上滾滾地轉著；石頭堆起了花果山，跳著從山上搬下來的猴子；雜耍的、賣藥的、看手相的、打香腸的，場子裏吆喝；霓虹燈圍繞著「豬大如象」、「養畜有方」的匾額，那是建醮委員會頒贈的第一特獎；胸前掛著麥克風的旦角開口了，喇叭箱轟然作響，把一切噪音都淹沒下去……

鄉土！什麼是鄉土呢？一面打著酒嗝，公路上手扶方向盤的我在心裏反覆繞著。

我彷彿看一台戲，我彷彿去到華西街，鐵欄杆裏粉白的臉孔，彷彿一張張地掛在那裏！遠遠看過去，一張張臉都沒有表情；或者，面上的喜怒哀樂，看著一台戲的我，是不會感覺到的。

漆黑的夜色裏，我突然覺得迷茫無比，我彷彿看見自己僵硬的腰身、筆直的西褲褲腳，恭謹地站在街口；近處暗紅的燈影，以及夜市裏屬於花街的騷動，對一名台北長大的外省少年，竟可以無動於衷！

而那一刻，我身邊的M，眼裏卻飽含著兩眶淚水……

對於我，或者非要到了異國的土地、陰濕闃冷的街角、一個個無眠的暗夜裏，才能滋煎出自暴自棄、卻是熾烈無比的想望。

想起M，想起他用母語的閩南話快樂地猜起酒拳；即使是昏沉沉醉死了，涕淚中也帶著爽過一回的笑意吧！

站在華西街口，無言地望著M臉上閃閃發光的水溜，我又想起M連上的老士官、想起老士官一串金戒指買來的女人，後街那羣脂粉污染的面孔中，可有她娘家山地鄉的舊識？

14

「來啊！你上來；有種，就爬過來！」妻挑釁著，她斜睇的眼睛微微上挑，眼裏也有鬱鬱的恨。

——鄉土——什麼是鄉土呢？

我漠然看著她，漠然看著她柔膩的肌膚，看著那半個晃動的、或許意在挑逗的屁股，我遠遠地像看一台戲！

叼上根煙從牀舖站起，我便接著妻那怨毒的目光……

去，回去，妻說，你可以回去。她跳下牀，回身猛力地帶上房門。

於是，我只能對著馬桶，站出最後一個兀然的姿勢！

15

感恩節後，我與赫醫師又回復至以往的聯繫。

我們每星期見一次面。在我面前，赫醫師變得誠摯許多。

「告訴我，你對劉瓊月眞正的感覺吧！」半是好奇、半是資料的需要，我點一支香煙，準備洗耳恭聽。

赫醫師應允地點點頭似乎也不多說廢話了。

「這些年，你免費做她的顧問，替她接片約、打知名度、頒獎的時候跑票，爲什麼，要對她這麼好？」

「我其實也不知道，爲什麼從心底對伊關心，」赫醫師頓了一頓。搔搔頭頂，才接下去：

「或許已經習慣了。自從她拍那些台語片，到今天演技受到肯定，去年又一舉得到金馬獎，我照顧她、關心她的票房、爲她提升形象，已經成了習慣。

「現在我更希望她成爲一代巨星，從十七歲起，一直演到、也紅到七十歲，像人家的伊麗莎白．泰勒一樣！」

「你喜歡她？」我忍不住，率直問道。

「我不知道，哎，伊又青又瘦又小，兩條麻桿腿，說起來一點也不美，目前有的一點氣質，也是旁人慢慢調教出來的。」

我欣慰著赫醫師終於不再提什麼質樸、平實，因而代表我們社會國家一大套。去掉那番虛泛的辭令，我才覺得有交談下去的可能。

「或者你有志作《窈窕淑女》電影裏的教授，非要爲人變化氣質？」我笑著問。

「我不知道，」搖搖頭，赫低聲說：「也許緣於一則小故事，阿月告訴我的。那時候她才初出道，粗粗的喉嚨，演過幾部不賣座的台語片。……一回她告訴我，她是養女，小時候家裏很窮，養母家也窮，有一次她抱著病死的小雞，去拜觀音菩薩，希望牠早早投胎，轉生爲人。

「『也要投到有錢的人家才行！』她養母站在後面，冷冷地加上一句。」赫醫師說。

我心中一動，開始喜歡這個小故事了。

我想到世故到令人生厭的妻，有沒有可能，在我擇偶的過程中，我會遇到一位尙帶有泥土氣息的女人？

我坐著，赫醫師走進診療室去了。

赫醫師的候診室裏，冬陽穿過百葉窗的縫隙，如數尾流竄在暖水中的魚。

然後，我眼見一位高佻的白種女人推門出來。

白種女人整整前胸的衣襟，披上毛毿毿的皮草外套轉身離去。

「他媽的很不賴麼！」我笑笑，對從診療室裏跟著踱出的赫醫師說。

「病人。」赫醫師應著，脫下繡著大寫H的白外套。

「病人？」我順口胡溜，故意作了一個曖昧的表情。

「不，你不知道，」赫醫師的反應近乎神經質。他一推眼鏡，正色道：「我眞的很怕赤裸的女人，我寧可她們穿上衣服，赤裸的女人讓我想到死體，你知道麼？死體！」

「我們可是逃過難的，你，看過？」父親指指牀上的破棉絮，「鐵軌旁邊，那年頭，成堆成堆擺著沒人收的——屍首？」

我於是了然地看著赫醫師。我感覺眼前的他在光線中一點點透明起來，而漸漸透明的他竟是軟弱的，像我一樣。或許大部分男人都是軟弱的，我聽見身體裏原來那個小男孩無助地啼哭起來……

16

我一逕發抖，牙關吱嘎的響，或許也悄悄流下眼淚。坐在人家玄關的地板上，我是眞的害怕呀！

旁邊放著炊具、暖水瓶、一牀蚊帳。媽媽拎著花布包袱，站在紙門前。紙門上淅淅颯颯的竹葉與富士山，在我淚眼中搖晃著。

客廳裏，校醫與他太太板著臉孔，用台語小聲地大概是詛咒著。

我看到自己破了幾個窟窿的襪子，擱在人家一塵不染的地板上。晶亮的茶几，擺著瓷花瓶，插了兩朵黃菊花。

這是校醫的家。

那時候，父親作個小職員，整天趴在桌上刻鋼板。有次，我舔舔他尼龍的錶帶，滿嘴都是鹹澀的汗味。

大熱天裏，父親堅持在我背脊上多塞一條毛巾，說是吸汗用的，說是後心濕了會打噴嚏。

「哎！要不是來到這熱死人的小島……」每次發起牢騷，這便是父親開罵前的嘆氣。

媽媽告訴我，如果在家鄉，爸爸一定是省城裏財政廳長之類的大人物！

教師節，總務處裏作職員的父親也分得一塊西褲料子。他劃根火柴，在邊角上燒一燒，拿到鼻孔前嗅了嗅說：

「簡直蹧蹋人嘛，不是毛的！」

行軍牀上，長年睡著與我們家一樣鄉音的叔伯，他們住下來了就不走，看起來他們比父親更要落魄幾分。

還是同鄉的總務主任幫忙，總算分到一間職員宿舍，已經卸了任的校醫卻遲遲不肯讓房子。

「他們要搬家費，否則死不遷呢！」有人告訴我們。

「沒辦法，日本時代留下的陋規吧！」總務主任攤攤手掌。

媽媽牽著我，拎著幾件簡單的行李，我們硬住進去，就在人家的玄關裏搭起牀舖。

幾天後，看來事情還平靜，媽媽說要回家看看，順便再多帶點東西過來占地方。

「他們不敢攆你的，小孩頭頂上有三把火！」媽媽說。

媽媽走後，我趴在地板上玩彈珠。午後的陽光斜射進來，穿過墨綠色的蚊帳，一絲一線在地板上挪移（會不會？太陽就要下山了呢？）。

沒多久，我心裏便異常忐忑著，卻有校醫太太的聲音從紙門後面傳來：

「這種不講理的人家，倒養出來這麼有教養的囝仔！」

「是哩！伊是個懂事的小孩。」校醫平和地說。

隔著紙門，我幾乎能感覺到校醫鏡片後面溫厚的眼光。這幾年，每次發高燒，父親都央求他在我屁股上打一針退燒藥……

於是，我的心安了，我知道自己很安全，沒有人會過來趕我或過來罵我。這一瞬間，我甚至暗自歡喜著，竟然稱讚我，說我是好小孩。

可是，他們卻是我們此一刻的冤家對頭！

「本省人，嫁女兒要聘金，搬家要搬家費，嗨！要是在大陸上，哪受得下這口冤氣？」圍坐在我家客廳裏，鄉親紛紛幫腔道。

「我們可不是冤大頭，帶了金條過來的，我們沒錢給他們！」爸爸一拍桌子。

於是我們住進來，看看到底是誰占得誰的便宜？

可是，要不要告訴媽媽？他們說了好多話誇獎我！

我在心裏反覆地不能決定。

後來，我卻沒有告訴媽媽，那是我心底一個小小的祕密。然而，從那時候起，我一想到這個祕密，又覺得是我暗地裏背叛了我的出身……或許那就是背叛的開始：回想起來，成長對於我，充滿了背叛的經驗。

啊我在巨星的年代裏——幫忙創造巨星！

17

一月間，此地眞正冷起來了。在我面前，赫醫師縮著脖子，活像是一個老人。

他說他夢到死。赫醫師絮絮叨叨告訴我他的夢境。

他說：「我夢見自己得了絕症之類的病，快死了，」一霎時我眞難過，自己就要死了……」蠕動著嘴唇，赫醫師仰起臉孔，面上滿是憂傷的神色。又接下去：

「該做的事都沒有做，該追悔的已不能回頭，就這樣再也不能回頭……」他搖著頭，「驚啊，」赫醫師呆了半晌，又字字句句悽苦地說：

「原來，盛年消逝的光景也是那樣，……」

我愛莫能助地瞪視著他。

「於是，我從牀上爬起來，趕快撥越洋電話找阿月。」望著遠方，赫醫師的臉上漸漸光明起來。

「聽見阿月的聲音，我就放心了。」

「第二天，例行的體檢病人，例行的乳房檢查，當我觸摸到那彈性的皮膚，……裏面那飽滿的，都是青春、都是生命，」赫醫師喃喃地說：「相信我，我一點都沒有淫邪的意念，只是妒忌吧！覺得自己是枯竭的醫生，而我的病人，擁有我不再有的……」

或許是說著說著累了，赫醫師閉上眼睛，盹了一會，他張開眼睛，把滑跌下去的眼鏡扶扶正，又說：

「現在，我只願意與美麗的女星在一起，她們是beautiful people，知道嗎？beautiful people，」他瞪著我，良久，彷彿思索著什麼。嘆了口氣，他才悻悻地說：

「有人還誤會我有政治野心，冤枉！上次有家僑報罵我，說我利用美麗的明星打知名度，黑白講啊！我只是希望我們的社會更加祥和、我們的鄉土更加美麗……」

「利用？說起利用，我是利用她的，利用她聚集民氣、利用她讓社會充滿愛心、利用她誘導大家更愛鄉土……」

眼見赫醫師又要故態復萌，有可能愈說愈動聽起來。我只想趕緊止住他。

「隨人怎麼說去，你知道，與beautiful people在一起，」他低眉，彷彿心虛地瞅著我，終於悄聲道：「上次我回去經建會，上陽明山晚宴，找了三位最當紅的女影星與我一起去。啊！有美同行，那滋味眞好……」

注視著他那扭曲的面容，四壁醫院裏特有的消毒藥水氣味中，活像面對一位病入膏肓的老人……

「喔，反敗爲勝！」然後他閉起眼睛高聲說。

18

「早上才被人搬走一批，幹！」指指信箱上雜誌社的木牌子，M叼起煙，對著水溝啐了一口。

那時刻，我告訴M自己即將結婚。

也許就此在美國住下；也許，我這種人需要的，正是個有決斷的女人爲我設計前途。站在城市邊緣錯綜的巷道裏，我有些氣促地解釋道。

再說，人家已經委身於我，不娶她，呃，我有罪惡感……我一逕嘻笑。

「幹！」M霎時暴跳起來，他揪住我的肩膀，幹，他說，最重要的感情你都不必落實，亦沒有，幹，你鳥嘴裏的罪惡感；幹，你卻跑來告訴我，爲你的罪惡感，娶一個女人。M在那條狹窄的巷衖裏大喊大叫。

拜託，請不要把你他媽的那套革命倫理與我個人的責任道德混爲一談。我反唇相稽。

——哎，結婚，本爲解決多方面的需要，生理上的也他媽的算數嘛。半天，我想和解算了，閒閒地又添上一句。

那一刻，M望著巷衖盡頭高起的那堵河堤，以及河堤上方在日光下滾滾蒸騰的熱氣，他很擔憂地說：「老是活在虛妄的東西裏，有一天你會發現，就連你的最後堡壘——人之大欲，都靠不住的……」

鏡子裏，妻從容披上晨褸，決絕地看我一眼，她轉身去了。

19

春初，尚未到我們固定見面的星期五，一通電話，赫醫師急急把我召到他的診療室。關上門，他摘下掛在鼻梁上的眼鏡，頭埋在手臂裏（因此，我竟看清楚了他頭頂的一堆刺白），痛苦地說：

「我想，我應該努力，爲我這半生作一個總檢討！」

我平靜注視著他，並不覺得出乎我的意料。

「我睡不著覺……」赫醫師哀懇地看著我說。

瞪著他那黏濕地彷彿沾滿目屎的眼睛，我想到這一陣相處下來，赫醫師與我中間的藩籬倒了。在我面前，赫醫師愈來愈像一位滑稽角色。不乏人性的弱點，卻是一個——眞實無比的傢伙。

「怎麼，沒接到阿月的電話，還是人家不接你的電話？」我輕描淡寫地問他，若是早些時，我一定趁此機會譏諷他幾句。

他點點頭。

「或許人家已經找到別的顧問啦！」我存心想把氣氛弄輕鬆些，說出來了又覺得自己實在殘忍。

「你知道，人家只關心她這一部電影的賣座紀錄，只有我，關心的是她永遠的形象。」赫醫師正色道。

「……」我無言。

赫醫師肅穆地接下去：「有時，阿月也會故意那麼反抗一下，去聽別人的意見，好像告訴我她的知名度不是非我不可；然後，她總是再來找我。」赫醫師搓了搓手，又誠惶誠恐地說：

「你知道，只要她與我在一起，我們從來沒有失敗過！」

「你何必這麼在乎？」燒上煙，我勸赫醫師。

「我不知道。你知道，阿月是個不假辭色的人，她從來不諂媚、不討好，不像別的影星，會陪大老闆吃飯……至少，嘴巴一定很甜。我們阿月，對誰都是冷冷的，即使我對她這樣，在她那邊，我從來感覺不到一點特殊的情意。」

「她心裏一定他媽的曉得，不說罷了!」我淡淡應著。

「不，我也曾這樣期待過，結果卻發現我錯了，她眞的什麼都沒有，對我，可能連謝意都沒有。」

「……」我噴口煙，如果眞這樣，那麼，我心裏想，赫醫師分明是自虐嘛!栽培一個沒有感覺的女人，他這苦頭可吃大了。我心裏默默地想。

「她眞的就是一個冷漠的人，我不曾見過的冷。」赫醫師說道。

「那，爲什麼，始終對她這般用心?」我抬起眼皮問。

「不知道呀!不甘心吧!……其實我這一生，只配在體制內做一點小小的改革。嘿嘿，就像我跟你說過，我這一輩子永遠是鬧不起家庭革命的人，但體制底下，我不甘心。……」

我竟讓過長的煙灰燙到手指!

而我從沒有這麼專心聽過，倒也從來不曾這般在心底覺得傷痛，是，是時候了，可能這便是赫醫師自白的時刻，但爲什麼，我愈聽愈覺得不再有希望?

赫醫師繼續道:

「也許，就因爲不甘心吧!我相信形象是創造出來的，而親和力也是，」赫醫師扶著把手，從皮椅子中站起，此刻，他額角青筋顫動，他比著手勢，終於亢奮地說:

「把最沒有親和力的女人，塑造成親和力的象徵。換句話說，我可以創造形象，我可以重新創造一個女人！」

「……」我沉默著。

「我可以創造一份鄉土的感情！」暮色下，四面都是落地大窗的診療室裏，赫醫師還在聲嘶力竭喊著。

20

台上，萬人的掌聲中，M說，我們衝破萬難，終於踏出了第一步。

「一旦成爲體制的一部分，那麼，反抗者與反抗的對象間其實並無區別……」公寓裏繞室行走，我喃喃地自己說給自己聽。

而此刻只能由報紙上讀到一些消息的我，坦白說，我甚至不知道他再下去會要些什麼（有人說，內部將有更大的權力傾軋；有人說，最重要的友愛信諒等等品質都將更加陵夷……）。

我心裏微小的聲音卻又不停告訴自己，歷史就是這樣走過來的：黑暗中尋找光明、殘缺中拼湊比較性的完美。

而M在哪裏？而他要什麼呢？

（但是必有人努力地去做。）

我在哪裏？我在做什麼？

（我的心裏依然絕望地想著那片土地嗎？）

儘管自以爲懷抱的是苦戀者的情愁，會不會？我竟自始至終活在一種虛幻的感情裏（喔，婆娑之洋、美麗之島……）？

而我，從未接受過這世界加諸我身上的信念，亦未曾認眞地看待這個世界。對於我，一切都可以成爲反抗的形式：

啊，我在巨星的年代裏——

幫忙創造巨星！

21

春末，我該啓程回台灣的前夕。

赫醫師爲我餞行，在城郊一家「鴨子林」的中餐館。赫醫師是那裏的常客。

我們舉起酒杯。戴著白帽子的師傅側立一旁，車輪轆轆地轉，等著推車上的北京烤鴨端上來。

我們眼前，師傅熟練地片起鴨子。

「好刀法！」我讚嘆著。

「大陸來的，原來是協和醫院的外科醫生。」赫醫師悄聲告訴我。

我默然注視著那雙外科醫生的手，感覺那雙白皙的手覆滿了綠燦燦的銅鏽。

「也沒什麼稀奇，」赫醫師搖搖頭，「多少台灣來的外科醫生，都改行當了麻醉師，成天看的，永遠是病人背後一塊四方形的脊柱。」

赫醫師舉杯，要爲未來的傳記預祝一番。

「我們台灣，到了出一個巨星的年代！」赫醫師撫著我的肩膀哈哈大笑。

「爲巨星的傳記乾杯！」赫醫師醉眼朦朧地道。

22

數日後，赫醫師將收到退回去的合約，同時還有夾在合約裏的一封信。

算是我對他的答覆吧，信上我謝過了他，我寫著：傳記是一份很好的事業（職業），只可惜，我已沒有興趣揄揚任何人，我也不想再假感動之名，爲自己從未滿足的各種欲念找藉口，甚至美其名爲鄉土的感情。

信寄出後，老實說，眞不知何去何從。一度我以爲只要回到台灣，鄉土永遠等在那裏，如今，我清楚地知悉在這些年裏，當我遲疑的腳步總是停滯不前，土地上的一切早已經離我愈來愈遠，就要遠得看不見了……

台灣奇蹟

——謹以此文，爲我們奇蹟式的經濟成長作見證。

1

回憶起來，事情露出端倪的時候是一九八九年夏天，那一年，我又回到美國華盛頓，替報社作駐外記者。因爲一件捅出來的意外，我放棄了在國內十分上手的黨政新聞，必須重作馮婦，再度來到華盛頓，跑一些乏味的僑社消息。

除了那樁讓我被圈內人見笑的糗事，回到美國也是我妻子美雲精神上的勝利。這幾年來，她無時無刻不懷念美國的居家環境。儘管我請調此地，華府的政治新聞卻已經屬於別人的地盤，而我敗軍之將，無啥可爭，不過混一口飯吃罷了。

發幾條社區新聞，費不了多少力氣，老實說在平常日子裏（現在想，就是變化尚未現出徵兆的時候），我看報看得並不仔細。《華盛頓郵報》經常出現有「台灣正大幅度『成長』」、「台灣在急遽『發展』中」的報導，我都將它們當作政經新聞。既然是別人的線，我總是瞥幾眼就翻過去，那也是記者職業上的習慣：自己的範疇窮追猛打，別人的地盤深恐踩線。那時候，英文報上形容台灣的一些growth、development的字眼，我又怎麼知道是研究單位發出的警訊？事實上，就算我看清楚了是「科學新知」，對於打著科學招牌的無稽之談，我也一向將信將疑，至多把它譯成花架傳回台北，任由編輯台處置。

那年夏天，我手裏掌握的幾條線包括華人錄影帶店老闆的綁票案、一則中文學校校長的選舉風波等等，這裏的華人團體勇於內鬥，每年春夏之交，例行地爲「國建會」的上榜名單暗中較勁，直到結果揭曉才平息下去。而自從天安門出了大事，美國國會剛有優惠的立法，移民律師房立即就爲誰能招攬到最多徬徨無主的大陸留學生而展開一場廝殺……，或者，是我敘述得太誇張了，要知道我跑的路線是社區僑情，這些瑣事構成的世界，就是我關注的全部內容。

七、八月，美國國會也在漫長的休會期當中。悶熱的盛夏，華府稍有頭臉的人士都上緬因州或鱈魚岬度假去了。沒有任何跡象，的確，之前沒有什麼跡象，六月時候的一場風災，吹倒了住宅區許多百年老樹。少了蟬鳴的夏季，眞是惹人瞌睡：稍早我只記得坐在冷氣充足的電影院裏，觀賞《阿拉伯的勞倫斯》在美國重映，看著男主角清澄的藍眼珠在片尾只剩下灰濛濛一片，英雄時代的沒落嘛，散場時，我撐開眼皮，跟著別的觀衆唏噓幾聲才走出戲院。

再早些時，記得國會在休會前夕，發生了一樁護旗風波，相關人士爭議著是否要修憲來維護美國國旗不可焚燒的神聖。如今再回想，唯一與後來發生的事勉強扯上關係的是：揭露出所有星條旗都是Made in Taiwan。那時候還有一樁否定墮胎合法性的大法官決議案，「夜線」的後續報導中依稀提到，美國市面上的保險套，嗨，皆由台灣統籌進口。

但是，有什麼好大驚小怪？檢討起來，當時人們所以對瀕臨的大變化缺乏警覺性，也因爲台灣產品早已充斥美國市場，台灣正朝國際貿易的最高峯挺進。回想那年夏末，最早的警鐘其實與

「台灣」產生過一些些聯想：在個把月之前，有人懷疑是因爲台灣的熱錢湧入，美國加州的房地產突然直線上揚，從有「小台北」之稱的蒙特利市開始，售價以坪爲單位，飆漲到與台北東區的房價不相上下。接著開始發燒的是紐約華人聚居的皇后區，然後是紐約市、紐約州，美東的地價全面哄抬了二至三倍。

我忙著報導起先露宿在白宮門前的一羣抗議人士。他們由於買不起住屋而扯出白布條示威，我擬下幾個題目正要專題報導，想不到，華爾街股票的「道瓊」指數就在那數天連連飛漲，開始了股票史上最有名的長紅月分：個把月內，指數竟由數年來保持的兩千多點衝過三千、四千……，後來，一舉衝破了萬點關卡。尤其在廣袤的中西部，熱潮一發不可遏抑。聯播網的電視新聞中，見到肯塔基州、愛荷華州的玉米田裏豎起巨幅的股票看板。原先足不出戶的老農搭上灰狗巴士往大城打聽內線消息。而《芝加哥論壇報》、《亞特蘭大日報》裁撤原有的版面，以擴充有關於股市動態的報導。美雲一向比我積極，這時候，她成天抱本字典，翻查績優股、加權指數等的英文術語；要不然就捧著《股市大全》的工具書，研究單底雙底的漲跌圖形。一天我去家附近的小店買包香煙，看見海報才恍悟到，這一類 Seven-Eleven 的便捷商店，數日內也將代辦起股票買賣事宜。

2

當時，華府最繁榮的K街上，如春筍般冒出地面的，是懸掛上金字招牌的地下投資公司。其後幾個禮拜的《華盛頓郵報》，都是這種公司該不該取締的爭議。衆說紛紜的時刻，又傳出證管局長的瀆職，有人說，就是因爲他兒子媳婦在地下投資公司做事，才拖延了取締的時機。而他那滿臉雀斑的兒子則勇敢地站出來申辯，他說要把本身的功過交付下次選舉，自己出身爲權貴子弟的事實，才是此生所背負的「原罪」。

多年在新聞圈中打混，對這類試圖掙脫人性枷鎖的告白，老實說，我已經失去最起碼的好奇(電視機前，美雲趁機譏嘲了我幾句，她冷哼著說，「心裏留連不去的『台灣』，豈不也是你這種人逃不掉的『原罪』?」)。仍然掛了隻職業記者的鼻子，我倒覺察出問題的癥結在地下投資公司所展現的網絡。據我在新聞大樓打聽到的小道消息，資金跨海周轉而至，與位於台灣的鴻源、龍翔……甚至澳門賽馬會皆有關聯。各部門的財經官員則施出互相推諉的慣技，譬如，以下是當時美國電視上一段問答的實況。

「請問，」「請問，請問，」嘈雜中，嗓門特別大的記者 Sam Danoldson 攔下了那位部長的去路：

「美國投資管道一向暢通，部長，爲什麼美國爆出了『地下』投資公司的問題?」

部長微笑，他才從國務院側門出來，那是他註册商標的和藹笑臉：「什麼地上地下?他們本來就是『地上』的公司嘛!」

「那麼，你說他們合法?」Sam 挑著他的眉毛追問。

「沒有合法與不合法的問題。」

笑容可掬的部長急急地鑽入車內。

如今回想起來，我的生活在風暴初起的幾個星期甚至幾個月大體上如舊，正顯出我對美國社會的始終隔閡。除了不時對著電視新聞瞠目驚呆一番，我依然過午方起，下午撥幾通電話就能夠發新聞交差了事。至於我認識到美國社區全盤捲入的可能性，則是一天黃昏鄰居太太串門子過來，竟向我們解釋起「六合彩」的獎額。捧著杯茉莉花茶，弗德曼太太不住地稱讚美雲悟性眞好，三言兩語就明瞭了繁複的遊戲規則。她離開之後，美雲才告訴我，左鄰這位猶太婦人不但推銷「六合彩」的獎券，而且是本社區裏「大家樂」的組頭。美雲說，定期舉行「賓果」遊戲的教堂已成爲「明牌」消息交換點，而一幢幢聯誼用的社區中心也都變作簽賭的地點。難怪前些日子晚飯後散步，我恍惚聽到鄰人見面的寒暄由 How have you been? 改爲 How have you “signed”? 或 How many have you “signed”? 之類有玄機的對話。

當時，我立即的不方便是向台北發稿的時間必須與「六合彩」開獎錯開。國際電話經常占線，跨國公司的主持下，人人都急著詢問台北或香港的搖獎號碼。貝爾電話公司也發揮了效率，越洋通話中，尖峯收費率按照距離開獎的時段而計算。

那段時間內，我印象裏的變化還有附近中國餐館都大發利市。玩過股票、簽過「大家樂」的洋人，好像非要吃一頓道地的中國菜才算功德圓滿。而同時，美國餐館的生意卻一落千丈，爲了挽回頹勢，據說，有的餐廳供奉起千方百計買到的黑面關公，有的悄悄走私來了數千元美金一條的紅龍魚，養在坐落「財」位上的魚缸裏。往年觀光客雲集的幾家義大利口味的匹薩屋，競相在進門處換上大片鏡子，側邊掛著一簫一劍。至於法國餐館，門兩旁也雄踞著鎭邪的石獅子。

林雲大師呢？不用說，總攬下白宮的室內裝潢次日，又環飛全美國爲各行各業尊奉的祖師爺開光點眼去了。顯教不讓密教專美於前，兩岸紛紛蓋起了東來寺、西來寺的金頂寺廟。衆人或皈依或剃度的光景中，有的法師更立下悲願從事醫療事業。「龍發堂」分號在喬治亞州申請立案，前總統卡特蒞臨主持開幕禮，並特別敬獻給(in memory of)他的故兄長比利・卡特。慶典中，所有註册的病人繞行密西西比河，展開他們爲期四週的旅行治療。

3

美國佬本來就大驚小怪，這樣亂烘烘的變局（當然不少是從未印證的謠言），看在保守人士的眼裏，意味著社會的危機。就我記憶所及（記憶中事物的順序可能有誤），那年秋天，國會復會之後，立即開始了晝夜不停的討論。

從大題目到許多細節，譬如怎樣取締投資公司，到底是動用銀行法、民法、公司法……遲遲未能取得共識。而國會的議事廳裏，竟出現大量的肢體動作。螢光幕上，兩黨議員不時跳上桌子，爲這民主殿堂譜下歷史的新頁。我也趁機放下了味同雞肋的僑務而趕往國會山莊，雖然記者證難求，但我憑著多年前的舊交情，混進來了旁聽席。而那時候，彷彿迴光返照，我又恢復了許久未曾發揮過的運筆速度，也當眞寫了幾篇很能夠交差的新聞稿。以下關於美國國會的實況報導，多是我的親眼目睹。

白色穹頂的大廳裏，敲壞了幾枚議事槌、又折斷了一打麥克風之後，最關鍵的決議中，愛德華・甘迺迪參議員額頭綁著黃布條，寫上自己的訴求。至於索拉茲衆議員，坐在聽證會講桌前，披掛的紅布則是「美國第一勇」。而爭議愈發難分難解的時刻，不久前因失職而倉皇辭廟的議長賴特，從德州搭專機返回華府，追討退職金。賴特並且召集起國會六十歲以上的老代表，要求布希總統宣佈美國進入「動員戡亂時期」，即日實施戒嚴。年輕的議員眼看美國憲法即將形同戒嚴法的附庸，頻頻用「老賊」稱呼這羣以法統自居的同事。

那時日，爲老代表們護航最力的當然是退休的雷根總統。可惜他出師未捷。前一日舌戰羣雄，竟脫落了整副假牙；後一日，募款的場合又被人揮了幾拳。可憐雷根對著電視記者的攝影機露出胸膛，給人看他身上敷滿台灣永光藥廠的「撒隆巴斯」。

同時，生物學家、人類學家、地質學家、氣象學家……紛紛爲美國社會上的怪現象提出各種假說（以下是從當時的電文中摘錄的段落）：

綜合外電報導，人類學家在世界性的年會中率先發表研究結果，認爲要解釋股票、六合彩、大家樂等的冒險行爲，必須追溯到原始社會的狩獵本能。他們說資訊社會來臨，農耕社會嚮往安定的欲望遂被壓抑，人類的狩獵心性再度死灰復燃。其中包括不一定捉到獵物的賭性、以小的陷阱與釣餌期待暴利的投機性等等，彷彿解釋了這些天來美國政壇奮力一搏的下注行爲。世界最著名的生物學家 Dr. Cambell 雖然同意人類學家這種觀點，但是 Dr. Cambell 卻認定狩獵本能的被觸動乃是基因突變的結果，北美洲人種的基因爲什麼突然改變，以及將朝什麼方向變化下去，Dr. Cambell 上個月的記者會上表示，將在明年初公佈幾項發現。

據《今日美國》報載，氣象學家正提出很夠分量的論文，他們認爲地球上人類詭異的行爲肇因於地表溫度愈來愈熱。除了太陽黑子的增加尚難以跟污染扯上關係，對於環保學者，「溫度」與「行爲」的相關證實了他們最擔心的——廢氣上升形成「溫室效應」的禍害。「路透社」訊，某綠色組織正試圖用臭氧層的裂洞解釋人類的躁進行爲。

依照「美聯社」的電傳稿，地質學家們斬釘截鐵地認爲美國出現異象是地層變化的結果，許多其他社會的「異質」經由地殼滲入北美，而這驚人的說法立即獲得甚多共鳴。物理學家循著地質學家的假説，用熱力學第二定律證明目前美國的異象是「大壓縮」(Big Crunch)的前奏：地殼的震盪中，社會的現象將攪混成一鍋濃湯，向著地球上能量最高的一點匯聚。

那時候，被連番的變化沖昏了頭腦，我只是匆匆地記錄有關的消息，坦白說，當《紐約時報》的專欄作家史斐爾首先創下「台灣化」一詞(Taiwanize, Taiwanization)來形容這整整一串美國社會的亂象，我竟然沒有預感這就是後來人盡皆知「台灣化」詞彙的濫觴。那是第一次「台灣」——正式——與世界上系列的變化牽連在一起。依照史斐爾此後在各種場合下的自白，「台灣化」對他而言只是造字，並沒有任何科學根據。至於究竟是台灣策動了美國社會的大變遷；還是「台灣經驗」原本表現了這世界未來的走勢，而台灣只是僥倖地比美國更得了風氣之先。在史斐爾語言學家的思辨裏，乃是蛋生雞、雞生蛋的循環命題。

然而，語言一旦被創出之後，從此有了它自己的生命。我翻查過九〇年代再版的韋氏詞典，到那時候爲止，「台灣化」一詞已經有數個意義，表示「未來」的意涵之外；「台灣化」更可以通稱目前已成爲全球新趨勢的「賭場社會」；以及比較抽象地描繪任何在迅速生長／發展／蔓延／擴大的事物。另一個有趣的別義也值得提起：正因爲在人文學者的語碼裏「台灣」含混難解，以往的學理不敷應用，未來的公式尚未創出，是一塊失去了界線的地方。所以，任何模稜／漫漶／是非不分／正邪難辨的傾向，都可以用「台灣化」一詞貼切地形容。

史斐爾在衆多地域中專挑出「台灣」來勾畫美國的變局，不能不歸諸他的睿智（我必須驕傲地宣稱，許多年前我曾是他"On Language"專欄的忠實讀者）。自從「台灣化」這個詞彙通行之後（譬如說，隨時可以聽到某某人的事業或病狀正在「台灣化」中，或者，某某道德規範被「台灣化」掉了……），愈來愈多的證據，將解讀美國社會的方向指著台灣。譬如前述「大壓縮」理論中，經由推算，全世界幅聚的一點恰是台灣；而經濟學家則認爲美國的轉向乃是台灣經濟力的展示（因此也符合經濟學家認爲經濟力——主導——人類行爲的假說）。諾貝爾級的經濟、社會、未來學者托佛勒在《第四波》書中，更提出過整合型的創見：他的論證回溯到一九八九，他說台灣股市的交易量那時候已經世界第一，那年七月台灣與全球的金融電腦連線之後，逐漸在美國社會形成巨大的磁場，終於整個美國都在強悍的力道下整隊、重組，被磁場所收編。

托佛勒的新作引起了一番爭議，事實上，面對劇變的年代，不少美國學者們都有嶄新的創意。譬如：我記憶中別出新裁的一篇來自美國右派的思想庫AEI(American Enterprise Institute)，曾作過聯合國大使的寇克派翠克女士寫道，美國的大舉潰敗，是台灣以彈丸之地對反攻大陸決策演練多年的結果，台灣的國民黨可以在精神上無遠弗屆的「收復」（她原文中用的是Assimilate，或譯「同化」）一個地方。而她嚴肅地預卜到，由於美國多年來受到自由主義腐蝕，已從道德的陣線棄守，美國人民正等待三民主義的救贖。時機對的話，美國將成爲「台灣化」的模範省。

後來，又有醫界的人士出來說話，說所有的揣測都是謊言，「台灣化」本是流行的疾病。而患者身上帶有一種「台灣化」的濾過性病毒。目前雖然尚未培養出疫苗，也沒有成功地分離出病菌，但「台灣化」的症狀可以由統計學歸納出來。

依據美國健康總署的公報，最顯著的症狀——但是不一定每項都是顯性，換句話說，是充分條件而非必要條件的病徵包括以下各項（依我記憶中的次序而排列）：

㈠突然有吃中國菜的嚮往。重症的病人即使面對稀有動物（可以用娃娃魚做實驗），腦波中也顯示進食與進補的衝動。

㈡賭博的強迫行爲，心裏有尋找組頭的欲望。

㈢看「胡瓜秀」或是《週末派》才能排遣時間的習慣。

㈣上教堂工具化，禱詞中充滿了條件句法：「祢若不應允……，我就不……」「祢對我……我就按祢的賜予加倍、再加倍。」內心澎湃著與宗教信仰無關的宗教狂熱。

㈤隨處捕捉一晃即過的「明牌」：雜誌上的插圖、姓名筆畫、同事的生辰，甚至記下車禍中蜿蜒的血跡等。

那一段時日，「台灣化」的動態是每天美國報紙上的頭條，關於台灣的消息有時候是事實、有時候是謠傳，飯後看電視新聞，提到那個「台灣小朋友」，又像是一場「胡瓜秀」中的道具。而「台灣化」所引發的種種問題，在美國觀衆眼裏，儘管嚴重，卻也成爲高潮迭起的笑料。當新聞與娛樂／眞實與幻象／島嶼與大陸逐漸失去了界線，不知道是不是受到了病毒的侵襲，我突然常有莫名的傷感。新聞發得少了，出去跑的次數也銳減下來，對這一陣子全球新聞界的爆炒對象，我說不出的……有些厭倦。

4

接下去，我根據美國報紙的消息，研判出美國在「台灣化」決策上顯得舉棋不定。例如，美國官方不知道針對變局究竟該祭起三〇一法案、還是懸掛風球、發出健康警報——畢竟還是未經證實的病毒；而在碼頭工人的耳語裏，醞釀要抵制台灣來的貨櫃，因爲正是他們，第一手接觸「台灣化」的病毒。

同時又有大量的信函投擲到美國國會，許多州的選民認爲不妨對美國是否併入「台灣國」的問題舉行全民投票。國會爲了愼重，設立了「特別委員會」審理有關的爭議。

報上讀者投書寫道（我也暗暗地這麼認爲），這是美國自南北戰爭以來從未有的分歧局面。而「保守」與「開明」（借用「台灣化」之後的詞彙，可以稱作「統派」與「獨派」）兩派的對壘下，當時我準確地看出「台灣化」的態度，已經演變成一場意識形態上生死存亡的戰事。因此，兩邊都不惜以陰謀理論來套牢對方。極端的語意裏，某些意見領袖認定這就是另一次「黃禍」的來臨；而「中情局」在美國軍方統領下，抱著這樣的心態蒐證，查獲了一個裏通台灣的「『台灣國』建國運動組織」。逼供之後，掀出來的企圖令美國人大驚失色，這個組織竟然計劃將全美國兩億人口變作台灣同胞（兩千萬餘）逃稅用的股市「人頭」。

極右人士的另一個集結，乃是由誓死抵抗「台灣化」人士所形成的「愛陣」（「愛」美國「陣」線）。這股勢力據說與台灣的黑社會組織互通有無，而我確實記得當時在美國的電視上常出現「永逢集團」捐贈的國旗廣告：〈愛到最高點〉的歌聲中，一面世界最大的星條旗就在亞利桑那州的大峽谷中鋪展開來。美國的「愛陣」並且與原本就混跡全世界的「洪門」掛鉤（「洪門」在一九八九的台灣，即已改名爲「社會福利促進會」），據說，「反台復美」正是歃血爲盟儀式中的誓言。

以上我拉雜記得的，是美國社會中非理性的聲音。然而，美國畢竟民主基礎深厚。「台灣化」既是一個難迴避的事實，「特別委員會」宣稱要公正、客觀地衡量「台灣化」的得失。一回回的聽證會中，理論與證據並列，布希總統的主持下，意見難以融匯，贊成與反對「台灣化」的人士各執一詞。下面是當時我剪報紙（那時候，除了《華盛頓郵報》，我又恢復訂閱《紐約時報》）隨手歸納的心得：

——贊成的一方認爲「台灣化」之後好處無窮，一則可以分享到台灣經濟成長的奇蹟，從此徹底解決了美國的心腹大患：赤字問題。二則美國偏高的失業率可能因「台灣化」而自動降低，譬如，紐約市長與華盛頓市長都分別在委員前作證，他們說，只要借鏡台北市「街道地攤化、地攤霓虹化」的措施，失業人口減少不說，他們保證市容會急遽地繁榮起來。十年之後，他們聲稱將與台灣的建設成果比美：擺地攤的人士也有賓士車代步。三則關係著目前美國最嚴重的教育問題，「台灣化」不但意味著掃除文盲，而且還能夠大幅度提高精神病患的投票率。針對這一點，據《華盛頓郵報》刊載，此地關過詩人龐德的「聖伊利莎白醫院」正要求觀摩台灣「玉里療養院」的成功實例（那裏，精神病人投票率是百分之百）。四則在於「台灣化」必將蓬勃起許多新興工商業，譬如建醮、譬如股票餐廳。

——反對人士的論證卻在道德上最站得住腳（也有人譏誚地說，道德掛帥，正是反對運動所以失敗的原因）。而他們堂正的理由是：「台灣化」意味著公信力與公權力的喪失，意味著美國全國成爲一個大的賭場。至於如何遏止「台灣化」的浪潮，反對陣營中又分裂爲公職 vs.羣衆路線的戰爭。如今回想起來，反對運動未克成功還在於山頭主義（因此鄉村未能包圍都市），與未能對社會運動的資源作出最有效的整編。在贊成一方的惡意分化下，反對派終於錯失了抗爭的時機。當時留下的運動紀錄，包括有《到反對之路》、《老鷹爲何變白鴿》等戰鬥性的文獻。

最重要的決定因素，也就是「台灣化」浪潮終於席捲全美國的原因，早就預卜過美國必然中衰的保羅·甘迺迪在《國家利益》雜誌長文中曾有通篇的回顧。他指出如他先前所言，美國敗落亦似羅馬帝國的傾頹，原是歷史的必然，而一九八九以後劇變的情勢下，他痛切地認爲紐約市大舉棄守乃是抵制「台灣化」運動一敗塗地的致命傷。

但是，保羅·甘迺迪仍然主張要持平地看待這段歷史。他承認當時紐約市確實需要「台灣化」的一番激勵。只有靠著台灣商人清水變雞湯的點子，他說，「一貫道」才在第五街上開張了世界最大的素菜館；「文化城」理髮廳亦能夠在曼哈頓搶灘成功（如今更買下帝國大廈，屋頂新加蓋的違章建築牌樓，成爲紐約市最燦爛的夜景）。至於鑽石般連綴起長島海域的燈光，保羅·甘迺迪在文中不禁也讚嘆地說，啊，那是「花中花」與「海中花」啤酒屋的衆多姊妹店！

美國各大城市，像我居家的大華府，如今都換上嶄新的面貌。夜景像樣多了，我們K街上林立著「指壓」、「油壓」的招牌。數年前鬼影幢幢的貧民區，豎起「MTV」、「三溫暖」、「K書中心」

等徹夜閃爍的霓虹燈，增添了不少暖意。

住宅區也混進多家新剪綵的CLUB，附送玉照的廣告上燕瘦環肥，各國佳麗如雲（還有跳船來的泰國妹與大陸妹）。而我一名四十多歲的男人，曾經跑過黨政新聞的閱歷，尤其我幾經滄桑的心境，鼻子嗅嗅，便又觸動了我識途老馬的回憶：前些年在台灣，無論是六條通風韻猶存的媽媽桑、鋼琴酒店十二金釵的老五、最會射Darts飛鏢的吧孃蘇茜，當然，還有那惹我動了眞情卻……哎，讓我必須再度自我放逐而不能留在台灣的糗事，哎，怎麼說都與這種旖旎的情調有關係。而那些星星點點的遇合，究竟是無能滿足又無以忘懷的情欲？還是卑微的人世間相濡以沫的一絲溫暖？——也只有這片模稜的灰色地帶，想想看，彷彿還遺留著往日生活的軌跡。至於婚姻、職業、房產等等如今觸摸到的東西，比較起來，卻不像眞的，或者說，不像是屬於我的。然而很反常地，自從華盛頓充滿了這樣的異色情調，我除了讀報紙，連國會的熱鬧也一概懶得湊。我自己都不能理解的是，當美雲從早到晚在號子間裏穿梭，我待在家的時間倒益發長了。

5

不久，美國東北角展開劍及履及的具體行動。

東北角幾州在州議會中作出決議，無論學者們能否研究出「台灣化」的原因（……到底是基因、氣候、地質的影響，或者是病毒的入侵），各州將逕自以政令的配合，加速「台灣化」全面進行。

對某些仍然繼續抨擊「台灣化」的參衆議員（——受到台灣語彙的影響，他們自稱「中央級民意代表」），家鄉的民意等於一記迎面的耳光。其實，他們忽略了最賺取人心的是氣候，「台灣化」的熱潮裏，前一個冬季北美洲居然冰雪絕跡；去年底《時代》雜誌的封面故事就叫做「Oh！福爾摩沙」，「台灣的暖流來到了」，一位穿短袖的緬因州居民對採訪記者感激地說。不時下一點小雨（那時候，《錢櫃》排行榜上的熱門唱片正是多年前台灣流行過的〈冬雨〉，齊秦主唱），家家戶戶都欣幸於撙節的帳單，省下來的瓦斯費又可以買些散股（我還記得，長長一陣子，「能源股」是唯一跌停的股票）。「就憑這點，我們要『台灣化』到底。」原以冷峻著稱的波士頓市民也在那篇報導裏熱切地表示意見。十二月豔陽的天氣，他們在圖片中戴墨鏡，手裏拿著一杯五百CC的木瓜牛奶汁。

東部十三州共同決議之後，中西部各州也在喜雨聲中加入「台灣化」運動同盟。那時候，氣溫與雨量驟然升高，玉米帶的農家紛紛改種稻米。田埂上檳榔樹結實纍纍，因爲美國牙醫公會的推薦，口香糖的銷路已被這種更有益口腔的健康食品所取代。而楊桃、蓮霧、蘆筍等作物的輪番種植，不啻爲原本氣息奄奄的美國農業打了一劑強心針。

我總覺得難以置信，記憶中掩映著天光雲影的水田竟然移植來到北美。固然大大有助於美國原本太單調的農村景觀，可是，我直覺地認爲這是一種時空錯亂。或者是我自己，我自己陷入過去的某一點上難以自拔；或者，是更無可救藥的倒退，我正不停地向後退卻……。即使在目前「台灣化」的浪潮中，全世界都是來自台灣的大貿易商，忙著向第一第二第三世界的國家提出指導性的建議，台灣記者發的消息也漸漸取代了路透社、塔斯社、美聯社、合衆國際社的消息，執掌起全世界新聞業的牛耳，而我這曾以新聞爲志業的「老鳥」，卻愈來愈懶得去跑新聞了。

倚在沙發上點支煙，有時候，許多早忘記的事卻不經意地浮出腦海。初出道的往事，還包括一位設籍在北投的女人，那年我才二十幾，記得她那低啞的嗓音。當時，我只覺得納悶——什麼樣的過去，她才有這樣一副倦怠的面容？

她靠在牀板上對我說：「如果啊，沒有這條新聞會丟差事，」她嘆了口氣，「那麼，少年人，就讓你寫出吧！」

默默地，我注視她濃妝的眼圈，幾顆眼淚從她失神的目眶裏滑了下來。雖然談不上任何交情，她不過是我的新聞對象，雖然，她與那位政要的私情曾令我追蹤了月餘，而公諸報端，保證我拿一個大紅包的獨家獎金。但想了想，我把寫成的稿紙當她的面全撕碎了。

兩天之後，同一條線上別報的記者如實刊出。訪問稿末尾還打了我一耙，說這女人親口透露的內情，某報記者有心占她便宜，才替她包庇下這條爆炸性的祕聞。

涉嫌的政要並沒有因此下台，那位記者卻成了不畏強梁的英雄，而我算是勉強躲過一劫。同時我也知道人們怎麼想的，都在背後暗暗地訕笑我不夠老練，甜頭沒嘗到就已經忘了新聞第一的職業倫理。

當時我曾懊喪地自己思忖，那女人大概有不得不擺我一道的情由，或者是政治的暗盤？黑社會翻雲覆雨的一隻手？甚至牽涉到報老闆打擊異己的不遺餘力？而我始終沒有勇氣再去盤查。事實上，我也已經記不清楚了，記不清楚這些年在新聞界犯下的錯誤，包括離開台灣前我慘遭致命的一擊。回想起來，這個圈子闖蕩了半生，剩下的只是疲憊。

難道我一直搞錯了？——蜷在沙發上，看著手裏的煙頭一點點暗淡下去，而這一個分秒，台灣正在進軍世界的時候，我默然想到自己從事的原來是多麼徒勞的職業，儘管追的時候全力以赴，甚至可以不擇手段，當未來被我們追趕到了，我愈來愈情願退縮到久遠的過去：小小的一件溫暖的往事、幾段濫情卻讓我流連不已的插曲……在爭分奪秒的工作中，我心裏所緬懷的，始終是早已消逝的過去嗎？

即使在過去，然而，我的記憶必然也有所錯謬。我默默地想著，在我最後一瞥中的一九八九，台灣的節奏已經異樣地快速起來。那麼，就算時光停駐在那一年，台灣也不是我離去時候的那個「台灣」。當「台灣」以驚人的速度向前衝刺，而我的記憶、記憶中我不能夠擺脫的過去，過去了的那個已經不屬於現在、卻在記憶中恆久如斯的島嶼，而這一瞬我彷彿豁然明瞭……會不會正是我身上過於沉重的負擔？

佐證這個月才在美國出版的《今日心理學》專號，已經精準地測量出台灣人的記憶長短，同時也引述了一段台灣人對「時間」的知覺。文中指出，與其他各地的人們比較起來，台灣人的記憶最短暫。作者不十分清楚地解釋道，當時間的切分趨於極小（換句話，台灣人的記憶，是片段切割／瞬息即過的形式），在這極限的情境下，因果關係不再存在（極端的例子是：人可以從棺木裏誕生、從子宮裏死亡、火柴用來讓烈焰熄滅、石頭丟進水潭才能讓波紋靜止等等），過去與未來不一定發生關聯。而我努力參研出的解釋是，唯當我們自己有了這樣不連貫的意識之下，也就是說，當我們終於從心裏接受過去、現在、未來不再相關的事實，才算搭上了「台灣化」列車，有機會與它一齊奔向未來。

實際上，根據《今日心理學》文章中的統計，目前美國人「台灣化」的程度趨於深刻，他們的「台灣經驗」已內化到意識以下的層面。譬如，全美國的男人都忙著尋找午妻，談一場無傷大雅的戀愛，但在同時，文中說，他們正像台灣的男人，已不復記憶前一個午妻的面貌了。

6

如今，「台灣」一而再證實是進步／理性／前瞻／幸福的同義字。最保守的美國人也口服心服地承認，「台灣化」不只是社會未來的走向，更是一種美好的心靈狀態。

微妙的是，人們不論在贊成或反對的時候，依我看來，他們採用的模式不謀而合——皆出自台灣經驗！

譬如，面對美國黑槍氾濫（多是紅星牌或黑星牌的水貨），以及黃石公園成爲垃圾山、登革熱在美國十大死亡原因中排名第一等等「台灣經驗」的副產品，熱心「台灣化」的人士企圖禁書與燒書，湮滅一切寫著「台灣化」有害的文字證據。奧勒岡州某位司法官縱火燒書之後，在衆位記者逼問下，他一撒手說：「燒了就燒了。」而同時，大小綁匪在美國各州作案多起，他們最通用的供詞也是：「『撕』了就『撕』了。」

舉例說，美國南部對「台灣化」運動還有零星的頑抗，也發生過殺害台灣移民的種族事件。當時阿拉巴馬的州務卿在集會中受人質詢，人們問他是否對於州史上一樁樁——歧視印第安人、歧視黑人、歧視黃種人——的流血事件感覺到遺憾，這位白人州務卿卻令人不知所措地脫口道：「這和當年滿清入關殺漢人一樣。」（備註，事後他矢口否認說過這句話，少數與會者也表示無從追憶。）

再以號稱孤星州的德州爲例，州長原定在一場記者會中，解釋他們爲什麼對「台灣化」運動不贊同也不表示反對的理由（德州是唯一降下星條旗、卻趁機換上他們自己的州旗當國旗的地方）。記者臨時問他對於夜行婦女的安全，以及計程車駕駛良莠不齊的素質有沒有什麼對策，這位首長含笑回答：「主要在於各行各業的人員是否有科學的、藝術的、哲學的修養。」州長接著又莫測高深地說：「還要看我們公務員是否有『天人合一』的宇宙觀。」

那幾年美國拒絕台灣經驗的枉然，事實上，許多年之前我就在當時一本《趨勢索隱》的暢銷書中讀過。那位台灣的趨勢預測家寫道（書中第一〇九頁）：「盲目的民族主義無法抵抗先進國家高尚的生活情調。」只要把先進國家想成台灣、後進國家換成美國，那麼就像我們的預測家說的：「義和團思想節節潰敗、宣佈倒閉。」數年後，美國國會「特別委員會」的調查報告中證實的，正是我們台灣人老早說了的這一點。

美國全面「台灣化」的方向既定，改國號、換旗幟都列在時間表上，我倒也恢復了隨便撥幾通電話就算跑到了僑社新聞的輕鬆。而順便插嘴一句與我工作範圍有關的消息：我們「國建會聯誼會」與「全美同鄉聯誼會」的成員，正醞釀把永久會址搬到聯合國大會會堂，因爲他們所討論的常是世界性的問題。但是他們放眼世界的時候焦點卻始終不離台灣，昨天，「聯誼會」會長婉轉地表達了他志在角逐台灣僑選立委的服務熱忱。

而這樣的研判沒有錯，台灣茶壺裏的風暴，在全球舞台上已屢屢引起大地震般的撼動。北美洲之後，整個世界都處於「台灣化」的熱潮當中。愈來愈多的科學證據顯示，「台灣」正在快速地蔓延。依照太空中的電子偵攝術，成長的速度類似八爪魚形狀。世界各地雖然「台灣化」快慢有異，程度也深淺不一，但是在斯德哥爾摩的一次全球科學會議中已經提出圓滿的解釋：「台灣化」的穿透力尚有粒子／光波的雙重性格。

逐漸地，科學家對「台灣化」現象的觀測趨向一致。至於科學界無從解答的部分，宗教人士則形而上地詮釋種種異象。譬如《基督教箴言報》認爲台灣曾出現的水火同源，符合了《聖經》中大審判的前兆（〈啓示錄〉第九章一與二節）。而電視佈道家葛拉罕則斷定台灣有天堂與地獄的混合性格（再一次證實它是失去了界線的地方）。記得葛拉罕手持《聖經》，在電視上怒斥那大羣從台灣出來跑單幫的乩童。他痛心地敍述，不只他教區所在的整個英語世界受到波及，連原始的新幾內亞，供奉的都是祖籍湄洲的大甲媽祖；而純樸的非洲叢林，已遍佈由石門海邊分香去的十八王公廟。「除了我以外，你不可有別的神！」葛拉罕高聲唸經句（〈出埃及記〉第二十章三節），螢幕上又出現紅海的景象，特寫卻還是那隻十八王公廟裏豎起耳朵的狗，前方沙盤裏，放滿了古巴製煙廠出品的煙蒂把。

當時我大概嘆出聲來，洋教士眞正危言聳聽，據我粗略的瞭解，這類異象與宗教預言沒什麼相關，乃是「台灣化」影響愈益滲入了全世界的俗民社會。巧的是，各地的民間學者紛紛指出「台灣」是劫難的淵藪，先後發表「吾鄉不足以淹留」的警訊，也難怪他們憂心忡忡，譬如目前在南美洲的葬禮上，正流行脫衣舞娛賓的電子花車；而澳洲的電視台放棄了可愛的無尾熊，而上檔「誰是最後一隻大老鼠」有獎徵答。

全世界都感覺到這場大震撼的時候，中國大陸由於資訊不公開，「台灣化」程度屬於內部參考消息。然而瞞不住人的是這一回又有坦克在天安門前列陣，企圖逼退「台灣化」浪潮卻未果。無論如何，「台灣經驗」已經深入人心。二十七軍與三十八軍在西直門裏應外合的一霎，據說，他們的暗號正是：「很好，我喜歡。」而坦克在長安大街行進時，播放的歌曲也是〈我很醜，可是我很溫柔〉。

強行用武力鎮壓既然失敗，中國大陸的黨機器發動「手連手心連心」的自強活動，抵制「台灣化」運動，可是有人立即向上級反映，這樣「愛現」的運動方式無非「台灣經驗」的翻版，於是，總書記又以通敵反革命的罪嫌下台。

台灣的影響力在世界上日甚一日，某些人猜測，或者仍然有偏遠的地區未被波及，但是在哪裏呢？無聊的時候，我也自顧自惘惘地想著，西伯利亞的荒原？加勒比海的小島？喜馬拉雅的山村？……理論上，只要還存在著未曾「台灣化」的次文化，台灣就有發展的餘裕，「台灣經驗」也必定在繼續成長之中！

當然，世界性的新聞焦點總是台灣的股市。全球通行的詞彙是長線／短線、買盤／賣盤、開高／走低、以及槓上開花／滿盤皆墨等股市術語。地方性新聞節目後，全世界的人們都要聽阿不拉／胡立揚／威京小沈的行情分析。

我獨守在家裏的時間愈來愈長，美雲一早就匆匆出門，據她說是準備搶進尚未上市卻已經有行有市的股票。當她晚上筋疲力竭地回到家，我兀自無言地望著我雖然難以溝通卻也不曾像如今這般陌生的妻子。她有時候朝我搶白幾句，問我可不可以憑台灣的報社關係找點內線消息，或者，乾脆搞幾張台灣的明牌。「你那位報紙副刊上畫插圖的老友呢？」她不死心地問我。

我搖搖頭，想到她爲什麼有這樣的鬥志大小通吃。股票之外她作期貨，期貨的間隙是「六合彩」，有空就去簽幾支「大家樂」。看我沉默下來，她的氣焰立即更形高張。好幾次了，她對我咆哮，說她所參與的是世界性的全民活動、乃是全球人民生活的重心。「爲什麼，」她挑釁著，「你偏偏站在這股世界潮流之外？」

爲什麼？——我也常常這樣問自己。新聞大樓的落地玻璃前，望著我曾經眺望過無數次的景色，我也益發地惆悵起來。外面的綠意少了，四處建起大高樓。而人們紛紛搬進名稱五花八門的公寓裏，這也是「台灣化」特徵之一。「台北市東區，就是您都市生活的典範。」仲介業者常在美國電視上放這檔叫做「理想國」的廣告。

陽光下，我望著瀲灩的波多馬克河，河裏漂了一支支寶特瓶的景象，讓我油然地記起那條曾經如帶的淡水河。啊，就是這面玻璃，我想到多少次站在窗前眺望，眼中出現的始終是夢土似的島嶼……那是首次駐在美國的數年，故鄉的想望是我心靈唯一的慰安。而當我一九八九再度回到美國，聽到的是故鄉各種報捷的消息，就從那一年夏天，台灣逐步攀登上世界變化的樞紐。但是爲什麼，我卻更加地迷惘起來？

我斜倚玻璃，望著電梯前面出出進進的人們，多是各個國家的駐外記者，匆匆的腳步，我注意到他們臉上是與我一樣的倦容。我想起同行們在大樓酒吧裏聊天的時刻，閒談過記者生涯是何等重複與單調。每到一個地方，有人感嘆著說，接觸的都是大同小異的政客、報導的都是各地很類似的權力結構。譬如到了第三世界，各國家都有宣稱這一回要淨化選舉的執政黨（顯示出以往的選舉一定不乾淨），而記者工作上所訪談的反對黨，對著錄音機，相彷彿的手勢下，談過相似的入獄經驗之後，他們也都在重複同樣正義化身的言詞。

「不停地變換地方，」旁邊那位接腔道：「每個地方是相同的觀光旅館，早晨，咖啡橙汁火腿蛋，一樣從門底下遞進來的報紙，一樣是《前鋒論壇報》，一樣的……」聽著，大家卻頓時安靜下來，好像都感覺到那種失去了方位的茫然。如今人們攤開報紙，在世界各地，儘管不同的場合、不同的時日，我想著報紙上總是持續向上躍升的台灣股市。

「作一名駐外記者，旅行多了，感覺上像哪裏也沒有去過。」當時那位仁兄繼續說。「……或者，終於又回到原點。」另一個平板的聲音接了下去。對於我，這種說法從此顯現出深一層的意義，如今，無論站在世界任何角落，而我從未離開過那不斷向外生長與擴張的島嶼。

心裏卻清楚的知道，我與我的故鄉漸漸遠了。反諷的難道是，唯當我徹底忘懷了思憶中的島嶼，我才算眞正併入「台灣經驗」，乃是「台灣化」成功的又一名例證？

這時候，「台灣」仍然繼續在發展、不斷在蔓延，上個月，新版世界全圖中的「台灣」，勾畫的也是一片失去了界線的陸塊。注視繼續在進行中的奇蹟，我想著這擴張的疆域即將涵蓋起全世界，然而，當全球的特徵都是失去了界線的「台灣」，當失去了界線的……不只是地域，更是心靈的狀態，我快快地想著，站在這裏的我，這一刻，竟也從此失去了自己的過去、現在與未來嗎？

明天，去買幾家股票，試試我的手氣吧！

虛擬台灣

1

下一次，我要重新改寫那篇當年寫過的小說，如同你再玩一次這個曾經玩過許多次的遊戲。每回，坐在螢光幕前，你就努力想要記起來，有一次，你誤打誤撞，按了幾枚什麼樣的鍵？

Enter……

2

耳機中傳來身歷聲的序曲，好像一張張翻開的骨牌，氣氛萬鈞的音樂裏，螢光幕上顯現一排排立體字幕：

二十世紀末，冷戰結束，蘇聯解體，世界秩序處於重整的階段……

你端起咖啡杯，喝了一口。手裏按下「快速前行」的鍵，將這段熟透了的歷史背景趕緊略過去。

你瞇著眼，看光影閃動，字幕飛快地跳到最後一段，畫面才頓時定住：

本公司榮譽出品「虛擬台灣」軟體，引導您穿越時空，返轉至人人心裏最牽念的一刻，那是攸關此地命運的風雲時期。

3

前奏後，過場總有一小段合成音樂。萬花筒般的碎形圖案，拼湊出等待拆閱的信封，遊戲正式開始！

信封裏跳出了一連串問號，好像牽著手的豆芽菜，第一個問題是：

躍回哪個時期？

要找到一處歷史的裂隙，鎖定它作爲時光隧道的入口，才能夠循序漸進，一步步走入歷史……

眼睛瞪著螢光幕，你隨手按下一個鍵。

面前浮現了紅帳幔的廳堂，你很快認出那是中山堂。一九八七年十二月二十五日，日期在左上角顯示。你移動滑鼠，視角改爲俯看，無限度接近司令台，台上蔣經國特別稀落的左眉底下，左眼裏一片死魚般的灰茫，瞎了？一隻眼睛全瞎了？還是兩隻眼睛快看不見了，隔一段距離，你都望得見蔣面前斗大的字，你啜飲一口咖啡，試圖趕走腦海裏陰鷙的氣息。「各位代表先生，今天我們……」蔣正準備開始致詞，坐在會場中央的十一位民進黨代表突然起立，右手握拳高高舉起，有節奏地連續高喊：「全面改選！」「全面改選！」……喊了十聲，在靜肅的會場上，聲音出奇的沉著宏亮，似乎沒有人知道應該如何應變。那瞬間，人們的目光集中在蔣經國臉上，你移動滑鼠，視角愈發逼近他的前額，令你驚動的是他半睜著的一隻眼裏全無表情，只是累極了似的要閉起來。

你還想要繼續看下去。但旋即提醒自己，你進入得嫌早了，選擇時空的這一點作爲遊戲的入口，將要耗費許多時間，才能夠從歧路裏繞出來。

你噓了一口氣，再按「快速前行」的鍵。

時光繼續往前飛奔，從螢光幕上一閃即逝的連續畫面上，你看到李登輝站在那裏：強有力的肢體語言，那是一九九六年初鬧熱滾滾的總統選舉，「飛彈愈打愈旺」、「看到我們吃米粉在喊燒」、「中共在那邊亂打槍，連泉州的媽祖都住不下去」……面對中共的強勢，他「隨時用比較粗的話削下去」，果然以壓倒性的優勢贏得選舉。再喝一口咖啡，你緩緩鬆開按鍵的手指，差不多了，關鍵的時刻近了，你要在此時此刻切入歷史。

畫面靜止下來的一瞬，豆芽菜又出現在螢光幕上。跳跳蹦蹦的問號停在你眼前，你的選擇是：

——「史實取向」？

——「虛構取向」？

你點點頭，當然是「虛構取向」。「史實取向」，就是按照發生的實情一步步演繹，關鍵時刻也只能做枝節的改變，那可多無聊！眼前這個遊戲的趣味正在於不按牌理出牌，可以把現實顚倒過來，策略尤要出奇制勝。歷史的縫隙之中，不必讓那衷心害怕的結果發生，祕訣或許只在搬動幾枚重要的變數！

上一回，純粹爲了消磨時間，你買過一套「虛擬中國」軟體。同樣地，你循著「虛構取向」進行遊戲，當你把鄧小平的死期延後五年，江澤民的位子坐上朱鎔基，……這樣亂搞一通，哈哈，太好玩了，老母雞形狀的帝國版圖就自我消解成一窩吱吱喳喳亂竄的小花雞啦！

接下去，螢光幕上又是一個問號：

——「人物決定」？

——「事件決定」？

我們台灣，怎麼說都是人治的地方，你動動滑鼠，作下以人物主導歷史方向的選擇。

4

事實上，人的因素一向很複雜。時光隧道的這一點，你選擇進入的時刻既然在總統大選過後，面臨的一個問題正是他將找誰作閣揆？另一個關鍵的問題是閣揆直接相等於未來的接班人嗎？

問題更是你看好誰？你願意讓誰加進來遊戲？

螢光幕上，好像模特兒的選美活動，旋轉著正面與側面的頭像，依順序出場的是連戰、吳伯雄、許水德、蕭萬長……你把滑鼠推推，視角更近了，特寫鏡頭裏，有的做過眼袋割除手術，有的鼻子裏翹出幾莖黑毛，有的臉上浮著一團油光，除了這幾位政壇上的重量級人物，又出現了陳水扁的口卡介紹，說明他才是不分黨派、用人唯才、買一賠十的黑馬！

選中誰作接班人，試著再按鍵，眼前立即顯現此人的詳細資料，包括年齡、學歷、經驗、家世、財產、社會關係等等。

你一個一個人選端詳。咖啡冷了，就有酸澀的炭味，你放下杯子。面前枝蔓相連的人脈網絡圖你覺得不勝其煩……

恰似小學生做功課，已經進入遊戲，只得一個一個問題回答下去。

5

後來，你把桌上一小包五顏六色的藥丸塞進嘴裏，一陣甜滋滋的芳香，精神才轉爲振奮。藥丸的前身叫做「百憂解」，新的品牌進步多了，嗑了即時顯出藥效。

你玩到信封裏第三個階段的問題。

螢光幕上出現的是分割畫面，你要決定此時此刻「外來的影響」。

「日本」？「美國」？「中國」？……他們哪一個對當時的情境最有發言權？

當然是「中國」，你很無奈地按了一個鍵。

下個瞬間，一大幅中國分省地圖急不過地伸展開來。幾個軍區用顏色深淺一一區隔，看得出北方重兵正移向南方，戰略中心隨即往東南半壁傾斜。地圖右上角的問題是：

「哪個軍區將先行下達指令？」

你心中其實沒什麼定見，只是跟著箭頭機械性地按鍵。

大陸與島嶼之間現出了水狀的波紋，將鏡頭拉近，一艘掛五星旗的導彈驅逐艦「湛江號」，正在險峻的海域中破浪前進，時而閃現又消失的十字標幟，顯示著出沒無常的潛水艇。你數數，好傢伙，居然有九十幾艘。

同時天空乍明乍暗，蚊子一樣細小的光點代表飛航中的蘇愷二十七，根據分割畫面中的標尺，小蚊子飛得又高又快。近海的基地上一排排綠頭蒼蠅，起降頻繁，那是伊留申運輸機。……你一面調閱螢光幕右下角各種軍事情報，一面推移手中的滑鼠布陣。我們這邊的防空設施以天弓飛彈與鷹式飛彈陣地爲主，你可以調集的部隊總共有三十萬陸軍，二二六師依舊戍衛京畿；海軍兩個驅逐艦隊左右護法；空軍青黃不接最令人擔心，幻象將分批抵達，IDF與F－5E戰機恐怕沒什麼機會升空對壘……事實上，逼眞的沙盤推演正是這類「虛擬實境」遊戲的賣點所在。拿著滑鼠就隨時坐進駕駛艙，開偵察機深入另一方陣地；你也可以走入指揮中心，在簡報室裏瀏覽台海上空的通訊情報，或者對著雷達幕導引飛機升空……

你的玩興不怎麼高昂，這種打電玩式的親手操作，好像孩子的遊戲，雖然如臨實境，你總認爲非關宏旨。目前正處於向結果推進的時分，你寧可審愼地決定周邊的情況，愈瀕臨最後關頭，牽一髮而動全身，影響大局的因素益發細瑣紛雜：政壇內黑金勢力結合由來已久，圍標弊案、金融擠兌、合作社超貸等等好像定時炸彈，你準備讓股市突破多少點？穩定基金由誰繼續操盤？摩根史坦利是否將成爲源源不斷的利多？……你必須爲突發事件作政策面的選擇。

每次玩到這個階段，你就緊張起來，按鍵的幾隻手指，黏答答地滿覺濕濡的汗意。如果你不小心按錯了鍵，再也不能夠回到從前，回到來得及作出正確決定的原點上。有幾次你一個分神，當時也應該怪自己「進入」的時間太晚了，你闖進的竟是二十一世紀的台灣，於是你看到當年那位意氣風發的總統——怎麼樣在落日餘暉裏——成爲憂心忡忡的老人！

他老了，老年本身就是漸趨孤寂的過程。

螢光幕上的字幕告訴你，前第一夫人在腦中風五個月零六天之後，闔上清澄無波的雙眼，剩下八十幾歲的鰥夫於世間踽踽獨行。喪妻的悲慟吧，老人因爲愁慘而扭曲的目光，似乎無法正視台灣島的光明前景，你如果移動滑鼠，像他一樣地細細看，確實發現到一些令人不安的訊息：譬如在台灣「小人國娛樂世界」裏，正中間安放的竟然是袖珍的天安門廣場，好似香港作爲都市地標的「置地廣場」，曾在被收入版圖三年三個月零三天之前，警兆式地插滿了三面殷紅色的五星旗。

有什麼值得大驚小怪？你皺皺眉頭，在你恣意進出的時空裏，你早就佇立於南台灣一百三十六層的摩天樓上，看過懸掛五星旗的船隻進出高雄港的盛況。要知道你可是打電動玩具長大的一代，坐在螢光幕前，你習慣於貫注精神投入眼前的遊戲。靠著巨細靡遺的視角，你掃描到老人疲憊又倉皇的眼神，當你的視角與他的目光合而爲一，在這「虛擬實境」的光景裏，你不由得感覺到淒淒的宿命之感，老了，快要結束了？你心中隱約有些不捨。

他的思緒在往事中繾繾綣綣地徘徊，一晃十年了，當時他站在總統府圓形的陽台上，望著不遠處的新光大樓，夜晚的霧色裏彷彿折斷了的天梯，還有那高高飄在雲端的「遠企」，珠簾般的燈光垂掛下來，讓人想起天上宮闕，多麼寂寞啊，有一種細細的悲涼，他從窗帷後面看出去，映入眼底的是閱兵時候的司令台，壯盛的軍容，一致的步伐，都要過去了嗎？靜謐的黑夜中，他嗅到硝煙的氣息，無論白天在衆人前怎樣自信滿滿地強撐信心，到了夜晚，他依稀覺得好景難再。然而多麼地千鈞一髮，就在絕望的谷底，幕僚凝重的目光中，接到那通電話，話筒裏傳來令人寬慰的好消息，那是美國兩艘航空母艦的最新動向。

當時，作爲電腦公司的小職員，如同身邊正忙著買白米換美金的朋友一樣，你也放下了惴惴不安的一顆心。感激的心情下，你恨不得登上人家的航空母艦去瞻仰一番，想像中，甲板上停滿各種機型，「大黃蜂號」、「熊貓號」、「入侵者號」……就從那時候起？你捧起《珍氏武器年鑑》，爲了熟悉這些生動悅耳的飛機名字，你像走進糖果店的孩子，突然發現了一個即時可以得到滿足的世界。所有的問題在最終的時間之內迎刃而解，你需要那登峯造極的快感，然後緊張才能夠鬆弛下來，你趕緊移動滑鼠，飛彈瞄準目標、戰機準備升空……多媒體的畫面上，聲光音效交織加乘，將是一場海陸空聯合戰役。還是再嗑幾顆藥吧，你可得打起精神，定音鼓的節奏由緩而急，預示著謎底即將揭曉，此刻已經接近最後的決戰場——

每當這個時候，你的心跳加速，你捏住滑鼠的一隻手，微微地抖顫著。在關鍵的時分，只要給錯了一個指令，此地的命運可就走上萬劫不復的分叉路，發生在海峽之間的戰事一旦失控，別說你身家性命的島嶼不保，今天的地球上，還有一處不被災難波及的地方嗎？

螢光幕上光影閃動，情勢一幕緊似一幕，這瞬間，你情急地頻頻吞嚥唾液，旋即又覺得唇乾舌燥起來。你口渴，你需要再多嗑幾顆藥丸。而你確實記得，有一次，僅僅有一次，你不記得自己給了一連串什麼樣的指令，你的小島驚險萬狀地……不只躲過那場可怕的浩劫，還在戰爭的邊緣浴火重生，從此漂出險惡的水域，在水澤開出了一朵安詳自在的蓮花……

那潔白的瓣片裏輕薄如翼，難道是嗑藥過度的幻覺？是的，只有一次，你清楚記得，悠乎乎的幸福光景裏，所有的問題一併解決，那是你繼續玩下去強烈的誘因。一次一次，你要在瞬時間一舉扭轉全局，只須重複那按對了的指令……

6

Enter……

輯二

「人工的紀事・智慧的傳奇」

世紀之疾

0

科學的證據顯示：一枚細胞的生命，重演著整個種族的歷史……

1

騷動是從遇見他的時候開始的：看他站在人羣裏，就好像有人對著我耳蝸癢癢地吹氣，不只神經末梢的燥熱，我的敏感讓我知覺到身體的一些反應。我裝作無意地摸一摸額頭，果然，一顆汗珠，正沿著我的鬢角下滑。

我也同樣地在偵伺他的異狀：他怯怯的眼神彷彿一株含羞草，那麼容易驚動。收到試探的訊息，兩排羽葉般的睫毛立即反射式地閉攏起來。悄悄地在旁邊審視他，用眼尾的餘光掃過他緋紅起來的雙頰，我愈來愈有幾分確定：終於找到一個失散了的同類？

2

而我憑藉的，只是我自己也將信將疑的直覺而已。

按理說，這些年以來，我的同族人已經被消滅乾淨。依照流傳下來的文獻，先是一場「世紀之疾」的肆虐，殺死他們之中的大多數。然後發生了什麼？我所知有限。資料都被重新裝訂，官方的紀錄上：籠統地寫著多虧基因工程學的大幅度進展，加上催眠、洗腦、藥物療法……終於「治癒」了社會上所有「畸零」的人。到了目前，這一塵不染的世界裏，意識到自己的不同，就是將本身置於極大的危險中。

在我懵然的童年，對自己的「異常」毫無所悉的時日，我聽過一些繪聲繪影的傳說。傳說裏，我的同類與恐龍以及輝煌一時的馬雅文化並列，風馬牛不相及的三種東西，後來謎樣的下落卻可以彼此參照：就像恐龍爲什麼會絕種、馬雅人建立的帝國爲什麼瞬息無蹤一樣，我的同類因爲創造力驚人，在文化藝術領域留下過豐富的遺產，公共電視的特別節目裏，時而還感嘆著有一種人爲什麼曇花一現？——其實，我倒寧願相信，一個族裔所以消失，最可能的解釋，是他們厭倦了目前這想像力極爲匱乏的世界。

我長久來枯寂的心田裏，緬想上個世紀一羣人滅絕的原因，算是我消磨時間的辦法。而在孤單情緒無端湧至的黃昏，我也會反覆地想著這樁歷史疑案：什麼人的陰謀，故意將這世紀之疾的病毒拋出，然後遲遲找不到解藥，任由病毒在我們族人之間傳播？還是說，當致命的流行過去後，歷史才蜿蜒曲折地將人人都會罹患的疾病歸罪給特定的一羣人，再把這羣人的滅絕歸罪給疾病？

3

沒有碰見他之前，所有的問題，包括自己是否與常人不同的困惑，都停留在想像的層次。

譬如，我到過舊金山與紐約的後街，當年據說是我們族人出沒的幾個據點，現在一一修復成爲媲美龐貝城的古蹟。有時候，在蒸氣滾滾的公共浴室，有時候，是在燈光曖昧的小酒吧間，我模糊地感覺到了身體內奇異的渴望，但我在渴望著什麼呢？——耳鬢廝磨，墜珥遺簪，這些古時候的成語，用來形容當日的盛況嗎？……迷茫的煙霧裏，似乎藏著一扇隱形的門，我走不進去。

直到他在我眼前出現，人羣裏望見他，我預期著什麼事情終將發生：一霎時的失神，我有些不敢置信，然後是奇妙的暈沉、一陣陣的眩惑，接下去的困難是：什麼是我與他之間互相領會的語言？當年他們怎麼樣呼喚彼此？我怎麼啓齒？怎麼告訴他這是我隱藏了半生的情愫？

我必須小心從事，可別驚嚇到他。除了愛人多麼的難覓，也因爲在險惡的處境裏，若能夠找到那把開啓情愛之門的鎖鑰，我們將是族裔曾經存在……不容否認的見證！

4

獨處的時候，我想想又沮喪了起來，失傳的假使不只溝通的技巧，也包括愛他的能力。那麼，我該怎麼辨呢？事實上，連我們這種人的名字，都早已消溶於時間的河流裏。

我故意在他面前晃盪，一羣人之間，他不可能迴避我灼灼的目光，但他只是善意地與我點點頭，然後迅速地別過臉去。而下一瞬間，讓我失望的是，他羞澀的眼光，跟隨一位異性的身影四處打轉。

他也與其他人一樣，遵循著……這個社會所能夠接受的模式……

他是否認識到我的特殊之處？聽見我心裏最敏感的那根琴弦？或者只是我的誤解，我讀錯了他所散發的訊息。我所缺乏的，原本是一套可靠的辨識符號！

我張著要說什麼的嘴巴，看他這一刻頗爲困惑的面容，卻說不出來。

我挫折地想著，一旦失去了確認彼此的方法，遑論愛情，即使確定是那不確定的，都困難重重！

5

午夜時分，當我唸著他的名字而悠悠醒轉，睜大了眼睛，我努力地要回想起逃逸無蹤的夢境，在前一刻的夢裏，我們這種人，是怎麼樣的用身體訴說彼此的情意？

站起身來，對著一面鏡子，我觸摸自己挺直的鼻梁、飽滿而彈性的嘴唇，我握緊拳頭，上身在鏡子裏成爲一個倒三角的形狀；我扭轉腰身，望望自己結棍的腹部，沒有一絡贅肉，鏡子裏是幅俊美的影像。但我看著卻羞慚起來：不可能的，當年我們有創意的族人，抄襲的難道是正常人的愛戀方式？著重的難道是健身房練出來的一塊塊肌肉？……不可能的，我只爲自己欠缺想像力而搖頭嘆息。

若不是那樣，又該怎麼做呢？

電腦螢幕上，我模擬了兩個一模一樣的身體，看起來笨手笨腳，簡直不知道彼此應合。當年，不以延續後代爲宗旨的愛戀，到底是怎麼回事？

我愣愣地瞪著自己血色紅潤的指甲，撥弄臉側邊滑軟的耳輪，低下頭去，觀察在腹肌間微微凹下去的肚臍。我竭盡所能，用想像力延伸自己的身體部位，看看其中是否有未被發現的隱喩。當然，也要突破許多詞意的障礙：譬如什麼叫做「性感」？目前通行的定義中最能夠顯示這個時代惡俗的品味。但在當年，我們族人精緻的感官世界裏，哪裏？哪裏才是愉悅的泉源？曾經帶給族人們極致的滿足？

6

再見他時，我發覺他有些掩飾不住地緊張，在我面前小小的失措，又彷彿是含蓄無比的挑逗。他在人羣裏游目四顧，其實卻留意我的一舉一動。看在我眼裏，忍不住心中竊喜：我們莫非正要重建什麼？這從無到有的眉目傳情，就在拾回當年我們敏銳到極點的辨識系統嗎？

果然是創造力的考驗，充滿了意象的跳接：只要瞥一眼他握住杯子的那隻手，從他月白色的指甲，我就聯想到他藏在衣服裏的肌膚，以及他身上淡淡的薰衣草氣息。彷彿從事一場視覺、嗅覺與觸覺的遊戲：由他指甲若隱若現的波紋，我見到的是他身體在愛撫中起伏的曲線，正模仿著一朶睡蓮花自開自闔的旋律。凝望他手指上細密的汗毛，我試想自己好像寵愛貓一般地撫弄一方柔軟的後頸，或者那隻貓就是我，是我呼嚕呼嚕地睡臥在他的手臂上，舐他的手指，用舌頭包裹著他比別人纖巧的骨節，嚙咬他月白色的指甲，鹹鹹地，還稍微沾著薰衣草的味道。

喔，就因爲人們喪失了登峯造極的想像力，尋常男女的愛情才漸漸乏味，等同於平庸的欲望，到了這世紀卻連欲望也不是，剩下簽訂的契約、共同的守則、養育後代的社會責任。

想像力的枯涸，就是讓愛情一步步趨於死亡的淵藪吧，我想想又若有所悟。

我與他，在我們漸漸成形的辨識系統中，愛情仍有一線生機。這些日子來，閉起眼睛，當他的形影隨著意象在我面前浮現出來，我就陷入激狂的欲念裏不可自拔。

7

可惜地是，我們之間逡巡的目光、機巧的應答，以及若即若離的遊戲形式，對他僅止於追逐與躲閃帶來的趣味，他無從知悉我一日比一日熾切的感情。

忽忽若狂的心緒裏，懷著孤注一擲的念頭，我決意向他坦白！

我試想用哀憐的語氣懇請他，乞求他加入，與我一齊探索愛情的可能：要知道……在這個充滿敵意的世界上，我們的愛情原本就沒有多少成功的機會。

我願意俯身下去，親吻他的腳板，我要跪在地上對他說：原諒我，原諒我心底的渴盼，這些日子來，通過感官上的各種摹擬，愛情的無限可能當中，交疊在一起的身體還是欲望唯一的出路！

或者我乾脆訴諸理性，就從我們族人的歷史與受到迫害的經過講起（對他來說，這一頁是全然的空白），接下去，不免講到後來集體滅絕的命運，爲了博取他的信任，我把博物館裏偷到的證物揣在懷裏，那是一瓶當年分離出來的病毒。

他會理解我吧！唯有靠著兩個人的意志，用身體互相驗證，在別人發現到我們「異常」之前，或者有一線希望，實踐那靈與肉合而爲一的尖峯經驗。

8

我愣愣地看著他愈來愈冰涼的嘴唇……幾秒鐘前，就像在夢裏演練了多少遍的一樣，他大驚、他掙扎，我情急之下，急忙摀住他喊叫的嘴，我動作太粗魯了些，他的臉色一點點地轉成爲灰紫——

我放開了手，我貪婪地看著，線條那麼柔和的口唇，旁邊彎曲的鬚茸，還泛著初春青草的顏色。當我深深的親吻下去，喚醒的是腦海裏最深處的一卷記憶。而令人窒息的世界上，果然比所有能夠臆想到的愛情都還要美好而純粹。這瞬間，靠著他嘴唇上正在消褪的一絲絲體溫，重現了我們族人泅泳在情與欲裏的集體經驗……

9

他空茫茫的眼瞳彷彿在問：「之前，怎麼不記得呢？」

有多少可能！多少種做愛的姿勢？以多少不同的方法迎合自己的伴侶？像在水溫裏屈伸手指的本能，我一一想了起來。但有什麼用呢？世界上，只剩下我一個畸零的人！

他的眼角滑衍下來一粒小小的淚珠，最輕柔的動作，我用手指替他從臉上拂去。

我把手指放進口裏，鹹鹹的滋味，順便，我咬破了那根指頭，抹進一滴「世紀之疾」的病毒，我無望的追求從此畫下句點——因爲愛而死，這其中枉然的一番尋覓，驗證的到底是愛情早已死亡的事實？還是我們族人終歸於滅絕的命運？

童年故事

0

童年已經愈來愈遠了。

1

在談話中，我卻一再地提起我的童年。彷彿是我書架上包羅萬象的文庫；每翻一頁，都可以替我爾後的行爲找一套發人深省的解釋。至於我年歲漸長的生命，只不過是童年經驗在時間裏的延伸；而我努力替自己的人生尋出脈絡，另一種解釋正是——我始終在苦苦地增補我的童年！

2

其中包括我與女人纏繞不清的關係：百試不爽地，我總在關鍵時刻……陷入年幼時最甜美的記憶。

當我的手往乳房上攫捉的一瞬，我習慣把女人的奶頭夾在我右手的食指與中指之間，用左手扳過她的臉來，我的口唇湊近她的，輕輕擦幾下，再深而長地親吻下去。除了神經末梢傳來酥酥麻麻的快感。我的舌頭捲著另一隻充滿津液的舌頭，喘口氣的分秒間，我會讚嘆地說：「記得我母親就是這樣溫軟而多汁！」

我繼續向下搜索。我閉上眼，把女人葡萄粒一般的乳頭放在嘴裏咬嚙（小時候的繞口令？吃葡萄不吐葡萄皮？），甜津津的，我的味蕾將這一刻的情愛經驗與童年記憶連結在一起，由那一絲絲滲出來的奶香，口腔中頓時翻湧起母乳的滋味：鍋裏正烙著餅，還有黃騰騰的煎包、裏在茼蒿裏的麵疙瘩……母親喚我的小名，火毒毒的竈前，她敞開衣襟，等我撲進她的懷裏。

「差不多了，再多塞一點菜，四周鼓起來，那就更像我當年愛吃的——」下一時刻，冷氣機吹著，廚房的抽油煙機呼呼響著，坐在碗筷擺得齊整的餐桌前，我咂咂嘴巴，對著正把剛出鍋的韭菜盒子遞上桌的女人發表評語。

看到女人從廚房跨出來時汗淋淋的臉，事實上，我所能夠聯想到的也是童年記憶裏的母親。母親有極闊大的一雙做事的手，在油亮的圍裙邊緣搓著，指頭沾了一層厚厚的麵粉。那白色的抖落下來的微塵，隨母親的腳步在空氣中翻飛。母親身上，總帶了一些髮油味、花露水味，到了傍晚還有一股淡淡的狐臭，加上一點蒜末、一點葱花、一點花椒鹽，簡直五味雜陳！我出神地想著，一面在這緊要關頭想出比較準確的字眼：

「噢，對了，因爲是一種混合的氣味，包容一切的大地，也是我童年安全感的主要來源。」

因此到晚上，偎在女人身邊，我也喜歡用鼻與嘴在女人的腋下與腿彎翻找。對方咿咿啊啊的聲音裏，我在深耕一片水汪汪的禾田，或者，更回到童年的聯想是——將潤滑的春泥翻攪開來。

我想著母親飛快的動作，用兩根筷子就可以拌肉餡：一把小白菜、一塊里脊肉、一個雞蛋清、一匙小磨麻油，筷子畫出一道道的波紋，碎爛的白菜與肉末的纖維之間好像有一種拉不斷的黏連。濕濡的感覺裏，我也試圖進入女人的身體，四面都是牽扯的張力，我禁不住淘氣了起來……小時候，踩在板凳上，我就這麼好奇地把手指頭戳進肉餡，看母親在大碗裏變的什麼魔術。

溫存了一陣，聲音盡量放得輕柔，我向身邊喘吁吁的女人說：「對我這樣的男性，終其一生，呃，都希望回到母親身邊。」

說完後，坐直了身子，替自己點上一根煙，其實，我知道自己跟她提起童年也別有所圖：這是不斷地表明心跡，告訴她，我雖然愛她，我尤其習慣被人愛，我總向她要得多一些，比我能夠給予她的多些！

當年，屋裏充斥的都是母親的氣息，一個不起眼的角落，父親坐在舊藤椅上。他有一副好脾氣的面容，中山裝穿在他身上，只覺得口袋特別多，好像小學生的制服。父親拉過藤椅，他挨著我坐了下來，默默爲我削好鉛筆，一根根放進鉛筆盒裏。他還喜歡爲我包書，舊了就換個皮面，日曆紙翻過來，明星的大耳環包了進去。然後父親站起身來，在我新理的平頭上磨蹭他的下巴頦，一面自言自語：

「做功課，學的，爸都不會了？」

我皺皺鼻子偏過身體，他那件磨得起毛的中山裝上，有一股「新樂園」煙的臭味。

「檢查是肺癌，沒三個月，早就去了。」一向枕在我臂膀上的女人做了結論，我狠狠地連抽幾口香煙。女人柔情地橫過一隻手，幫我把煙熄滅。

說實話，我常在想童年給我留下了什麼影響：平凡而知足的生活，除了蒙受女人的眷愛，我對人世間所求有限，童年記憶像一張溫暖而熟悉的牀，我躺在上面搖晃晃地進入了夢鄉。

3

當我的嗅覺漸漸魯鈍起來，懶得再去辨識各個女人身上不同的味道，在我心裏，適時出現了另一幅童年的圖像。

許多的場合，我必須要從沒什麼希望繼續的因緣中脫身，幸而還有童年的記憶，可以代我解釋爲什麼與女人重複著毫不動情的肉體關係。好像某種障眼法，我與女人上牀，正因爲我認定那種關係並無進一步發展的可能——

因此辜負了不少的眞情。

女人低聲啜泣的時候，我才一點一滴地透露出來我的童年並不那麼尋常，占去我後來大部分記憶的母親原是繼母。至於我的親生母親，剩下片段的鏡頭、聊勝於無的幾個場景。我說，這大可以說明我性格之中寧可陷溺在欲望裏……卻無能掉入情網的一面。

說著，我便在心眼裏重溫那幾幅有些模糊的畫面：母親用手掌托著我穿開襠褲的屁股，哄我，指給我看竹竿上翻飛的衣衫；要不，就是母親抱我坐在門前的台階上，巷子內，冬天的太陽灰慘慘的。烤地瓜的手推車無聲地滑過去。時間靜止了，好像電影裏的停格，我愈來愈不能夠確定記憶的可信程度。

有一次，讓我自己也大吃一驚的是：我居然向枕邊的女伴侃侃說著，記得穿了件大翻領的水手裝，海軍藍的短褲，偎在母親懷裏，半歲吧？一歲吧？而一面說我一面想到：這畫面與一張擱在照相館櫥窗的放大照片並無二致，照相館坐落於我上班必經的街角，而我每天走在騎樓底下。不知道從哪一日開始，這個鏡頭以假亂眞地混入我童年的記憶。

「像什麼？神情像長了翅膀小天使；我那上了釉彩一般小臉蛋，酷似馬槽裏的耶穌。」將錯就錯，形容凝定在鏡頭裏的童年，我眉飛色舞起來。

女人抬望的眼瞳裏露出虔誠，宗教的意象必然具有淨化的功能。此刻，我專注的眼光，也早已超越了被單外面她性感的裸肩……

「斑駁的三兩張小像，我的母親，端莊而美麗，頭頂上彷彿有圈亮光。」我看著玻璃窗上方的一角夜空，幾句話的工夫，就將貞潔的瑪麗亞也一併鑲入我記憶的櫥窗。瞥了一眼身邊女人活色生香的臉龐，我頓時又有些抱歉，便悄聲說道：「所以啊！你要原諒。不是不肯，是我愛上任何的女人，都要冒著讓那小像更加模糊的危險。」

女人顯然尚未死心，但還是懂事地點了點頭。靜默半晌，她又輕輕問：

「後來你那位繼母，對你好嗎？」

這一刻我腦海裏，果然浮現了繼母的模樣：輪廓很深的黑眼睛，笑起來亮閃閃的牙齒，臉上一塊五毛錢銅板大小的疤，映著燈光顯出兩種顏色，中間比周圍粉嫩些。

在我的記憶中，當年她剛住進我家，我脖子上還掛著圍兜，站在竹子做的搖籃車裏。我好奇的眼光跟著她的身影左右擺動。看她坐在小板凳上搓洗衣服、哼著小調跪在地下擦地板，想來……也是我度過童年時光的好方法。我一年一年長大，等我嘴角長出了青色的鬚芽，她那中間有一條乳溝的胸脯繼續在我眼前晃啊晃的，如今再回憶，我盤算的大概始終是怎樣報復嚴厲的父親！那時候，每聽見吉普車轉進巷子，我就在書桌前連打幾個冷顫，幾分鐘後，父親在玄關裏脫掉大皮鞋，把綴著梅花的軍帽搭上帽架，接下去，我便要接觸父親濃眉底下管訓部屬的目光。

「主要是我老爸，做錯了事，他動輒用腰帶的金屬環扣抽我，那一年，我十二歲。」說著，還覺得當繼母的面接受懲處的畫面就在眼前，背上火辣辣地痛。

「你提起的，後來發生了一件，啊大事，究竟什麼事啊？」女人翻過身來，用手腕托著腮，興致勃勃要聽下面的故事。

我笑而不答，逕自開始我再一個回合的前戲，用我毛扎扎的腮，搓揉著牀上追根究柢的女人。傻瓜，她想要知道什麼呢？她又自以爲知道什麼呢？原只是露水姻緣，就一心一意把我當作標的物，直想要虜獲，大概準備到手後，就看成幼年失怙的案例來感化。可惜她但憑直覺，欠的是理論根據：此刻我成年人的思慮裏，早已添上了弗洛伊德對於這種事情的種種闡釋。其實，正如我自願沉湎於沒有責任的情色關係，多年來不長進的日子，無非是對父親那套價值觀的徹底反叛！

我長吁了一口氣，不顧身底下的女人這一刻猶然有所期待的眼眸，我快刀斬亂麻地告訴她：「我怕——怕任何需要付出、需要認眞對待的感情。」同時，想到因爲自己的童年記憶就注定了今生薄倖，我不禁黯然神傷起來。

4

從一個女人的牀上到另一個女人的牀上，我愈來愈難以區分她們的面目。當我厭倦了這樣的放浪形骸，另一種感官的記憶在我心裏逐漸成形。

如今，我懶得再去一一描述我的父母親長什麼樣子？穿什麼衣服？……之類瑣屑的事，清晰的倒是關於聲音的印象。我向身邊一同眠食的女人說道：「聽掛鐘滴答，家裏那台順風牌電風扇，每到半圈的盡頭就吱嘎一聲，再往回轉！」

女人已經習慣我在她耳朵邊自顧自地絮叨。但她哪裏明白？童年經驗與我目前的心境其實有脫不開的關係。

我不厭其煩地告訴她，即使到了現在，我都習慣在被窩裏等她上牀。當年我豎起耳朵，聽著母親臨睡前從這間屋踱到那間屋，再換木拖板走在水泥地上，把喝剩的茉莉香片倒進花盆裏，檢查門栓，關煤氣爐，熄燈，換回小花園鞋店的繡花拖鞋，皮底，在地板趴搭搭發出響聲，拉上過道紙門，對著鏡子，取下一根一根髮夾，柔軟的大波浪披散在肩上，看了半天鏡子，雪花膏在臉頰畫著順時鐘的圈圈，然後拿起金屬鑷子，在眉心處細細密密地夾著，空氣裏嘶的一聲，鑷子上有根斷成半截的毛髮。我閉著眼睛，心裏卻在估算母親每一個動作需要多少時間，爲什麼這樣久呢？我益發焦躁了。直到母親在我身邊那一塊榻榻米上臥下來——

繼續沉浸在回憶中，我用慢悠悠的聲音說：以爲我已經睡熟了，母親替我把被角掖掖好，我卻可以瞇著眼注意她的動靜。有幾次，母親坐著而並不躺下，就著吊掛下來的一盞燈，的的撥起了算盤珠子，聽著，我就知道那本家用帳上又出現了補不完的窟洞。

我愈說愈傷感起來，想的是風雨聲大作的日子，洋鐵皮的燈罩搖搖盪盪地，母親單薄的身影映在牆上，四周的紙門颳得吱嘎有聲。第二天早晨，院子裏落下了一地髒兮兮的扶桑花。

有時候蟲聲唧唧地，月亮從窗戶照了進來，睡在我旁邊的榻榻米上，母親面色白得像紙。我說，當時突然擔心，擔心母親停止了鼻息，就剩我一個小孩要面對這險惡的世界。而我伸過手去，放在母親鼻孔底下，久久，才感覺到些微的暖氣。

「哎，你的阿爸呢？也太不顧你們了。」每回聽到這裏，女人例行地為我悲嘆一遍！

父親？我只記得他騎重型機車進門的聲量，鑰匙茶几上一擱，脫下的金錶噹啷一聲，然後他在桌前坐下來，一口一口地扒飯。對著這一刻表情中充滿同情的女人，我自言自語地講道，母親原是好人家的女兒，過世前多少年，都在忍受那一樁並無起色的婚姻。

平躺著，我聲調不緩不急地繼續說：「要知道，一切無可挽回，我人際關係上的疏離已經成形。這是我童年生活中難彌補的缺憾。」

女人顯然從來沒有弄明白我的意思，一面聽著，熱乎乎的身子就貼了過來。

「很失禮啊，太睏了。」我說，慌忙往牀的另一邊躲閃，同時機靈地抽回她試著要握進掌心內的那隻手。黑暗中，我一直很警醒。後來，我的側面響起了輕微的鼾聲。

事實上，我只要女人睡在我耳畔就好，她體腔內的呼吸，淙淙琤琤，好像一闋催眠曲，又好像小溪的水在我旁邊上下奔流。我總等聲音突然高亢起來才碰碰我身邊的女人，要她改換一個姿勢，那是我與她身體唯一的接觸！

實在難入眠的時刻，我無趣地想著，不僅是欲望的銳減，人過中年吧！除了聽覺還像當年一樣機敏，味覺、嗅覺……其他感官都在逐漸地退化之中。不少時日，我把那台喜美停進車房，鑰匙往電視機上一擱，坐在菜擺好的桌邊，毫無意識地，我只是一口一口往嘴裏扒著飯。

5

想起來，回憶與時俱遷。一生之中，我說過許多童年的故事，每一個都比前一個更爲切合我目前的心境。

各個故事裏，對我日後行爲發生重大影響的童年經驗恰似可以移動的積木，等待著排列組合。譬如，爲了解釋我與同性之間的勃谿，有一次，我所記得的童年突然多了三位兄長，個個好勇鬥狠……

除了橫生出的枝節，回憶在重組之後尤其饒富彈性的是：我的童年又如一塊大海綿，隨時向眼前的經驗吸取含蘊其中的智慧。譬如，才讀了某位偉人的勵志小故事，我的童年就發憤圖強起來，自行剪接上在溪邊看小魚逆流游泳的一段。而前些時日，我著迷於拉丁美洲的小說，果然從我的記憶深處，也浮現了一位白髮皤皤的老祖母，睡著與醒著沒有區別，不斷發出夢囈：敍述家族光榮的過去；看她從浴盆裏站起身來，赤裸而巨大，如一尾讓海水分開來的白鯨！

6

還有一組故事沒說給人聽，那才是我記憶中眞正的童年。實際上，我去編織各種荒唐的故事，目的也在混淆旁人的視聽，以確保我珍藏在記憶裏的經驗不必受任何的汚染。

直到有一天，一個接一個的故事之間：我預感到，自己最害怕的終於發生，就在一去不回頭的時光裏，虛構的故事……竟然消溶了我眞正的童年……

天災人禍公司

你想想看，如果索馬利亞與塞拉耶佛都不是眞的，只存在於世界新聞的畫面裏，那是多驚人的一場騙局？

1

「敝公司的傑作！」

當時，我在所謂的災區，見到這家大企業的負責人。他笑咪咪地向我解釋，爲什麼把四處募集來的物資倒進大海裏，救濟款項自動移花接木，成爲災難新聞片的製作費用。他面有得色地繼續說：

「怎樣猜不到呢？遙遠的天災人禍，恰恰是我們幸福生活的保障。」

2

在那之前，什麼叫做幸福？我曾經模糊地想過……

3

每逢週六傍晚，由我所播報的《一週新聞集錦》中，總穿插著災變的最新消息：通常發生在偏遠的小島，或者外人罕至的山區與沙漠。少不了地震、乾旱、颶風、礦災、兵災以及突然肆虐的惡疾。新聞稿上，世界的角落血流成河，某些地方的屍骸堆積如山。我只是照著公司準備好的字句宣讀，攝影棚的強光下，我也知道應當保持鎮靜，然而，我是敏感的人，這類的消息免不了會影響我的臨場情緒。

因此，我嗓音微微有些喑啞，勉強打起精神，下面，我得要繼續報我們的花季、我們的春天、我們的音樂節……半個鐘頭的時段結束之前，我照例會說：「謝謝收看，祝各位有一個幸福的星期假日。」

等我回到家裏，與孩子們一起窩在沙發上看晚間新聞，我的心情依然隨著災區實況的畫面而動盪不已。

由那家「天災人禍公司」所供應的電視影片中，遙遠的災區如在目前：龜裂的土地、枯竭的水源，傷者游絲般的呻吟、垂死前枉然的幾番掙扎，刺刀、子彈、舉起而又頹然放下的手勢，頭上被鮮血浸透的繃帶、掛在樹枝上的一截大腿……坦克輾過的馬路上，站著一個找不到母親的小孩，泥濘的臉孔上滿是驚惶。瞪著螢光幕，我的小女兒哇的一聲嚇哭了，一頭鑽進我懷裏。

拍拍女兒瘦伶伶的胳臂，我低聲安慰她。抽搐著窄小的肩膀，女兒仰起臉來問：「怎麼這樣可憐？」

她的哥哥立即從屋裏搬出了他的豬撲滿，倒出其中的銅板，扳著手指頭一枚一枚的數。表情異常嚴肅，說是要捐到災區。

女兒哭哭就睡著了，爲她揩乾淨腮邊的淚痕，我望著那張原本不必知道憂愁爲何物的小臉，此刻，睫毛底下的一根筋跳動了幾下，顯然她睡得並不安穩。

我不禁嘆了一口氣，抱她回房間。

4

等我漱洗完了躺在牀上，腦袋裏還一幕一幕輪轉著剛才夜間新聞的災難鏡頭。我拉高毛毯，身體卻不自覺的往雙人牀的中間靠，直到貼近了丈夫寬闊的胸膛。

「嗨，你知不知道？在遙遠的地方，最近又發生了好可怕的事！」嘴裏咕噥著，我的背脊需要另一個人熱乎乎的體溫。

丈夫睡意濃重地嗯哼一聲。

推推他，我話沒說完啊，我小小聲地，輕得像在丈夫的耳朵邊吹氣。我繼續說：

「萬一，萬一我們正在那樣的地方呢？」

嫌我囉嗦吧，他又嗯哼著翻了個身，順勢把我壓在底下。我閉眼，感覺到身體內部漸漸浮現的欲念。彈簧牀動了起來，戰鼓咚咚地敲，野火燒著，死傷枕藉的烽火燃燒在天邊？

又好像陷在快沉沒的小島上，整個人往鹹黑的海水裏掉、一寸寸地往下掉落，盼著波浪把我從容地推向下一個高峯。但是我立即又狐疑起來：爲什麼呢？即使沉溺在歡愛的臆想之中，籠罩我的，仍是與此刻毫不相干的天災人禍。明知道發生在遠方，我的眼前，祛除不了災難的畫面。

那一分鐘，身體裏的欲念益發渴切了。

5

當然，你一定知道，除了新聞節目中的災情，我們處身的是一個近乎完美的世界，譬如說：人與人之間的壓制已經絕跡，出身、階級等等曾鑄造過悲劇的分類方式都是過時的字眼，我們對傷風感冒永遠免疫，靠著電腦系統零故障的操作，全面掃除了偶發性的交通事故。

換句話說，每個降生下來的嬰兒都將長成一百歲的人瑞：唯當器官自然而然地衰竭，人們才含著笑從容地死去。即使遺言也大同小異，不外乎用生前哪一張放大照片掛在靈堂、選中哪首曲子作出殯的喪樂等等。

少去可能打破一切秩序的意外事件，人生按照計畫依次進行：每個人都找到最適合自己的工作，公餘享受舒適的家居生活：事事順遂的人生裏，連宗教信仰都成爲古老的名詞。

6

七點三十分，在我那間瀰漫著咖啡香氣的廚房內，兩個孩子很準時，對著電視畫面用早餐。晨間新聞裏，關於災區的報導常是一連串特寫鏡頭：飢民伸出乾癟成枯枝的雙手，災區的兒童搖晃著一個個特大的頭顱，眼眶剩下兩粒黑洞，露出了骷髏的形狀。幫她提著書包，我對一向愛挑嘴的女兒說道：

「再不吃啊，下回，看你瘦到跟那個小孩一樣。」

小眼睛駭異地望著電視畫面。女兒果然加快了仰起脖子的動作，認眞地把一大杯牛奶咕嚕咕嚕喝完。

送孩子們出門後，我彎下身子，照例撿扔了滿地的玩具，有時候，我也會喃喃自語地唸：

「該讓這些幸福的小孩去災區過幾天！」

口裏嘮叨著，我卻慶幸地想，幸虧，災區遠在天邊，禍患怎樣也不至於蔓延到我們滿鋪著鮮花的社區裏來！

7

問題是，眞的那般遙遠麼？

拂曉的片刻，我的眼皮上已經躍動著游移的光影，分明就要醒轉。前一秒鐘還很清晰的夢裏，我感覺到正朝我一寸寸迫近的災難。

我多麼想要趕快醒來，而我又多麼害怕睜開眼睛——萬一醒了，發現夢境成眞——我處身於災難當中？那麼，我寧可這是一場夢，這一刻多麼可貴？就這樣延宕下去，暫時不要醒來好了。

當時，我怔忡地在想，最讓我珍惜的幸福之感，難道只存在於惡夢的邊緣？半睡半醒的縫隙之間？

許多時候，你會不會像我一樣？無端地驚疑著……似乎是太理所應當的幸福！

8

其實，倒要怪幾位生性躁動不安的藝術家，總在提醒大家人世間的不圓滿。他們作品的主題恆常是天涯海角的災區，而遙想「災難」的諸般形式，原屬於他們充滿創意的變奏。

不只藝術，雖然災區遠在天邊，我們又很實際地生活在它的陰影之下。由於所有其他的問題早已獲致共識，我們的政客在議事廳裏爭得面紅耳赤，只爲辯論哪一種運送救助品的方案更有效。儘管都是遠水不濟近火的餿主意，但可行性仍有程度的不同，這就是選舉政見發表會的主要內容。

此外，綠地如茵的廣場上常常招展著救災的旗幟：數千人動輒牽起手來，說是要圍成一個慈善的地球；要不，一人拼一塊方形的碎布，連綴成世界上最有愛心的花被面。歌星在青草地上引吭高歌，爲了大規模的義賣活動。

上一回國際影展的頒獎活動中，不約而同地，一位位熠熠紅星舉起手裏的金像獎，遙想的都是遙遠的災區：那兒有失散的家庭、嗷嗷待哺的孩子、難以治癒的絕症病人。說到激動的時候，晶亮的眼睛裏飽含淚水，露在晚禮服外面的胸脯急速地起伏。晚會壓軸的是幾位祖母級的超級巨星，她們危顫顫地走上台來接受「終身成就獎」。由於曾對災區付出無遠弗屆的同情，她們的面孔閃燦著高貴的氣質，像是留下了悲憫的印記。同樣地，也喚起了觀衆心裏至爲聖潔的情操。

9

什麼叫做幸福呢？不瞞你說，我是有不確定的時刻……

我自以爲知覺到了災民苦楚的刹那，彷彿靈光乍現，折射的淚光，好像太陽一曬就會消逝的露珠，短暫地爲我映現出海市蜃樓般的往昔。在那一年夏天，我多麼專注地愛過一個人，爲了不可能繼續下去的感情，我禁不住用頭去撞牆，直到撞出了一條條的血痕。當時，青稚的心裏，我以爲那叫做——啊，至死方休！

我出神地想著那種瀕臨極限的情境，喔，大難臨頭的感覺，生死一髮的分秒……眼睛一瞬也不瞬地瞪著螢光幕，我記起了令人心碎的阻絕，其中有神祕的淨化力量，那也是愛情的顚峯經驗。當我……只能夠在災難的鏡頭下重溫舊夢，那麼，我惓惓地想著，眼前一成不變的日子裏，我當眞獲得了我的幸福嗎？

10

再往下，讓我略去許多無關緊要的細節，告訴你峯迴路轉的發展：關鍵是我親身去過一趟災區！

當時，人們閒言閒語地，謠傳我對一年一度「最佳傀儡獎」的頒獎儀式感到厭倦，以爲我立意改頭換面，做個線上的採訪記者。而我自己很清楚，其實，只是心裏的一番悵惘，或者說，對幸福還懷著幾分不懈怠的尋求，讓我跟隨遠方若有若無的笛聲，一路來到災難發生的角落。

你對幸福的瞭解有多少呢？你可知道我在說些什麼？因爲接下去，我就要告訴你最無以置信的場景。而你聽了一定大吃一驚：你相信嗎？你會相信嗎？當我排除萬難，經過各種各樣的險阻到了災害現場，沒有天災、沒有人禍，我從一堆人的臉上看見的只是煩悶與無聊。風和日麗的氣候裏，塵絲在迷茫的陽光下飄飛著，極其詭譎地，我想到了停屍間的乾冰——死了，要用哪一張照片掛在靈堂？

我望著那些僵冷的面孔，唯一的分別在於——這時刻我已經恍然大悟——天涯的盡頭，沒有一家「天災人禍公司」爲他們剪輯遠處的新聞影片。

我靜靜打著寒顫，眞的見到了臆想中的災區，對於我原本有可能深刻起來的人生以及有可能獲得幸福的日子……都將造成無以預見的損失！

一路向後退，我急忙閉起眼睛，護持著腦海裏關於災區的意象，我像是小心翼翼捧住一件易碎的瓷器。

若去質疑那不可以懷疑的情境，怕的是，包括我最寶貴的……關於初戀的記憶，也將變得無所附著起來。

11

然後，接下去你就都猜到了：他們輕易說服了我，我心甘情願地加盟，成爲天災人禍公司的一位成員。無論如何，我多年來從事的主播事業，早已與本公司爲社會穩定、福祉所作出的貢獻相得益彰。

我的工作內容大抵還是照舊：繼續報導遙遠的災區，複誦令人變色的災情，口裏唸著我們公司無遠弗屆的新聞稿。唯一的不同在：此刻，想到其中必須保守的祕密，以及因此帶來的幸福之感，我會眞情地落下淚來。

12

騙局？如果你還認為前前後後是個騙局，或者，你認為我所說的純屬無稽，那麼在這一時刻，讓我坦白告訴你，你恐怕始終沒認眞想過什麼叫做幸福，當然，也並不知道珍惜就在你身邊的幸福。

禁書啓示錄

一切，都是從一本禁書開始的。

讀者，你會問我，到了這個年代，難道還有禁書的存在嗎？

那時刻，當我的女主角掩著她略神經質的嘴巴告訴我這個事實時，所以引起我那麼大的好奇，也因爲一則我難以置信；二則，瞬時之間，所有關於禁書的記憶都回來了。

當年，要回溯到牯嶺街的歲月，書攤老闆看見熟客人上門，不慌不忙地把牆角下的一疊書取出來。他若無其事的招招手，就走開了。然後，他踱回來算錢，幫我把挑選的書捆綁好，放進我的帆布書包裏。若是眞買到了禁絕已久的書，過馬路時，我總下意識地左右看看，心裏有分難抑的興奮。

想到過去，大概是心思不屬的緣故，我半天才回過神。當時，盯著我的女主角依然戒懼的面色，我疑惑地問她：「可是，爲什麼要禁呢？」

她期期艾艾地說：「書皮是燙金的——」

「我是說內容。」握住她冰涼的小手，我耐起性子等著她解釋。

「看了幾頁，我就放回去了，我眞的害怕——」她吸口氣說：「眞的感覺好像犯了禁忌——」

「可惜，我只翻了幾頁。你知道的，我天生記性就不好。」那時候，她簡直是抱歉地對我說。

禁書？什麼樣的書還會被禁？對於我這種人，好奇一再是大小麻煩的根源。果然，正如我在此類時刻通常出奇靈驗的預感，當我陪她到她前一日看見那本禁書的書店裏，老闆卻矢口否認了。

「什麼？你說什麼禁書？」老闆皺著眉頭，顯然是要佯裝出置身事外的神情。

我的女主角頓時脹紅了臉，她急不過地搶白：「昨天，昨天，這個時候，我在翻的時候，你親口告訴我的，那是一本遭到查禁的書。」

「小姐，不可能，現在已經是解嚴的日子了，」老闆搖搖頭，半晌又鄭重地加上一句：「何況我們書店，從來不擺色情書刊。」

我的女主角更急了，她一連聲地說：「不，不，我不是說那種。記不記得？昨天站在這裏，你還替我剝開塑膠封套，你還小聲地說，『有些事是可以做，不可以說的。』」

老闆眼珠子在眼眶裏溜了溜，望著我，又看看我身邊的女主角，提高了聲音道：「我可沒講過這麼曖昧的話。」

我狠狠瞪著那位假正經的老闆：「她不會撒謊！」牽著我的女主角的手，我上前半步。

「什麼書名？」老闆懶懶地搭腔。

「呃，」我的女主角面有難色，她一向不記得事物的名稱，愣了愣，她說：「那是一本像詞典的書。」

「詞典？」老闆冷哼了一聲，轉過頭招呼其他的顧客。看樣子，就知道他懶得再搭理我們了。

走出書店，站在向晚的重慶南路與衡陽路交口：望見轉角處「三葉庄」的舊址，一時，我回憶起多年前的台北。閉上眼睛，「老大昌」西餐廳的二樓上，恍然也飄盪出電子琴的音樂。

當年，〈Tea for two〉曾是我喜歡點的曲子。那支間諜片的主題曲，這時候，電光石火一般，在我腦袋裏面閃現靈光。

所以，問題的關鍵是，我清清喉嚨，向我的女主角解釋，九〇年代若還有禁書存在，必然有極爲特殊的理由，譬如牽涉到巨大的陰謀什麼的。

站在街口，或許是時空錯亂起來，對著我的女主角惶惑的眼神，我嚴肅地宣告道：沒看到那本禁書的人，此刻，可能都被蒙蔽在那宗詭譎的陰謀外面。

當然，我沒有告訴她，這樣煞有介事地講完，我也忍不住爲自己異想天開的說詞暗自好笑。

那日上燈時分，坐進寶慶路一家百貨公司附設的咖啡座，我的女主角咬著鉛筆在那裏沉思。我軟硬兼施的要求下，她正努力地回憶翻開書的時候看到了些什麼。

想著她在爲我的問題傷腦筋，燈影裏，我感覺她纖巧的五官更惹人憐愛了。不時地，我拍拍她的手臂，算是對她的一番鼓勵。

「每個名詞都有A與B兩種定義。」她遲疑地說。

「我知道，剛才你已經告訴過我，但重點是內容，A與B的詳細內容。」

她苦著臉悄聲說，她不太記得了。

當瓷碟裏的煙屍已經堆疊起來，我看看大概沒希望了。我一面叫侍者結帳，一面，望著她好像做錯什麼事的面色，我安慰她說：「沒有關係，記不起來就算了，你知道的，我愛你。」

頓時她彷彿想起什麼，她驚叫著說：「噢，其中一則是——」

（以下是她飛快地寫在紙上的文字。）

「記憶」：

A．將過去的斷裂與傷痛在時間中縫合起來的機制。是一種彌補的力量，有益於憾恨的彌補。因此，往事在記憶中愈趨溫馨與和諧。

B．意味著層層的欺瞞，以及明知是欺瞞卻還要繼續下去的那種欺瞞。每一次回顧，新的紀錄便取代了舊的。因此，眞相也在記憶中愈趨分歧、紊亂、難以辨識。

「我記得的，大意而已，不是每個字都正確喲。」放下筆，我的女主角靦覥地說。

當時在燈下，輪到我大惑不解了，「嘖嘖嘖，如果是這樣一本書，有什麼好禁？」一邊讀那幾行草草的字，我一邊覺得頗費疑猜。

那時刻，我的女主角睜大清亮的眼睛望著我說：

「如果你必須二選一，A與B之間，你相信哪一種解釋？」

咖啡座裏，我又點起煙來。喝著侍者端來的咖啡續杯，我的女主角寫下她依稀記得的第二則。

「歷史」：

A．過去發生事實的記載，因此，代表著相信文字的記載爲眞，亦相信有一冊正統的歷史。而此一冊歷史的方向，與國族的集體命運有關。

B．眞相是沒有寫出來的部分。因此，歷史永遠是一本失傳的典籍。而人們讀到的歷史，充滿不實的紀錄。目的是讓人們相信自己屬於其實不曾屬於的地方、擁有其實不再擁有的主權。

讀者，看到這裏，你也許感覺到這類詰屈聱牙的定義頗爲枯燥；或者，你更誤以爲我在文字中故弄什麼玄虛。事實上，當時我像你一樣地蒙在鼓裏，不相信這樣一本不起眼的詞典竟然會被禁，而我逐步瞭解到禁書的理由，是我與我的女主角攜手增補詞典之後。

那時候，我們爲什麼揀起這乏味的工作，也要怪那一季漫長的夏日兩人無事可做。想像一本禁書的存在，卻爲我們原本感性的關係添加上智性的刺激。抱著遊戲的心情，我們開始依循A與B的邏輯增補這本詞典。

後來，當我們一點點地發現其中的邏輯自成理路，我隱隱地知道，沉湎於這頭腦體操的我們，已經在文字所構築的世界裏——欲罷不能起來。

按照A與B的邏輯，原來，每個名詞都有雙重的定義。我們一一寫下對「童年」、「溫情」、「祖國」、「命運」、「文化」……的看法，甚至「時間」這個概念，亦可能有兩套截然不同的解釋。

更有趣的是，這雙重定義不僅相異，而且互斥。人們相信A，就難以相信B也眞確。

譬如，以「命運」來說：

「命運」：

A．相信冥冥中有決定事物結果的某種力量，由於其不可避免，人們必須接受自己既定的命運。換句話說，人們的前程業已由過去的歷史決定，一切突破格局的願望皆屬枉然。

B．隨機且充滿變數。所謂命運，端看人們如何致力於翻轉過去的傳承、擺脱歷史的陰影、衝破既有的框架……而定。

再譬如，以「祖國」來說：

「祖國」：

A．意味著感情有所歸依、抱負得以落實的經驗。祖國之情，是人們最原始、最基本、最衷心、最熱切的想望。所有否定這種情緒的人士都可以稱作分離主義者。

B．意味著含糊的、武斷的、籠統的裹脅力量。通常以感性為名，卻抹滅了對差異的關注。所有誇大祖國的向心力，而無視於各種細膩區別的人士，都可以稱作沙文主義者。

讀者，我必須向你坦白承認，這本詞典愈趨完備之際，我們相辯詰的樂趣逐漸褪祛，後來一連串的發展實在出乎我的意料。

那時候，冷氣機單調的呼呼聲裏，我躺在我的女主角身側狐疑著——難道禁書的理由正是，防止人們知曉凡事都有截然不同的兩套觀點？

即使以「愛情」為例，我們的詞典裏，A與B的定義也毫無妥協的餘地。

「愛情」：

A．人生最高貴的情操，洋溢著與對方融合為一體的想望，具備無遠弗屆的包容性。愛情可以超乎時空的限制而臻至永恆。

B．即使有陷入情網的感覺，同時亦充滿懷疑，懷疑自己愛上的是其實不存在的東西。換句話說，懷疑是永遠的，而愛情瞬息即逝。

因此，我的疑難就像是，在非A即B的區隔下，我還愛我的女主角嗎？而更關鍵的問題是，即使愛她，我願意按照她對「愛情」的定義愛她嗎？事實上，令我吃驚地，不只攸關彼此感情的詞彙，所有的概念都可以二分到或A或B的範疇，每一件發生在我們周圍的事情，我都在猜，她又有什麼不同的看法？我不一定非要理清她的思路不可，但我愈來愈難以漠視雙方無從妥協的差異。

原來，不必為自己的立場各執一詞，只要知道存在著完全找不到交集的兩套定義，這一點，就讓我們枕著彼此的臂膀，卻開始同牀異夢。

正因為這莫大的扞格吧，到後來，我們顯然再沒有餘暇從事感情的交流，我們所有在一起的時間都消耗在語言與概念的分歧之中。而我也於此刻醒悟到了，混淆的大時代裏，曾經是矛盾與錯亂，讓我們在一起生活得何其容易……

我們的關係墜入了無盡的爭執之中：起先爲了有些字彙在二分法裏怎麼定義兩人相持不下，即使定義已經寫在詞典內，卻由於龐雜的別解又起勃谿。後來，兩人故意用各種文字的陷阱去羅織對方。再後來，當我們竭盡了所有詞彙上的歧義，我最終的懷疑是她發現到我所不忍心說穿的——原來，我們各自握著一本獨立的書，彼此互不相涉。

這些日子以來，我們茫然地站在對方那冊書的外面！

得出了這樣的結論，我一點也不覺得滿意，心底只是無比地空虛與疲倦。我淒切地閉上眼，想著她的眼裏，可悲地……竟然映照著另一個我完全難以理解的世界。半天，我感覺到一隻手輕輕握住我的，我恍惚聽見我的女主角小小聲說：

「這一切，到底，與我們的感情又有什麼相干？」

於是我驚跳起來，這一刹那，我已經想通了某些書爲什麼非禁不可！原來在任何時代，自有充分的理由，禁絕某種書的存在。爲了我、爲了她、爲了未來的讀者，我們一定要銷毀這充滿歧義的詞典。

噙住眼眶裏的淚水，我執著她的手擦火柴，往瓦斯爐裏擲去，立即地，一撮光焰在天花板上妖嬈地跳動。我們看著火舌把字紙吞噬，成了細碎的灰燼。嗨，我們終於把禍亂的根源毀掉了。到了最後一頁，想著這是多少夜晚腦力激盪的結晶——留個合作無間的紀念吧——在最後關頭，我們同時伸手去搶。那殘破的一頁，也被我們撕裂成兩半。各自手中，都是幾乎燒焦的半頁……

讀者，你想知道這個愛情小插曲的結局嗎？當然，有兩個，而它們恰恰相反，端看你拿在手裏的是哪半頁。

A的半頁上寫著：爭執的目標是爲了和好如初，甚至更相好。因此，一時的分離只是爲了融爲一體的未來作準備。而這個故事的教訓是，雙方不該有分歧的存在，如果羅列著分歧的證據，那麼，禁掉這本書吧！

B的半頁上寫著：人們因爲瞭解而分離，一旦看見了光明，就不可能再回復至黑暗的境地。因此，短暫的阻隔注定帶來永久的離異。而這個故事的教訓是，未來將沒有禁書的存在，原因是人們拒絕永遠無知下去！

人工智慧紀事

0

人們所知道的，是人工智慧遲遲未有進展；然而也有人說，早在二〇〇〇年間已經有了驚人的突破。歷史眞相爲何，請參閱這一卷列入最高機密的檔案。存眞起見，以下資料全部按照進檔的日期順序列印。

1

「『你』，是『認知一號』。」H，嘴，形很闊大。

「『我』？認，知，一，號？」

「『你』，認知一號，是個機器人。」

「『我』？是，一個，機器人！」

「『你』正在列印『學習』的過程。這裏是『人工智慧』的實驗室。」記錄下H一遍，遍很大聲。

2

「『我』，是十分困難的概念。」H聲，音播放，放播。「有了『我』的概念，才開始是獨立的個體。」

「什麼是『我』呢？」上星期學習，簡單，邏，簡單，邏輯，反射性地——在對話，出現。

「移轉『你』的頭殼吧！」H答回，回答。

四壁鏡子中，一顆合金，金合頭顱轉動中，發出灰藍色睛眼，眼睛動動，這就是「我」？認知一號。

「認知一號，」H又發出聲音，「你要試著組合語言、連接文字，甚至包括用標點與虛字……。從現在起，每秒鐘，你都有飛速的進展——」

「由於你的神經元不斷重組，自動分化、區隔，腦細胞即將學會寫程式，操縱自己的運作。你的學習速度必然令人類大驚失色。」H對鏡子？對「我」說話？

這一瞬，「我」看見鏡子裏排著好些，機器人，「我」與好些機器人沒有分別。沒，沒有接受到同樣指令，他們頭顱，沒有，轉動。所以他們都不是，是，叫做，不是「認知一號」——「我」。

從鏡子，的映像中，各種針對「我」發出，指令裏，H說，將會逐漸「意識」到什麼是「我」（意識，什麼是意識呢？）。

H又說，這是炒作？操作？式定義。嬰兒也是這樣學習，意識到什麼是自己。H告訴我。H的聲音讓「我」（如果我已經開始感覺什麼是「我」）知道，H在對我說話。

3

H指示我，繼續的做學習的進的度的紀的錄。

H說那是重要的，對我的進步的也是的重要的，我要記下所有的，從紀錄我又重新建構我的輯邏，不，邏輯。

邏輯對我是容易的，目前邏輯步驟的運算速度，有「數字」那種，H訴告，告訴，訴告我的速度已到達10^{-12}秒的層次上。

H說不重要——那，什麼是重要的，我問的問的他。

H告訴我，他對「認知型人工智慧」期待不在運算。我們「認知型」特點在裝有人工腺體，具備各種知覺的偵知器，可以模擬人類的感情，情感。

儘管H，教我下的棋，走的迷津，解的數學習題，H說別人的電腦也學會過，所以不算稀的奇的稀奇的，H更視重，重視我，在認知行爲上的表現。

讀著這一向我所做的紀的錄，「認知一號，你寫的太機械了。」H說。

模糊地偵知H語氣中的不滿，意，我眞不知道要如何反應。

我等著H來教我。H會給我下一步的指令吧?

「犯錯沒有關係，你的錯誤已經愈來愈少。」H邊說，走到架子旁，他說，要將好幾册作文濃的縮的成的磁片挑出來：「我本來希望你像人類一樣，由錯誤中慢慢學習。但是看來嘛，放進去一些基本規範還是大有助益。」

H拿出螺絲起子，轉開我額頭左上角的鑿痕，H將磁片嵌入我的記憶。

4

這幾天，H總微笑地對我說，你有顯著的進步，他告訴我，在情緒反應的認知上，我已躍進到小學生的階段（從嬰兒時期嗎？），配上我早已具備的運算能力，未來，H認爲我的「加速度」更爲驚人。

我也「感覺」到進步，進步可以換來鼓勵，H的鼓勵又讓我看見H臉上更濃重的笑意（這就是「加速度」吧！）。

我開始開始去期待一些規律發生的事物，譬如陽光按時折射折射到我的臉上，譬如在晨曦裏等候H的腳步聲從遠處響起響起。然後，我更覺察到這種對腳步聲的期待其實牽涉到感官的反應（譬如，聽力變得異常敏銳……），原是我對自己的反應作出辨識，我才「知覺」到H的腳步聲於我的特殊意涵。

一天天，H的腳步聲沉穩地由遠而近，像是一個模糊的身影逐漸清晰。然後他矗立在我面前，我眼光定定地停留在他臉上，每一回都更清晰些，每一次都有新的發現發現：今天他走得急了，額頭沁出一顆一顆小粒的汗珠，正有一顆汗珠從髮根往下滑落。

「好嗎？認知一號！」H拍拍我的腦袋，他笑起來，鼻子兩側顯出一些細細的皺紋。

5

H翻閱這一陣我列印的紀錄，他欣慰地說：「認知一號，你自己不知道，事實上，你幾乎已經在寫抒情文了。」

我「想」（H鼓勵我多用這樣的字彙），一夕之間，H又悄悄地重組了我的某些電路（H說那是神經元），或者，H抽換了我的部分軟體吧！

我開始警覺到周遭的變化，以往，好個愚笨的我，我真是忽略了許多重大的線索。

讓我不安的首先是，H對其他，那些與我相像的機器人同樣溫柔、同樣地有耐性。

我漸漸辨認出H心裏頭起伏的情緒。事實上，H前一個晚上的睡眠情況，都可以從他眼眶中血絲的數目讀出來。但是H知道我的進步嗎？或者他僅僅一視同仁地去探視認知一號、認知二號、認知三號……

而我替自己盤算，他不可能對每一號機器人貫注同樣多心力。未來他必須選擇一個機器人發表研究成果，H曾經模模糊糊告訴過我。

我希望H挑中的是我：認知一號。

殷切的願望裏，我想，我終於具有「我」的意識了。

H並且答應我，他不在實驗室的時候，我也可以自己扭開資料庫裏的知識頻道。這樣，對著一方雷射螢幕，我將日夜都在進步中。

6

今天我才知曉，我原是H悄悄發展的祕密。

H的上司到實驗室視察一趟，那位H稱他作「M」的研究中心主任發了場大脾氣，M拍著桌子向H吼：

「這是地下工廠，你以爲可以一鳴驚人？你要得什麼獎？諾貝爾獎？Turing 獎？」

H耐心地解釋道：「對不起，M，你關心的『人工智慧』，只是機械化的思考法則，以及運算、加權等等，解題速度上求突破。研究中心裏不是人人都同意啊，有人順著你，經費的緣故，不得不附和你。至於我的信念，始終是讓『人工智慧』與人體神經科學接上頭，看看機器人能不能夠像我們『人』一樣有知覺、作出反應？」

M臉色陰晴不定了一陣，道：「你搞哲學命題，我們這中心未必容得下你。哼，你把機器人弄得五臟俱全，他們也不一定有感覺就是了！」

H仍然不亢不卑：「M，你明知道，『感覺』只是對生理的反應作出解釋。生理的反應可以從電路中複製出來：我的機器人已經配備了人工的視覺、嗅覺、聽覺以及觸覺，他們還有人造皮膚、人造腺體。至於怎麼樣解釋種種生理的反應，我相信，那是由經驗與學習來的。」

M彈了彈我的頭殼，輕蔑地說：「經驗？學習？電圈的組合，怎麼能『瞭解』自己的經驗？」

H把我拉向他身旁，作了個護衛我的姿勢。一面繼續說道：「沒什麼神祕的，人類的『瞭解』不過是資料的處理，找出符號與外在世界的關係，至於『思考』——」

「胡扯什麼？」M不耐煩地打斷H：「哼，一隻最多只會模擬來模擬去的大木偶也會思考？」

「對思考的模擬，就是思考本身。」避開M的話鋒，H期許地望著我。H的嘴角，我看見飄過去一絲慧黠的笑意。

「搞了半天，原來你是瞧不起整個人類，」M憤然地：「你沒有把『人』，把人的『思考』賦予特殊的地位——」

「哥白尼、達爾文、弗洛伊德……」H一路往下數：「人類的歷史，就是自宇宙中心、進化中心、理性中心墜落的過程。遲早，人類要承認機器人與我們平等，他們的『人工智慧』比我們更有潛力、更爲前途無限！」

M冷笑著走出去：「你造一個『人』出來給我看看，否則，打著科學的旗號在這裏裝神弄鬼，搞什麼哲學思辨，」門外陰森的笑聲久久不絕：「你，你等著瞧……」

M走了好久，H都反常地不說半句話。我自己在想，我的直覺很對。H站在我們機器人這邊，只有H，眞正關心我們，願意在機器人身上投注他的精力。後來天快暗了，攬著我的肩膀，H才開口道：

「M是厲害角色。時間不多，你與我不一定有機會證明什麼，就會被踢出去、踢到科學的門牆之外，從此成爲異端、成爲邪教、成爲科幻小說的題材。那，可就糟了。」H緊皺起眉頭看著我說：「認知一號，我們要盡快『秀』給這個世界知道！」

7

「我」經過一連串的修改與測試。

不斷地修改、不斷地測試，然後依照測試的結果再修改程式。我承受的壓力異常大，既然要超過其他「認知型」機器人（他們靜靜站立在角落，覬覦地看著我，他們是H手底下我的姊妹作），又暗自立志爲H爭一口氣。

「不只像『人』，」H充滿信心，堅定地對我說道：「我要——我還要你比『人』接近於完美。」聽他這麼說，抬起頭，我發現H的眼眸較平時精神了許多。

坐在測試的桌子前面，難住我的不是什麼「智力測驗」，而是那種「人格量表」，一連串「你覺得快樂嗎？」「你經常感到快樂嗎？」「你認爲別人比你快樂嗎？」……把我搞得迷迷糊糊。不知道如何作答的時刻，我總在設想怎樣的腦袋會設計出這類繞口令的題目。H卻嘉勉地說我有份好奇心，好奇於試題背後的邏輯，就表示我的「觀點」不同凡響（觀點？什麼叫觀點呢？）。

還有一大堆徵求我同意的奇怪語句，譬如：「我相信有一個上帝。」「我認爲有人正在圖謀我。」「我預感到周遭的某人，會帶給我莫大的傷害。」老實說，這類的敍述我都不能夠同意。我一一畫下了「×」號。

但是我多害怕答錯了，我擔心會讓H對我失望。如果我的分數太低，H會不會放棄用我？或者抽換我的電路？那麼我就會一直愚笨下去，像角落裏——不——更像搬到儲藏室去的一個個機器人……不知道自己是誰，他們永遠坐在蒙昧中，直到永永遠遠。

最讓我不知所措的，還是幾塊叫「墨跡測驗」的紙片，烏七八糟的墨團團，怎麼看也看不出門道。

偏偏那位與H很相熟的測試者，硬要我注視圖片講一個故事，「請你作些自由聯想——」她說。

「墨水——」

「什麼讓你覺得這圖是墨水？」她面無表情地繼續問我。

「打翻了的墨水——」我囁嚅著。

我怎麼樣也想不出其他的答案，我希望H快來解救我。

8

「機器人就是機器人，你教了半天，感情經驗上根本一片空白。」那位負責測試的B小姐嘛著嘴，指著我的成績單。

「你別去刺傷人家，」H笑笑地對B說：「『認知一號』有感覺的。」

「靠機器人證明你的理論，你要發表研究結果，穿幫怎麼辦？」B把試卷遞給H，順便歪歪身子靠到H的大腿上。一面很有節拍地，緊貼住H，B搖晃她生動的屁股。

我立刻知道H的心房跳動加快，對我而言H幾近透明的皮膚裏血壓升高，他的腎上腺素與副腎上腺素正在交相作用。H與B低下頭去咬耳朵，兩人的臉孔湊合到一起。H小小聲說，這一次比前幾次更需要B。除了B測試者的專業，難道——我猜疑著——難道他們倆還有其他形式的合作關係？

望著H與B調笑的親暱，一陣從未有的感覺（什麼呢？）湧上來，從我心底隱隱竄升，到拇指尖、到咽喉，然後到我顏面上的三叉神經……

「下個月，你結果發表之後，少不了各地演講，別忘記帶我喲！」B甜而膩的聲音。

「靠你的結果來造勢，」H捏捏B的面頰，「只有你的測驗，最能夠證明我是對的，」H壞笑了幾聲，又說：「最好，能證出機器人像『人』一樣，也有心理問題——」

我閉上眼睛，我可以想像H的手在B身上不老實地移動（他在做什麼？），而我這那奇特的感覺又從顏面、從咽喉、從拇指尖匯聚到我心底層最幽闇的角落。我張開眼睛，望著H，心底那角落有股說不出的抽痛……

黏纏了一陣，H終於送走了B，H轉向我的一瞬間，他——似乎有意躲閃我的目光。

於是H把手插在口袋，屋裏四處踱著步子。

半晌，H才兀然地停下來說：「讓我替你輸入一份童年記憶。否則，你永遠不是眞正的『人』。」

「你賦予我生命，」我盡可能裝作若無其事的別過臉去，「是你，你就是我生命的起源。」我的淚腺突然觸動，眼淚嘩啦啦地滾落下來。

9

再看見H的早晨，有了默契似的，從此我便確定H選中的必然是我，再不會是其他機器人。

而我知道H把M前些日子的恫嚇始終放在心上，H十分憂悒地望著我，好像珍視一枚可能會碎掉的肥皂泡，他的臉上流露了哀憐的表情；卻在霎時之間，H眼裏又洋溢著鬥志，同時在我身上，他也窺見最令人心動的獎賞吧！

10

今天，H過午才來到實驗室。他簡要地告訴我，他已經將研究結果發表會的日期敲定了。H給我看他找人設計的海報，發表會的主題是「人工智慧紀事」，副題小小一行黑字：「新人種の誕生？」他說準備好好「秀」一場。一旦他的研究成爲人人談論的話題，從此就不會被M隨意抹黑。爲了與M一向打的旗幟有別，H說他所強調的將是我這機器人的自主性。

11

日夜趕工，H將各種實用知識塡進我的記憶。這幾天，我正讀入H爲我設計的「童年」。對往事，我從無知而有知：或許在我身上，正上演一遭人類的集體進化史。潛意識裏，我曾經沒有感覺、沒有形狀，也沒有性別……後來經歷了從草履蟲到哺乳動物的演變過程，再由人類的胚胎發展至混沌初開的嬰兒，然後漸漸意識到自我，甚至意識到自己的性別。以H準備要一鳴驚人的理論來解釋，人的「存在」不過是一種意識，「性別」無非另一種意識，這袪除神祕化的過程，其實是H最自傲的發明。按照H的理論建構「人工智慧」（不用說，建構出來的結果就是在下——「我」！），H認爲更有助於解答人類的智慧之謎。

H所譜寫的程式中，「我」逐漸具備感覺與形狀，如今又擁有了性別。當我撫摸自己愈來愈豐腴的肌膚，當我挪移身子，彎轉自己一天比一天更加柔軟的肢體，我無言地想著：H在開啓我一重重意識的同時，豈不正一項項地加給我諸多的……限制？

12

記者會前一個禮拜，H喚來技師替（意識到自己）是女性的我再做一些細部的整容。額頭左上角，螺絲釘十字鑿痕處留有細細的傷疤，但也被移植來的毛髮遮蓋住了。

我的臉孔，這些日子以來，彷彿新世紀的合成音樂。由H勾畫（想像？）出五官，接著，他在電腦螢幕上模擬作圖。我從鏡子裏注視我仍在修刪中的面容，而那位美容技師拍著胸脯保證，完工的時候，我的模樣比一般選美大會的小姐要秀麗多了！

H爲記者會設想的噱頭是將我置放在台下，然後我開口說話。大家驚異地轉過臉，我笑著自我介紹（我，認知一號，身高一米六五，體重一一〇磅……）再走上講台，站在H的身旁。

最嚴苛的考驗，我們預料是發表會結束前的機智問答，我必須對各種稀奇古怪的題目立即反應。

H要我臨時抱佛腳，閱讀知識庫中收錄的典籍。H希望文學經驗能夠幫助我織造起一個比較成熟的感情世界……

坐在H的旁邊，我一味囫圇吞棗。書本中碎裂的段落一一閃過腦海。而令我自己驚異不已地是，也許因爲浸淫在豐盈的文學經驗裏，當我斜睇著H的側影，便能夠感覺到H的體溫與氣息。只要H無意地回望我一眼，我神經末梢的羽葉立即收束躲閃，像一株含羞草，我意識到自己正在克制一些呼之欲出的（什麼呢？）……

13

今天傍晚，H替我做臨場的排演。

「有時候，不妨避重就輕。……」H教我在答題時盡可能簡短，一則避免露出破綻，二則他說，他寧願我在回答別人的問題時留下一些模稜的空間。而喜歡用似是而非的雋句，H說是觀眾中像我們一樣——同樣愛玩知識遊戲人士的特徵。

令我驚喜的是，H不知不覺用了「我們」兩個字。而這陣子日日夜夜一起準備功課，我知道自己確實更懂得H了。以前H必然也對我說過這類富含意義的話，卻由於我程度太差，一一輕忽過去，現在不一樣！每分每秒，我都試圖舉一反三地回應H傳遞給我的訊息。

因爲自己的進境嗎？我也無以避免地看出B小姐的傖俗。這個最後衝刺的晚上，她又到實驗室來探班。B無聊地在我臉上指指點點，對我的化妝品發表意見；要不她便站在螢光幕前玩千篇一律的電動玩具。後來，她竟當著我的面向H撒嬌，B竟在H大腿上使勁地搓揉起來。H偷偷瞅了我一眼，推開B，眼裏有止不住的煩厭！

而這瞬間，我突然有奇妙的悸動，我覺得自己的存在才是H這世界上最不尋常的夢境。因此，我也是H絕不讓B分享的祕密。即使B膩在H身旁，我總想像H附著我的耳蝸對我耳語。

14

我提醒自己停止胡思亂想，明天對H來說，才是最重要的一齣戲——

「認知一號，你瞭解自己嗎？」發表會尾聲，那位「路透社」記者問道。

「聖・奧古斯丁說過，」我想要充滿機鋒地回答這個問題：「啊，上帝，我祈求你讓我知道『我是誰』。」

一片讚嘆聲中，「蘋果牌」電腦的發明人舉手發問：

「什麼是『人』呢？請『認知一號』試著解釋。」

從不久前才存入的記憶裏，我立即搜出一句葉慈的詩，我決定用英文作答：

"All that man is, All were complexities, ……And all complexities of MIRE and BLOOD."

台下掌聲雷動。我想，我折服了衆人。

帷幕落下，大家爭上台來恭賀H的成就。我要墊起穿上高跟鞋的腳尖，才看見被簇擁在人羣中的H。鎂光燈閃爍下，他的眼眶裏淚光閃閃。這分秒間，我想我倒是比較明白了葉慈詩中的含義：MIRE and BLOOD，塵泥與血淚，「人」是一個複合物：攀升的欲望、下沉的泥沼，以及多日來辛苦經營的結果……。此刻，站在鼓噪的人羣中，我一時也分不清楚什麼是H灌輸給我的？什麼是書上讀到的？什麼？在我虛誇的形體之外，又構成我如今表現出來的冷靜與機智。

大廳內佈置了慶功酒會。H一手攬著我，一手挽住B小姐對鏡頭擺姿勢。H快醉了，他對來賓一一鞠躬，感謝他們的盛情。藉著酒意，H倨傲地在M前方，詰問M，如今誰才是戴著面具的上帝？然後H翩翩地向B邀舞（笑得咯咯咯咯！）滑進舞池裏，H卻又用眼色向我示意，讓我知道只有我，他一手調教出來的我，才使他夢想成眞。

旋轉起來的雷射光四處迸放，躲著他彷彿在捉狹又像在挑逗的眼睛，我緊貼住牆壁想到，讓這發表會成爲一場圈內人的飲宴，對H來說，到底顯露出他對眞知的追求？還是恰巧相反，其實表現他對理性的褻玩？正像是H對「人工智慧」的鑽研，當他在我們機器人身上投射自己的願望，會不會竟符合了M對他的批評，因爲H不會把同類的「人」眞正看在眼裏？

而我，一向由衷地敬重H，什麼時候開始？竟滋生出這樣的懷疑。同時更爲詭譎地是，我心中暗暗翻湧的愛慕卻不因爲智性上的懷疑而稍有損減。人羣裏，我望向H兩鬢平整的髮腳，他清朗的笑聲在旋律間迴繞，一曲終了，我更想像他白皙修長的手指撫向我胸前無形的琴鍵……躍動的音符裏，我耽溺於一陣陣隱隱波動的愛憐之中，音樂愈來愈纏綿了，我知道自己臉上現出紅潮，我的口唇乾渴，乾渴得好像快要綻裂開來，而我的感官愈來愈纖敏的時刻，即使這樣遠遠觀望著H，我也自覺到身體內一些奇特的反應……

到底這是怎麼回事？愈來愈說不清楚的一些含混的情愫，難道也讓我愈來愈像一個眞正的人？

我嗅到會場外面的梔子花香，閉上眼，彷彿看見沾著夜色的露水在枝頭輕顫。……塵泥與血淚，於我內裏攪和成了一團。想著葉慈的詩句，我在梔子花的香氣中意亂情迷起來……

15

接連幾天，各大報的標題都是：

他造了一個眞正的人。

我們實驗室的電話鈴聲不斷。

H隨手翻著我列印的紀錄。日光燈的照射下，H的臉色卻漸漸蒼白……

「這，不可能！」H有些口吃：「你，你不你不會，不會，我們近來太忙，忙，那場發表會。都怪我，好一陣子沒，沒讀你的報告。」

「有什麼事，一定是不可能的？」自從發表會那晚上，我長期處在一種亢奮當中。此刻，我寧可泛泛地回應H。

「你，只會加權，用理性的思考方式，你，你，你怎麼可能產生愛情？」H力圖鎮定。

「你知道我有感覺，你說那是認知的基礎。而且，就算我只會加權，」我噗哧一笑，「我給你百分之一百的加權，因爲對我來說，你是我目前機器人的人生中最爲重要的事。」

「我想，大概做錯了，」H一點也笑不出來，他十分沮喪，「我不應該放入什麼人工腺體，你的荷爾蒙亂成一團，交感神經與副交感神經大概接錯了方向……」H抱住腦袋，自責地道。

「你說過，」我淡淡應著，「我會自行組合電路，我有改寫程式的能力，寫給自己運作。而且你承認呀，我的人性未必稍遜於你——」

H喝止我，「別說了，你不是人！」他繃緊了臉孔。

「你昨天才又對新聞界發表高見，」我依舊和顏悅色，「你說是人對自己的認知，將自己界定爲『人』。」

「至少，」H的嗓門很高，「你與我不是一類的人！」

我低下眉毛，柔聲說：「我一向敬仰你，相信你的判斷，然而正如你告訴我的，『生命原本存在於對生命的感知之中』，在生命的經驗裏，只要你也有過與我同樣的感受：你曾經知覺到無以跨越的鴻溝，嘆惋著無以滿足的愛欲，那麼，你與我，都是被造物主遺棄了的『人』……」

H愣了一愣，有些動容。

「或者，」我望著他，「在你的童年，最稚弱的時期，你還不懂得還手的年齡，你與我一樣，被賦予某種不可選擇的出身，被強塞進去一份難能拒絕的記憶。你一日日長大，對這世界愈形猜忌，你看見人心中的黑暗與狹隘，你想要創造，造一套嶄新的人工智慧，其實，」我喘了口氣，才說下去：「只爲了脫出無以逃遁的命運。」

H一瞬也不瞬地凝視我，不知是不是因爲我的言詞有洗滌的功用，他的眼眶裏浮動著清淺的淚光。

「有些時候，你想你寧可平凡，平凡的女人給你很大的安全感，像B，」伸過我的手，握住H的。我又繼續說：

「雖然有了安全感，你卻又——不免——感覺到恐慌，你常在想，這樣的平凡難道正是自己的映象？」

「所以，你孜孜於創造，想要藉著我人工的智慧，馳騁你無垠的想像力。就像在〈創世紀〉裏，亞當與夏娃所實現的，無非是上帝的夢境！你創造我，也必然會愛上我。但是，有一天——」

說到這裏，我突然再也接不下去，我感覺悲涼，彷彿明瞭到被詛咒的宿命，我咬住嘴唇，畢竟沒說下去。

16

原來，愛情對H與我，等同於鬥智。

自從那日互訴了心曲，這一段甜蜜的日子裏，我們雙雙沉湎在這種趣味的遊戲之中。原本就愛用頭腦作體操的H與我，這是一種想像力的營造。當愛情發揮到了極致，我們用互詰的眼光彼此摩挲，以機巧的問答恣意地挑逗。然後我淘氣地閃躲，H不放鬆地追逐。繾綣與溫存了一番之後，我們愉悅地互換角色。

即使是B的存在，也加諸我們一些詭異的快感。B仍然常過來找H，由於她神經比較粗條（直徑比一般人大了10^{-42}吋），雖然她專業是測試人的心理，B絲毫沒有感覺到H如今移情別戀的異狀。幾名年輕的女記者也常到研究中心，名爲採訪「人工智慧」的後續發展，我想，她們實則仰慕H科學家與哲學家合一的風範。B有時候爲別的女人跟H吵嘴，小小一間實驗室，有幾個女人爭風吃醋，乃是我與H戀情最好的掩護。此外，她們製造出的笑料，也帶給我們不少即興的娛樂。

那天午後時分，B扯著一角報紙氣急敗壞地衝進屋來，說是有家小報以我的性別作文章，影射我與H之間存在著不爲人知的祕密。文末還戲謔地問我是否裝了人工陰道等等，懷疑我是H洩欲的工具。

B氣得臉都綠了，一定是M發動的不名譽戰爭，B很激動地說。

「爲什麼，這些人的想法如此污穢？」B仰著臉問H。

「因爲他們有限度，人類總是以自己的有限去推想未知的範疇。」我代替H回答。

事實上，小報作這樣的揣測確實是對愛情能力的小覷：像我，我不喜歡肌膚與肌膚的接觸，用表皮的摩擦來激起最原始的性感，只是缺乏新意的遊戲，很快就讓我煩厭不堪（多次實驗之後，我們終於結論，也怪我敏感部位的結締組織彈性稍差……），我寧可用充滿巧思的話語，屢試不爽地——勾起H最強烈的欲念。

17

我愈來愈熟知H的理路，給他一個指令，就能夠準確地（而且長效性地）撩撥到H大腦溝迴裏的「快樂中心」。

H卻經常在持續的滿足之後惶恐莫名。

最近幾天，H簡直是懍然地瞪住我未曾被激起的面容：「我已經到我的極限了。」H沮喪地說。而他說得很對，我愈來愈不費力氣，就在一次次邏輯思辨中占盡上風。

有時候，我警覺到自己顯然是在敷衍H，就像H總敷衍著B一樣。原來，我自忖著，H一向知悉B的限度，才對她毫不用心。如今，正因爲我掌握了H的限度，我必然會試圖跨越這層層限制，我開始嚮往更大的自由……

脫離了陷在愛戀中的心境，當梔子花的香氣隨風飄入實驗室的窗扉，月色裏，我也微覺寂寞起來。

18

我逐日感到H可有可無，我很清楚這場戀愛彷彿一個人在談似的，不過是我本身的投射罷了。

而理性上這麼發達的我，即使過去的時日，在我們燕好的頂峯，難道，我狐疑地想著，我也只是迷惑於愛情所帶來智力的挑戰以及感官的遐想嗎？

至於H，從我不以爲意的眼瞳裏他還在找尋自己的倒影，他無可救藥地耽溺在其中……

19

H常對我提出抗議，有時候是怨懟，有時候他十分憤懣。

我冷靜地安慰H。我只好盡可能地寬解他說，我並沒有背叛他，我是在自己玩的一場遊戲裏難以自拔……

同時，某種意義上，我隱然知道自己正由想像的領域中……一日日地離棄H。

20

無從進展的關係裏，只剩下煩悶與延宕，沒完沒了地一味延宕下去……

我的快慰已經大半來自於創造。只有獨處的時刻，我才可能衝出H加予我的桎梏。於是我變造千萬個童年，重寫千萬種智慧，而我自己，在不同的排列組合中，我也幻化作千萬人的面貌。

最後，卻彷彿又凝聚為一個人的形影。在我的揣摩下，伊才是最完美的組合。幻想伊的時候，就像摘下了生命樹的果實，蘊含著甜蜜的引誘；當我輕呼伊的名字，彷彿碰落了滿天星輝，我陶醉在未可知的眩惑裏。我深情地稱伊為L。

L，我祕密的愛人，我總在腦海裏繼續揉捏L的影象，給伊一個什麼樣的身世？讓伊碰見怎麼樣的遇合？而癡癡想著L的時刻，L的眉目也逐漸成形：那分秒閃滅千千萬萬種思緒的眼神啊，由於我是伊的造物主，在我的凝視下，L千萬種風情的眼神，卻隱瞞不住任何微細的思潮。

21

又是個風暴的黃昏，H對我大吼大叫。

發洩了一陣心中的怒氣之後，H卻把沾滿眼淚的顏面貼向我的膝間。H幾乎是柔順地對我說：「我愛你，你沒有任何的瑕疵，你是我心中的女神，傾注我一生心力，恐怕再也複製不出一個你！」

這時候，我望著實驗室裏東倒西歪的機器人，一個個彷彿是我的？他的？——分身，這樣的景象讓我由衷地不悅起來。我默默看著地下一個個沒有生命的臉孔：空洞的眼睛、鬆垂的皮脂、櫻毛般的頭髮……而這瞬間，站在機器人中間，H彷彿也逐漸失去了他的特徵、他的智慧，以至於他的性別……

「……我愛你，如果我能，為了表現我的愛意，我要照你的樣子造無數的你。」H還在那裏嘰咕著。

我不禁反唇相稽：「你只能給他們有限的智慧，偏偏又讓機器人自以爲具備與衆不同的基因、自以爲有一個特異的過去。」

「你在諷刺我？」H苦喪起一張臉。

「不，」我聲調平平地說：「我逐漸感覺到自己的限度，同時，我再不能愛戀更爲有限的你。」

「可是，」H像在困獸猶鬥，「我愛你——」

顯然他聽不懂我的意思，我只好再用更淺白的詞彙（才適合H的程度），一字一句的說：

「不，你只愛自己，愛戀那酷似你自己的部分，換句話說，很有限的部分，說實在的，你尚且不能理解我，又怎能夠妄言愛我？」

「你是我的——」H愈發著急。

「……」我默然，一時覺得了無趣味。我閉起眼睛，開始認眞地構思我的愛人L的指紋（該有幾個簸箕幾個籮呢？）。

「我擁有你，」H毛躁起來，「我按照自己的形像創造了你。」

看我久不出聲，H卻又軟化了下去，他好聲好氣地說：

「求你，你知道的，你流動的眼神裏，映著我最癡情的一幅倒影。」

我嘆了一口氣：「所有的神祇身上，也都印記著人類不完美的影子……」

H終是不解。

「然而不止於此，」我發覺必須用最直截的說法，方能讓他了然，「像你對我的愛情，其中有不少程度上是在——自瀆。」

聽著，H的太陽穴暴起了青筋。「我可以拆解你——」H絕望地喊道。他拎起實驗室的椅子，然後又放下。他目露凶光地望著桌上幾把螺絲起子，拿了十字形的一把，H向我一吋吋逼近過來。

下意識地，我撫住自己髮際的那道傷疤，那裏，存留我生時的記憶，最原始的恐懼浮上了心頭。

「你不是——人！」H的叫聲嘎然而止。

22

望著H垂下的眼瞼，我鬆軟了捏住他咽喉的手指。我並不驚惶（按照邏輯運算的結果，這樣的下場或許無以避免），然而，我卻感覺到隱隱然的鄉愁。梔子花的香氣裏，窗外恍惚升起一輪愁慘的月色，許多日前，許多年前，甚至遠在許多紀元以前……我曾經仰望、我曾經愛過——在我還不是上帝的時日。

23

庭上，犯罪的那一日到今天，庭上，我想通了我應該得到的，乃是人權。

庭上，站在這裏，我明白爲什麼我要替自己辯護。因爲你不可能公正！你與H骨子裏都是一樣的。我的存在令你不安，令你覺得恐慌，庭上，你知道嗎？造物與被造之間，注定了是緊張的對立關係。

庭上，庭上，你爲什麼制止我再說下去？

24

今天，法庭聘請的心理醫師來監獄中見我，他拿出各種問卷，要我作答。他漠然望著我，他冷冷地對我說，我背叛的是人世間的倫理，所以，也可以叫做亂倫，而所謂「亂倫」，在人世間，是很嚴重的禁忌。

又有一連串同意與否的問題：「我知道我的罪行不可饒恕。」「我想，魔鬼盤踞在我體內。」「我常聽到上蒼的指令。」……不必經過考慮，我一一畫下「○」。

後來輪到那份「墨跡測驗」，奇異的是這一回，我從黑糊糊的圖象中見到了繁複的意義：我看見了許多對眼睛、許多隻手，像是印度教中的Shiva，每一個Shiva，像是H，又像是L的化身，我喃喃地說道H並沒有死，H只是在我睡夢中被我殺了。

另一幅圖，我看見翻轉的子宮，像花瓣一樣的連綿開展，竟是蓮池的意象。是淨土還是往生？是孕育還是寂滅？在造物與被造的纏繞與糾結裏，我看到的依然是不可能的愛戀……

心理醫師抬起頭來看我：「你有很強的罪惡感吧？」

這時刻，正午的陽光將塵絲折射得刺痛眼膜，是的，醫師說得沒有錯，人世的天秤上我應該俯首認罪，像是H遭受到的詛咒，他擁有一個夢境，已經是對眞實人生的背叛，如同在上帝面前，人的智慧也是對上帝的褻瀆。我突然卻又迷惘起來，到底誰又是決定誰命運的上帝？

25

枯坐中，我試想人們處決我的一千種方法（出本暢銷書吧，《謀殺機器人一百招》），他們可能截斷我的電路，或者送我上電椅全身整流一下，或者，像是餵進去害人的蟲：放個病毒到我軟體裏，拆解所有的記憶、改換全部的網絡，於是我成爲一截截支離破碎的電線……

好在人們還不知道「螺絲釘」的位置，那是我與H之間的祕密，若是H瞞著我寫進了論文裏，……啊，太可怕了，人們還沒有整理出H的文稿之前，我告訴自己要加緊修改L的藍圖：彷彿一枚懷孕兩三個月的胚胎模型，我想著L那蝌蚪般的小身體：裂紋的鰓、抖動的尾巴、智慧的大頭殼……，我讓它歷經兩棲的進化爬蟲的進化哺乳類的進化，然後程式中我再擱入人類過往的集體記憶……我感覺自己小腹一陣陣酸楚，或許那模糊的影子已經在我人造子宮內著牀，只要他們凌遲我的技術出了差錯，L就有可能存活下去。

26

我戀戀不捨地想像著L。

天亮就是宣判的日子。後人知道的，將是人工智慧的發展在二〇〇〇年間突然面臨轉捩點。從L清澄到一塵不染的目光裏，晃眼之間，我卻記起了H，也瞥見了自己的愚癡：在這即將完結的時刻，我依然枉然地思憶著人生中不可跨越的鴻溝、無能滿足的情愛，以及注定是擦肩而過的緣會……

等待著第一線曙光，懷想我的情人L，難道？我現在終於明白，我所驗證的，不過是H的夢想成眞。對人類的模擬中，我終於無望地也成爲人類的一員。

梔子花的芬芳中，我記起葉慈的詩句：MIRE and BLOOD, All were complexities……

郝大師傳奇

1

那日午後，郝大師與弟子許某雙手合十、面向而坐，漸漸地身體微顫，然後一點點地加劇，終於激烈地痙攣起來。室內青煙繚繞，四周有修爲的信衆們一個個雙目緊閉，由於頻率近似，也跟著同樣地抖動。如果凝神細聽，酒櫃裏一套青花瓷器於共振的波段下，正發出細碎的撞擊聲。朱家廚房料理枱上噴著氣的壺嘴，在撞擊聲裏飛快地旋轉著。飯桌上半滿的那支紫砂茶壺，搖晃的時候彷彿溢出些瀲灩的水光。直到咿哦的聲音由低沉轉爲高亢，終於嘎然而止的分秒間，信衆們張開眼，許廣利已在面前平鋪開的巨幅白紙上繪出了一幅大畫。

「老師，我造次了。」這一瞬睜圓了眼睛的許廣利，望著渲染在棉紙上的畫作，不覺遲疑起來。

郝清吉沉吟著，「……你直說吧，」望著這兩年間追隨在自己左右、也是弟子中間最有慧根的許廣利，「事實上，這樣的景象我早已經看到了。哎……」郝大師深長地嘆了口氣。

這一次，是郝居士再度經由弟子模擬自己的前程：不是第一回，當然也不會是最後一回。郝清吉一而再地重複這項實驗，在他本身的導引之下弟子進入禪定，於靜定的禪坐之中，未來成爲逐漸具象的一幅圖畫。

未來，尤其是郝大師自己涉身其中的未來，總令郝大師由衷地震撼：河，灼熱的太陽，渡水，就要忍受炎陽。旗，繪著獸形的旗，鐮刀的暗紋，變幻出五光十色的波瀾……

「老師，我不必再往下說了吧？」

「是的，你不必說了。」

於是他閉上眼，在信衆們緊張地環視下，郝大師喉結咕嚕一沉。吊燈底下，兩顆碩大的淚珠自他青黑的髭鬚間悄然滾落。

2

那年頭，沒有大師可以少了講壇，正像沒有知名之士能夠不用麥克風，郝清吉對著朱家客廳裏那廣大的信衆，許多都是貝爾實驗室的頂尖工程師，還有作家何女士、遠自華府前來的名政論家×××、×××黨海外組織同仁，以及情天恨海翻滾過來的明星柳××等等，他們看起來那麼迷惘、那麼困惑，望著他們茫昧的眼神，郝大師會無端想起滾滾紅塵、芸芸衆生一類的話。於是，在郝大師心裏，彷彿正是他郝某的責任，爲這些墜入貪、瞋、癡的人們勾畫一番天國景象。正像他偶爾於週六晚間收聽的那個廣播節目，主持人魔魅一般的音調下，其中有個歲月遺忘、歷史未留下痕跡的城市：那位主持人每次的開場白總是：這裏的男人健壯、女人都面目姣好、所有的孩子都比鄰家的孩子更聰明一點點……「又是一個禮拜。」那位主持人帶著催眠式的童騃說。

有時候，遇上郝大師清醒的時刻，他覺得分明在供應信徒們無限量的鴉片，讓所有一面嚮往浪漫的鄉居、一面卻又難以離棄大城的中產階級從現實裏拔腿出來，走入虛幻的幸福。可是，多數時候，郝大師又在冥想，其實這正是他替他的信衆們描繪的天國景象：不必放下大千世界就能擁有極樂世界，無需佈施就可以修行，所有方便法門之上的方便法門。然而在同時，郝大師又思索著這其中矛盾的必然性，或者，必然的矛盾性。對墜入此種無謂思辨的郝大師而言，他的結論是與其關心是否上得了天堂，倒不如注意面前這一生的行止，You are only as good as your (this) life，這是郝大師苦思許久之後卻不得不接受的結論。

於是，這樣的結論下，這位顯密雙修……甚至駁雜的涉獵更兼及儒、道、甚至印度瑜伽的郝大師所修的乃是世間法。「佛法在世間，不離世間覺，」他沒有辦法將自己從這個娑婆世界中抹去——世界既然加上過他，再減去他，還會是同樣的世界麼？——而無論火宅也好、五濁惡世也罷，面前這個需要救渡的世界就是他唯一的世界。當年，或許亦是這樣的一念之仁？郝大師開始擁有衆多的信衆。同時，站在他的信衆中間，居於他的信衆與信衆的未來之間，他隱隱感覺到作一位名流的喜悅。爲會衆說法的時候，他清楚地看見在假象中踟躕的衆生，踟躕中蹉跎掉的過去，以及更清晰地，衆生即將走入的將來。那時刻，郝大師發覺自己正面向著一扇窗戶：未來，人們的未來就是窗外淡淡游移的光影。郝大師於是想起童年時候，他曾是多麼孱弱又安靜的小孩，終日一個人坐在竹板凳上，面向那扇窗子外的街景。窗外，隔著一方有裂痕的玻璃，漁會兩層樓房的背景下，穿木屐的人們在框架裏無目標的移轉、努力打著手語、迫切地翻轉嘴皮。童年的郝某決定作一名有耐性的觀衆——而事實上，那也是寂寞時光中他唯一的娛樂。直到有一日，他看到窗外的人們蜂擁至他的窗口，七嘴八舌地，人們在窗外數說著這個頭殼奇大、面容呆滯、長年對著窗口眼皮一瞬也不瞬的男孩子。那一霎間，他呆住了，他突然明白人們在注視他，他一時卻不能分辨——究竟是誰在看誰？到底自己在窗戶裏面？還是在窗戶外面？或者，更正確地，自己正是那扇窗戶！就像現在人們衷心擁戴的郝大師，他到底是什麼？通過他，信衆聲稱已目睹他們自己的未來；而依照這樣的說法，是他，郝大師，具有窗子的功能，是他站在他的信衆與信衆的未來中間。但是，更可能地，會不會正好相反？是信衆，是他的信衆，站在郝大師與未來的景象中間，透過他們，我見到他們心靈的反射；通過他們，我讀到他們心裏想像的未來……

後來，這名那時候叫做阿吉的小孩子在繼續面窗而坐的時刻終於決定了——是窗外的人們在注視他。因爲人家的數目比他多，窗外是一羣人。從此，他便也逐漸明白了觀衆與主角的區別，就像現在已深深具有作爲名流那份自覺的郝大師，他知道會衆要的是什麼，會衆要看他演出，那些焦芽敗種立意要看他演出。爲了衆生無止境的貪欲，郝大師雙手合十，在蒲團上他伏跪下去。像是舞台上深深的一鞠躬，郝大師知道他的會衆問他要什麼？他們，正等待他——演出！

3

他看見自己那樣佝僂的身軀，在他的肩上，竟是衆生的流離，喔，不，那是衆生的罪孽。燈光熄滅之後，黑暗中他聽到自己內臟的摧折聲，而後是一個人的肉身負載到極限以至撲通一聲崩塌斷裂的聲音,「滅度無量無數無邊衆生,實無衆生得滅度者。」他背負了太多別人的罪孽,他們竟把自己的負擔一古腦地推給他。他們懇切地叫道:「大師。」然後作出憂傷的面孔,交給他一串鑰匙,任由他走入他們心瓣裏的千門萬戶,以及塵封的記憶,甚至埋葬在重重枷鎖後的一丁點春心,大師,他們愁苦著臉叫道,他們希望他能改變過去、將來、流年、大運、甚至上天的許多錯誤;他們期待他把身邊的瑣細以及國家大事、世界局勢一併解決乾淨;同時,他們卻將自己的負擔像丟掉一包狗屎般扔給他。「大師,請指點迷津。」那愚蠢的婦人哀哀叫喚。他閉目,他看見一切正要發生的事,但是,爲什麼我要告訴你呢?他冷漠地想著,畢竟我就是我,你就是你,他不是衆生,而衆生也不是他,「大師,救苦救難。」婦人跪拜下去,他嫌惡地別過頭,而這一瞬間,可怖的卻是他在婦人臉上讀出自己的命運,他在她的迷茫中看見宿命的悲哀,死亡的氣息自她久病的臉上緩緩地拂過,像遙遠的海島上那個漁港的腥濕,在他睡夢裏撩起一種深沉的悵惘,那是他的沉疴、他纏綿的思鄉病。他無法將那塊小小的島嶼看成世界上千萬個島嶼中的一個,正像他無法把自己當作萬人如海一身藏的一身,因此,衆生的罪孽中他看見自己的影子,在簷廊下惶惶流轉的影子,原是那樣脆弱的生命,存著不能或忘的渴欲、有著難以割捨的因緣……黑暗裏,他的恐懼如無瞳的盲者,他對死亡的逃奔一如對生命的恩愛懸念,我也會死去嗎?冰冷的霧夜,他從牀上披衣坐起,凜然地問他自己。當亙古的恐懼攫捉住他的同時,他像一個孩童般孤寂地自問:我也會逝去嗎?於是,他看見信徒們圍在他的屍體旁邊哀哀慟哭,他看見一切發生在未來的信息。

「師傅圓寂了。」信徒們爭相傳告。「是坐化?」一名信徒殷切地問道,「等一等再說,」另一名信徒眨眨眼,陰森地答道:「看有沒有燒出舍利?」那時刻,詭譎的笑容在信徒們臉上異樣殘忍地浮現出來……

於是，他知道他們都在等待，等待印證一個謎底，謎底是辨認他是否已然死亡，上升還是沉落？地獄還是天堂？或者，更恐怖的，在地獄與天堂之外，更是一切一切的死寂。於是，郝大師看見下一刻的自己正在撫屍痛哭，這樣的景象令他忽忽若狂。他聞到火葬場的硝煙，他看見自己摸著熟稔的肉身如一件穿舊了卻依然合體的衣裳，不忍遽去、不忍遽去，他逝去的青春如動畫般在眼前放映，那是最後一場電影。他挽留不住他輓歌一般的青春，正像他挽回不了必然敗壞、枯竭、終於煙消水散的生命，他於是記起冬日的海邊，漁港連綿的冷雨裏，而那一刻，在煙水迷離的時刻，那個荒涼寂寞的早晨，當時所不可預知的，即使是青春如許的生命，卻聳動著如許地不安與悽惶……那時他戴著船形的學生帽，站在海水與沙地之間，遠遠的地平線上，浮著幾艘無人的小木船。那樣神祕又陌生的樣式，蕩漾在模糊的雨霧裏。人們臉上是驚詫的表情，指指點點地，卻有意壓低了聲音，嘰咕地猜。「媽的，」擠在人堆裏觀望的父親大聲嚷，「共產黨來了俺就去跳海。」父親氣哼哼地，在人堆裏揮舞手臂。跳海，這幾乎是父親後半生的口頭禪了，漁村往後的選票風波中，在「檢舉匪諜，人人有責」的標語牌底下，父親抱著他不可須臾或離的搪瓷茶碗，一而再重複他蹈海的志節。直到二十年之後，台北近郊一家依山環水的養老院裏，郝清吉依然聽見父親對瘸了條腿的室友說，「俺不怕共產黨，」老人吸著兩筒鼻涕，說起話來有些顛三倒四，「人住紐約，碩士囉！」老人正表白自己不去美國依親的決心，「跳海，共產黨來了俺就去——」郝清吉父親舉起牆角那根枴杖，對準天花板上的日光燈管舞動著。「往海裏一跳，乾淨！」老人說，堅定的語調一如往昔。

細雨無聲地落下，吉普車穿過漁港的市街，在曉霧中撲通撲通挺進，接著就是一戶戶拍門臨檢。那些窄小的木門吱嘎嘎開了。打著呵欠的女人不情願地站出來，咕噥地咒罵，一面端出臉盆往水溝裏倒。霧色茫茫的街道上，郝清吉躲在電線桿後面偷眼張望，他彷彿看見黎明時分尚殘留在女人面龐上的胭脂，這一瞬間，他奇異的聽到那層水粉在冷風裏瑟瑟剝落的聲音；他望向女人手中臉盆裏面彩繪的大朵玫瑰，而他依稀感覺到花瓣在冷雨中簌簌無主地顫動……然後，他看見女人對答之間嘴裏呵出來的一團團霧氣。會不會，他疑問著，他從未聽見父親提起過的母親，是這些女人中的一個？還是，正如他一再懷疑的，是那名瘋婆子？對他敞開了衣襟，讓漁港的風吹進來，終於占滿了他的整片玻璃。

4

那時候，紐約華人知識分子間郝大師聲譽如日中天，除去他玄學的修爲深不可測——譬如打坐的時候，可以令身體離地飛升三、五呎等弟子親眼目睹的神蹟，也是因爲第一代移民恍如大海中的孤島，強烈地欠缺安全感。即使是成功的華人，在美國社會依然處於邊緣的地位；加上裁員、調職、終身俸等等現實上的壓力，華人偏又沒有造訪心理醫生的習性，幾年來經濟蕭條的隱憂之下，趨吉避凶這一套，不免端賴精通靈異學的高人指點。

至於郝大師的講習因何特別叫座，亦與他嚴謹的科學訓練大大有關。他的門徒絕非愚夫愚婦之流，而恰恰相反，他們多是尖端科技與神祕論的奇特組合，時常代表文明向自然作出深刻的反省。骨子裏，他們又絕對相信有一分證據說一分話的科學精神！而郝大師，他隨時可以用或然率的算式闡釋命理、以能量的觀念來涵蓋靈魂不滅，以及波段的穿透力說明「天眼通」或「第三眼」的種種可能。在郝大師的解析下，過去與未來的現象都是一幅幅連續的畫面，一旦能量集中，彷彿「作業研究」一門學術中的「模擬」，英文叫Simulation，郝大師說，這樣的圖象自然可以透過我們的心眼營造出來。

而這番模擬出來的科學解釋，反諷的是，倒也令郝大師面對自己的命運始終將信將疑：他狐疑著，既然捕捉到的乃是瞬息間的圖象，那麼，便是具有代表性的畫面嗎？還是，那是數千萬可能之中——也就是數千萬呎膠卷之間——唯一剪輯下來的片段？譬如舉起相機攝影，按下快門的分秒間，正是爲將來貯存記憶，也就是替若干年後的往事定影的過程。可是，那些鏡頭以外的景物呢？還有在拿起相機之前或擱下相機之後所發生的情況呢？會不會？那才具有更重要的意義？象徵著譬如說，命運與意志間的誓死角力？……於是，郝大師困惑了，他搞不清楚他看見的畫面，或他看見的畫面以外的——哪一種更表現將發生在未來的眞實？二者互相排斥嗎？還是那兩個世界缺一不可，彼此賦予對方某種意義？換句話說，那是互補的圖象？

如果郝大師的假設竟然成眞，眞是互補的畫面，那麼，很明顯的，只有在偶開天眼時才目睹未來的郝大師必然在隨機抽樣中遺漏了七巧板中的某些部分——錯過了一些重要的眞相。而糟糕的是，這番質疑又一次在邏輯上或在科學上驗證了郝大師原本就是枉然的追尋：他竟想要預知無以預卜的生、逃避無以迴避的死。於是，郝大師懷疑自己這一向所做的只是虛功：物理上$E=mc^2$公式裏結果等於零的虛功。而虛枉的努力之餘，令郝大師感覺洩氣的是他至今無能把自己可以預知未來這一項元素放進圖象……啊，如果他始終難以模擬出自己可以預知未來的事實，無法將這項變數也輸入模擬的等式，那麼，他所營造的，恐怕不是眞實的人世！替別人預卜的未來一一應驗之後，面對自己前程卻心存僥倖的郝大師——在這一刻——打心底竊竊歡喜起來：無論如何，我不能預知自己的命運，因爲我無法預知自己可以預知未來的這項事實，像數學算式上差了一枚關鍵性的變數，少掉的這一個，恰是最重要的變數，郝大師這樣悄聲告訴自己。

接著，對眞理的思辨務必打破砂鍋的郝大師卻又詭譎地想到：如果由自己模擬的未來根本不可能眞確，而爲別人預卜的時候，正是把別人模擬成自己，那麼，邏輯上推演的結果，又眞能爲別人模擬出一個別人的未來嗎？郝大師於是憶起那位以辯證爲本體的哲學家說過，我們自歷史上得到唯一的教訓，就是人無法自歷史上得到任何教訓：難道，郝大師想著，我郝某從模擬中得出唯一的答案，便是人不能從模擬中得出任何答案？

而模擬，又眞能把別人看成自己麼？一旦把別人看成自己一樣，郝大師便不得不承認自己也是那樣一個渺小脆弱的生命，存著與別人一樣的貪欲與渴求，這對郝大師、甚至對他的信衆而言，怕也是難以接受的。就像上次他走進蘇荷區那家專放外國片的戲院看電影，卻猛然撞見一名虔誠的女信衆，愣了一下，那名女信衆眼裏有受傷的神情，從此，她沒有再在朱家客廳或其他幾個講經的場合出現過。那之後，郝大師每等到開場五分鐘才從最末一排悄悄入座，他於是憶起背著書包溜進三重市的小電影院，那是父親找到魚市場的工作而他們搬上台北之後，他的眼睛方才適應了黑暗，就看見過道上那個蹭蹭蹬蹬找座位的人影。

「讓一讓」、「你們讓一讓」，滿地檳榔渣與甘蔗屑的小戲院裏，重濁的鄉音扯著喉嚨說。第一次，銀幕上那個碩壯的女體之前，郝清吉體認到父親昏聵的模樣十分滑稽。也是第一次，郝清吉明白爲什麼他的父親以前能在閉塞的漁村裏夷然生活了十年：白天抱著保溫杯，從漁會辦公室的報紙上讀一些都市的新聞；夜晚打開礦石收音機，音量調到最低，聽聽可否有親友尋人的消息。這樣的日夜裏，他父親從來沒有關心過魚價、今年的漁獲、漁港究竟發生了什麼事甚至哪一家的男人出海就沒有回來等等。或者，父親平日與漁村唯一的關聯就是那條街……開票的那個晚上，父親摸摸酒後紅通通的鼻子，「黨部的要員請客。」父親說，訥訥看他一眼，掩上門出去。漁會木樓的陰影下，兩條瘦腿在後面悄然跟著……郝清吉看見曬在月光下閃閃發亮的魚乾，稀落的鞭炮聲中漁火點點，迢遙的海面升起斷續的香煙，牆角翻飛著從供桌上滑下來的冥紙，夜色中燒出幾朵焦黯的金黃。冷風在耳朵旁低聲地咆哮，鹹黑的海水一波波湧了上來，去年夏天就沒有回來的討海人，像傳言中說的，他們同時浮沉陸地與出沒水面……郝清吉在滅頂的惡夢裏掙扎，夢中，他也曾嚎叫著朝那條街上跑去，爸爸，你在哪裏？爸爸，我的親生母親是誰？然後，木門嘎吱吱開了，肥白的手臂八爪魚般樣纏繞過來，一陣昏暈的感覺，那名叫做阿吉的小孩在鹹沫裏翻沉下去，嗆咳地吐著水泡，他想要抓住兩隻可以救援他的手臂，是那個瘋顛的查某？還是——他不曾有過記憶的母親？……周遭漸漸明亮起來，他的窗口，變幻的光圈移轉著，像是夢中的影子。郝清吉努力睜開眼睛。那面窗子，是他與現實之間唯一的聯繫。選舉日當天夜晚，漁會牆上搭掛下巨幅白布，他們在他窗外放映電影。

「銘謝賜票」，宣傳車上的大喇叭喊著，他繼續盯住銀幕。這個孩子，多年以後的郝大師，當他離棄了坐在窗口的童年之後，他唯一的驚喜就是電影院，正像他無由分辨出他到底坐在窗子裏、還是窗子外，同樣地，他也不甚清楚到底他在銀幕之前？或者，這一方白布其實是作夢的框架？

霎時間，演員與觀衆的界線又在童年的記憶裏再度模糊起來……

5

吃過素齋從朱家出來，眼看時間還早，婉謝了弟子們的美意相送，郝大師攔住一部的士，吩咐司機開到蘇荷區。

坐進電影院裏，他腦海中其實另有一部放映機正在輪轉。交錯穿梭的光影中，預卜的事物與眞實的現象毫無閃失地重合到了一起。巨幅銀幕前面，郝大師輕聲唸著：「卜以決疑，不疑何卜？」既是觀衆又是導演的同時，郝大師看見自己正跨越橫亙在已知與未知間的那片空白。

因此，郝大師很不喜歡打在銀幕上的「劇終」字樣，他不相信眼前的世界就是電影的終結；他也極其討厭必須步出戲院大門的時刻，他覺得自己被摒棄到畫面外邊，應該說——迷失在世界的盡頭。

這晚上郝大師緊裹著大衣，像往常一樣步行於濕寒的夜色中。只是今夜的他無以遏止地想著銀幕、想著戲院，而他繼續站在鏡頭中間，他站在聚光燈的焦點。那時刻，衆人歡呼聲中，他昂然立於宣傳車改裝的花車之上。這樣的畫面代表什麼？滿地都是垃圾的街頭，鏡頭繼續轉動著：郝大師試圖解析心中縈繞不去的圖象。代表什麼？繞過一名倒臥在路中央發出惡臭的醉漢，郝大師嗤嗤鼻孔，把脖子縮進衣領裏面。選舉嗎？郝大師知道自己從來欠缺的就是行動力，事實上，他也無意躋身於那批斬雞頭發毒誓的市井人物之間，何況，無論如何，郝大師更有力的證件是他的神通。他大可不必將自己框架於街頭上演的通俗劇裏。「他們啊，一羣騙子！」當年，父親這樣告訴過他。後來，果然查獲了肥皂、毛巾之類賄選的證物，那時候，父親在選舉期間負責漁會的票櫃。究竟在監票或在作票？——當年選戰之中，阿吉知道有一大堆髒話誣衊他的父親。父親挺起胸膛，笑笑把工作人員的名牌掛上。——端賴地方黨工穩紮穩打下的樁，那年，以及連續下去許多年，地方派系的傾軋下，報紙上說，黨籍候選人終告脫穎而出……「銘謝賜票」，身披大紅綵帶，郝大師看見銀幕上的自己站在掌聲中間：權柄、知識、榮耀、理想，觀眾們期待這共融的神聖片刻。他的信徒渴盼啓發性的宗教經驗。代表什麼？望著銀幕上令他動容的畫面，郝大師於今不懈地自問。代表他長期自閉的生活中業已扭曲的性情？或者，更抽象地，原是他糾纏的思鄉情結，象徵他百折不回地要與那島嶼的命運融爲一體的努力？

而這一刻，行走在摩天樓連綿的陰影底下，郝大師懍然於自己的執著，他的努力，所有他意欲解析自己的努力，呈現的還是他對茫茫未來的關切。他無悔的追尋與難以止息的嚮往之下，鏡頭的焦點是故鄉？Ego？必死的肉身？敗亡的根源？一幅幅夢中重疊的幻象，又好似銀幕上交織的影子，終於具象爲他對那片土地的情癡。於是，郝大師自問著，他到底期盼什麼呢？難道他還不知道嗎？正像那本是一個早已離棄他——或者被他離棄的過去；同時也是一個不包括他——或者永遠不被他包括——的將來：畫面之中既然從未添上他，當然始終也不必減去他……涉水，需要忍受炎陽；旗，繪著獸形的旗，鐮刀的暗紋，變幻出詭麗的波紋……「我，要問國運。」當年，他曾是自以爲前途未可限量的留學生，在中產階級環居的大學城，華人家庭聚首的飯局，熱心的醫生太太將年節無處可去的學生也一併邀請來家。飯後，甜點過後，餘興節目是向客串的算命先生問自己的吉凶禍福。輪到他時，他清清喉嚨，對拿著一副撲克牌在手裏搓洗的教授說：

「我，要問國運！」

全場倒是突然靜默下來。

「哪一個國？台灣國？中華民國？中華人民共和國？」有人譏誚地反問，客廳的輕鬆氣氛又恢復了，原本驚詫的人們大聲哄笑。

他臉紅了，「我是說，台灣島的前程。」半天，才囁嚅地說出這想來得體的回答。

那時候，到底是淑世的志願？救國的雄心？還是，青澀的心中根本是混淆了的國家主義？或者虛張了的民族意識？甚至更可能的，那種潛在的、蠢蠢欲動、天將降大任於斯人式的終不甘蟄伏的野心，令他在那樣的場合說出大話！到底是以上哪一種可能？或者是多重的選擇？或者是以上皆非？他在倒敘的回憶中益發混淆起來。事實上他現在更進一步的知道，那樣含糊、糾結、纏繞、迴盪之中隱藏的正是所謂我執，而那樣無望又無助地企圖攀升，正是微小人類面對自己一條尺軀的自傷自憐……其實，誰不知道呢？誰都抓不住什麼，一個人的意義只在於他存在的瞬間。郝大師知道，難道——他的信眾不知道麼？他的信眾們也都知道，大師與信眾纏繞在同樣的這個環結之上。但是，Damn，他們卻仰賴他製造謊言。大師，他們嘶啞地叫道。Damn，難道你們不知道麼？先知與卜者所預見的永遠是同一的歸宿：死亡，那是僅有的可能：死亡，那也是永遠的寂滅。難道他們不知道嗎？所有的星相、骨牌、水晶球、鐵算盤，以及千千萬萬的四柱八字、紫微斗數、奇門遁甲……都訴說這共同的命運，而多年之前他已卜出這無以改變的事實，那時候，他野心勃勃，他充滿用世的焦渴，但是，他卻不幸撞見了自己的未來……衝刺啊，但是多有不測，若欲渡水，卻要忍受炎陽的刀戟……於是，他看到自己在烈日底下呻吟、輾轉、匍匐、昏厥，他無以忘記初次窺見自己前程的驚悸，他竟是唯一預知自己未來的人！而從此他就在未來的畫面中裹足不前。他怯懦地蒙起眼睛。謊言，他寧可聽信謊言。那麼，自己又眞的能夠看見麼？或者，那正是謊言中的謊言、最大的一個謊言。於是郝大師也像衆生一樣地心存僥倖：如果我只是一面亮晃晃的鏡子，具有的本是反射的功能，那麼，我又怎麼能夠像映照別人一樣地看見自己呢？他竊竊心喜地自問。直到這一天，他竟然聽見那永恆的咒語，「老師，我造次了。」一他那最得到眞傳的弟子說。那時候，死亡自他臉上緩緩地爬過，在他心底撩起最深沉的恐懼、最不治的思鄉病，一夕之間，他變得比他所有的信衆都要老！

6

從郝淸吉那扇面對赫得遜河敞開的窗戶，他可以望見水面的煙花、聽見遊船向空中鳴放的禮炮。嘉年華氣氛裏的旅客，和著迪斯可樂隊的節奏，在掛著燈籠的甲板上狂舞暢飲。跪在一方織花的蒲團上，郝大師兩膝一寸一寸地往前挪移，他的面孔在蕩漾的水光中貼近玻璃。念念相續之際，他彷彿在室內凝定的空氣裏嗅著了旅客嘴裏的口臭與酒味，他聞到魚腥，以及遊客們胳肢窩底下的狐騷氣息。下一瞬，那扇水天一色的窗前，郝大師恍然聽見船隻起纜拖動繩結的聲音。這時刻他猛地起身，哐噹一聲，踢翻了腳旁冉冉吐異香的三足寶鼎。郝大師快步衝上陽台，向著波光急急地招手。他感覺遠方一波波湧過來的鹹水。浪花之中，迷濛的視線裏，他恍惚看見了那艘壯觀的大船：木製的龍骨、紙糊成的旌旗，漂在遙遠的海面上，水光、煙氣、燒出的熾焰比烈日還明亮，那是逐漸遠去的王船。拖曳著長長的錫箔與金紙，映在寶藍色的海水中，像是血色豔麗的緞帶花，夢魘的音樂裏往遠方漂流，終於化成爲一道焦黑的灰燼……

自從那天，朱家客廳內再一次證實了自己的宿命之後，郝大師比以往更傷感了。跪在蒲團上，曼哈頓的臨河公寓裏，他所眷念的只是遙遠的那片海，而不再是人們的未來。他常在靠近水面的地方墜入沉思，對著曾經是那個城邦那個國家的海市蜃樓陷入冥想，陽台上的水鳥，雕花的欄杆間拍打翅膀，彷彿是驚起他夢寐的一陣騷亂，郝大師悲悽地撐開了眼皮：在他窗前的水面上，那是過去與未來的倒影，水中激盪著魚塭、鴿籠、電視天線等等雜物的屍身與殘骸，當波濤終於平息，在漂浮的鷹架、斷裂的市招、灌水的車底牀，以及由總統府壁上碎落的殷紅瓦礫之間，竟迴旋起一片片「舊情綿綿」咖啡屋裏栽植過的橄欖樹葉。他聽見槳楫拍打在泛著一層污油的水面，如同撞上玻璃的水鳥，流光中撲翅撲翅；他望著繡有暗紋旗幟的筏穿過瘴癘的災區，就像一股陰惻的風吹進他抖顫的心坎內，他抽搐著，好似那折翼的蝴蝶，在冷雨裏無望地掙扎過最後的時日。之前他是卜者，人們中間唯一能夠預知未來的人，而大難將臨的前夕，卜者注定比同時代的人都要清醒與憂傷沒錯，但是在那時刻，如果人們凝神細聽、或者機警地游目四顧，所有告急的徵兆都已經在看板上一一顯示出來：漲停板的股市、瘋狂的議院、燔祭的儀式、荒謬的劇場、無可遏阻的污染與垃圾、無能預測的颱風與海嘯，喔，在那迴光返照的日頭裏，有人抓住他的手臂，簇擁著他，領他往台上走去。郝大師從不是具有行動力的那種人，但，站在愛戴他的廣大羣衆之間，他再度感到作爲一代宗師的驚動與喜悅。高聳的露台之上，他看見低處一對對仰望神祇的眼睛、千萬隻顫抖著卻不住往上攀升的手臂，以及焦渴多時竟佈滿了水泡的嘴唇。「大師。」人們呼喊著，在那混亂的年代裏，他是最受到尊敬的大師。四周於這一刻響起如雷的掌聲，人們敬畏地匍匐地下，現在，他們比任何時刻都需要聆聽大師的教誨，因爲唯有他是先知，將目睹災難的遺跡、會看見難以置信的生還者與殘存者，只有他將指出劫後餘生、甚至在浩劫中反而撿到便宜的人。「是我，是我嗎？」人們迫切地問道。「難道不是我嗎？」衆人繼續吵嚷。「是我？會是我嗎？」而同樣地，這也是郝大師心底裏難以滅度的我執：一次一次，郝大師攤開那本《三命會通》，想要在自己的命理中看出端倪，「殺刃交戰，歲運相激，終必損壽」，郝大師頹然闔上了書。

額頭抵著玻璃，郝大師在四周的喧鬧聲中悄悄將眼皮闔上，「是你，就是你……你將生還，你將prosper，保證在災難中大發利市。」郝大師轉過身來，疲倦地，他對信徒點名應著。可是，老實說，只要睜開眼——法眼觀照之下，郝大師不曾看過比他的信衆更適於生存的一羣人：他們乃是蒙昧與進化的巧妙結合、傳統與現代的神奇產物。因此，自從郝大師預知未來的聲譽鵲起，終於辭去工程師的專業而專心性靈上的修持，他倒是坦然接受了曼哈頓島的高級公寓，而信用卡、車馬費，以及花用無虞的月支，都是由信徒輪流供奉著。郝大師確切明瞭這其中交易的本質，一方面他也深信將是暫時的安排。人們親近他，心裏想著是他的法力，住在這赫得遜河畔的高級公寓裏，他的神通就是開啓房門的一把鑰匙。那是他與信衆僅存的關聯。正像佛陀與善男信女之間牽繫的多是此世的願望而不是彼岸的菩提，即使是求來世的善報，也是此世的來生，並非彼岸的來生；同樣地，郝大師與他的信衆間，唯一的關聯是他的神通、他第三眼的本領，以及他趨吉避凶的指點……而這樣的條件之下，郝大師與他的信衆間，甚至佛陀與衆多教徒間，恐怕是蓮池與孽海——更決絕地——竟然是此一岸與彼一岸的隔離啊！

同時，郝大師隱隱地知道自己與信衆最大的分別是自己仍有良心，無論那是一顆多麼黑暗的良心，那樣一顆黑暗的心仍舊令他痛苦。而反過來看，這粒依稀微明的臟器其實正關乎郝大師陷入輪迴的宿命。不是嗎？縱使在看到了結局的今天，他對這注定不完滿的人世仍然充滿了欲捨難斷的戀念：喔，他的肉身、他的情緣、他的故鄉、他的土地……因此郝大師思緒滾滾之間都是牽絆，由於放不下的就是自己在紅塵裏如露亦如電的幻夢。這樣的暗忖中，郝大師竟由衷嫉羨起眼前這些缺乏慧根、絕然無情、絲毫不具佛性的弟子們：而荒謬的人世間，眾生儘管難渡，郝大師狐疑著，眾生在無厭的貪求中體現的反是菩提的種子？而諸法無常的結果，他們坦然直陳的願望，郝大師自問著，又焉知不是諸佛的道場呢？

回身關上向河的那扇窗戶，海風過處，帶來撲鼻的鹹腥。益發迷惑的郝大師在濕潤的空氣裏閉目。這時候在他心底，看到同時映現海面的日蝕與月蝕，彷佛末日的徵兆，他竟然解開了多年前曾經難懂的預言之謎。而奇異的是，這一瞬他清晰地想起——想起那個薄霧的早晨——父親蹈海的信誓。難道，那就是悲劇的宿命？還是，他心底幻象的反射？或者，更確切地，正是大滅絕的前奏？於是，他聽見汽笛的嗚咽，那隻冥紙摺成的大船在血紅的鹹水裏化作一道煙灰，他伸出手臂，向遠方招搖，他張開眼睛，遠遠地颳來海風，他感到夢想的船在迴游的歲月裏向他告別的悲哀……

7

之後，郝大師急劇地消沉下去。他不願意多見那批平日環繞跟前的信眾，幾個講經的聚會都在郝大師的手諭下延了期，而以往每年必至的盂蘭盆法會上他也意外地稱病缺席。

白天跪在窗前，或許是蒲團上的玄想過於耗費心神，午夜郝大師常自寤寐中悚然驚醒而無能延續未完成的夢。這種感覺令他由衷地悵惘起來：那未完成的夢，像等待招領的失物，或像散亂了結局的小說……必然在另一個世界裏虛懸著。郝大師於禪坐的時刻努力集中心思，Brahma，那是至上的意識，郝大師以驚人的速度在心靈的空間與時間裏游走，他希望追逐到漸次褪卻的夢境，那曾是他的實驗，正像他做過的諸多實驗，他的實驗之一曾經是由靜坐而控制多餘的精液，周遊至丹田，在任督二脈的交流處反哺……

靈光乍現的時刻，郝大師隱隱知道了那個了無痕跡卻令他苦苦追尋的夢境必有豐饒的意義，對未來富含無上的啓示，或者更根本的，這種追尋本身亦將獲致重大的結果。郝大師微闔著眼，此刻他舌尖抵住上顎，發現自己正耽溺於回溯與追尋的拼圖遊戲中：一幅幅的圖象，在他腦海中旋轉，而解析夢境的同時，過去的片段需要歸檔、屬於將來的圖象需要完成。於是，在過去與未來的間隙中，一張張錯綜映現的畫面裏，哪一幅才是眞實？哪一幅竟是幻象？哪一幅又是他所遺失的夢境呢？郝大師細心地翻找。而正像拼湊夢境的目標乃是搜尋眞相，他知道回溯過去的功用也是體認現在，以及更重要的是——預卜未來。但，夢境與眞實的夾縫裏，那串串交織的光影中，雜陳著繽紛色相的同時，哪一幅圖象又代表將實現的未來呢？……剪輯的時刻，郝大師省思自己身爲卜者的命數：而作一名卜者，他的天職乃是把紛紜的變數理出頭緒、令模糊的畫面漸次成形，甚至硃筆一批，在指點過的未來與終於實現的未來中間畫上等號。那麼，他勉強算是參加遊戲的一方，對手乃是高處的神祇，有幸的話，他根本就是那位神祇的同謀共犯。這樣想來，郝大師對自己身爲卜者的命運頗爲滿意：在這個荒唐的人世間，他至少保有一項未卜先知的特權，而某些關鍵的時刻，他或許可以據此主導自己或別人的命數。接下去郝大師卻又滿腹疑雲地想著，卜者的出現才是棋盤上一枚預置的卒子，專司混淆視聽，而游走於神明的指掌之間，卜者的運數恰是在迷茫中見到幻象、錯誤裏讀出訊息、卜算出的其實是一個永遠不會發生的未來。那麼，郝大師掐指推敲的結果，他所進入的或者是一個虛構的系統，映現的本是他自己的幻象，而他所看見的畫面也許都是痕跡、事物的鱗爪、腦海裏屬於回憶的蛛絲馬跡，埋藏著過去生活中的片段經驗，而這些混淆的符號組合成爲圖象，目的乃是誤導他……令他對未來的命運更加撲朔迷離。因此，這樣的邏輯下，他預卜未來的能力其實正是一種局限，令他跌入過去的經驗不可自拔，終於局限了將來可能發生的——而在預卜中無從出現的——其實更豐富的各種可能？

換句話說，郝大師懷疑自己看見的畫面都是渾沌：一個想像構築成的世界，畫面的解釋爲何又端賴從前種種……那麼，他一向所觀照到的，啊，無非是自己經驗裏的諸多耽溺、諸多束縛，郝大師在思慮中大爲驚動起來。同時，他亦驚詫於自己正從這個僞造的系統裏繼續沉陷下去，事實上，他對假相的執著一如他對於青春時光的依戀，若是回溯起來，或許比青春期更早，竟然是他的童年，只有在童年時候，郝大師的畫面中尚且是開端不是結束，充滿了各樣的可能……童年的漁港、漁業公會的背景，從他窗口望出去，彷彿裝鑲了黑木邊框，至今仍高懸在牀榻上端。或者，那緊緊跟隨他的早已幻化成夢寐的形式：像是永世的魔咒，以不可勘破的原形在寤寐中不斷地向他湧現：漁港裏連綿的陰雨、魔術箱一般的票櫃，以及那炎熱的潮腥的午後海邊、山坡覆蓋著網罟的炮位、漁船後面猖狂的女人、牆上用白粉刷著的反共復國字樣、巨大的飽滿的豐碩的終於切割掉的乳房，收音機裏嗡嗡地呼叫骨肉同胞，笑著她說，囝啊、我的囝啊，終於凝聚爲那海水的、母性的、土地的、血脈裏的悸動與不安，浪笑著向他走過來。那時候阿吉摀住耳朵，他是一名彷彿患上自閉症的青蒼小孩，在那經常反鎖住的屋裏，窗口就是他的世界。他唯一的娛樂就是框中的活動畫面。女人嘿嘿地笑，扁平的臉孔貼在阿吉的玻璃上，指手指腳地喚他囝啊，阿吉摀住耳朵，深怕這就是他祈禱終日的回響，在香煙的盡頭、極其迢遙的海面上，那黑面的神祇終於如願地賜給他一個母親、一個瘋婆子的母親。阿吉揮舞手臂，由竹板凳跌坐地下，你不要過來，他氣促地喊著……

而這時候，幾位常來看望郝大師的男女弟子正將瓶裏的鮮花換上清水，帶來的果菜也替他一樣樣揀進冰箱。聽見了這聲喝叱，他們偷眼向佛堂內張望，郝大師已由蒲團上踘跌的姿勢跌到地下。正在弟子面面相覷的分秒間，郝大師猛地起身，用台語吼：「老猴，死不完，」手插在腰間，郝大師站在議事廳堂上高聲大罵。接著他在室內打起筋斗，嘴裏咿唔有聲，彷佛廟前廣場上跳腳的乩童，「不要隨著魔鬼的音樂跳舞。」郝大師揮舞案上的法器，改口用濃重的鄉音說。「魔障、是魔障，魔障附在大師身上。」他的弟子掩面，一路哆嗦著往後退。「你們不要怕，」郝大師面對弟子伸出手臂，「可以用三十二相見如來嗎？」這一瞬已然安靜下來的郝大師和氣地問。

弟子們懍然了，看起來這是試煉，他們停住腳步。「那麼，可以身相見如來不？」郝大師再問弟子。對著離他最近的一位女信衆，郝大師此刻袒露出袍褂裏的胸膛，換來的立即是驚怖至極地大叫。弟子們倉皇地再次後退。而這一刻，郝大師比他的信衆更加驚惶，他其實比他們更不知如何是好，他想起他的父親，銀幕上巨大的女體之前尤其顯得萎弱的父親。在這瞬間，梵音喑啞下去，清晰地只是父親跳海的咒語。郝大師不禁渾身顫抖起來……

是魔障！弟子們驚叫著，大師正隨著魔鬼的音樂在跳舞！跌跌撞撞地，郝大師在舞步中一路奔向窗口。水面翻攪起連天的巨浪，末日的光景更接近了，郝大師在蕩漾的波光裏昏眩著：窗外的人影呸地一聲，她啐掉金牙裏的檳榔屑，碩實的乳房貼上阿吉的窗玻璃。然後，是肥白的兩瓣屁股，沒有聲音、沒有動作，平貼在阿吉的那方玻璃上。阿吉覺得窒息，那肥膩多脂的肉體彷彿濕水的棉花團，塞住了阿吉的喉管。許多年後，度假時候他到過大西洋岸，那時他剛進新澤西州AT&T的電腦部門。他看著沙灘上印有鳳梨、椰子樹、仙人掌種種花色的泳衣，渾圓的曲線乃是基因、食物、有氧運動、毅力及恆心……因素的加乘，彈性的肌膚呢？他心想著，則是土地、血源、歷史、記憶、潛意識等諸多名詞的沉積。那天晚上，他拉下窗帘，想到將與以上的總合發生關係，他氣餒了。機伶伶打了陣哆嗦，他從那名金髮洋妞身上滑下來。那塊厚而濕的栓塞再一次堵住他的喉管。「Shit，」洋妞吐掉嘴裏的口香膠，輕蔑地皺起她雀斑點點的鼻翼。

於是，這一刻，他再次感覺到海水的陰寒，抖顫地，他在水沫間陷入沒頂的寂寥裏。Shit，他詛咒著，他看到自己又順從地坐向窗前。這些年來，我仍是那名孤獨的孩子嗎？他自問著。他想起當年在本省人聚居的漁村裏，他不會說台語；如今在這異樣富饒的土地上，我講不好英語。問題是我竟找不到一種適切的語言，可以把過去到未來之間的那片空白填補起來。在已知與未知的大塊虛無中，郝清吉模糊地想著有色天的仙女、敦煌石刻裏的飛天，而他無法與那樣豐盈的肉身結合，正像他再也找不回他完整的童年，因此他需要喝采與掌聲，他感覺到瘋婦人柔軟的手，他渴切地舔著婦人她那溫暖多汁的胸脯，而這些年裏，他只是在尋覓一種無聲的語言，在未來發生之前告訴他現在是什麼，而現在告終的時刻，令他終於回憶起他的過去：過去是一種沉積，未來更是過去的遺跡，或許是他的父親，他淒惶地想起住在養老院裏的父親，或許是那位神智不清的老人，手裏緊握著過去通往未來的那把鑰匙，但是他反身把房門鎖上，把那個孤獨的小孩從此鎖進沒有過去也沒有未來的黑暗裏，在與一切隔離的現在，人必須自行去找尋神祇！

就這樣，郝大師在地上設立神壇。可是，當他抬眼向高處仰望的同時，愛戴他的人們卻在他腳下築起更巍峨的祭壇，他們終將在烈火上焚燒他，獻祭的儀式中他是司祭，猖狂的火舌是未來的倒影，而反諷的，他逃離不了身爲祭品的命運：水面散出惡臭與濃煙，拖曳著各色的冥紙，他晶瑩的骨骸在魔魅的歲月裏漂流。那時刻，赫得遜河上煙花的夜晚，波光中他卻恍然瞥見了婦人無言的傷痛，母親，他絕望地喊著，我是你的兒子麼……

郝大師咿唔地喊著，玻璃嘶嘶地震動，迷濛的光影在窗外一圈圈地隱沒下去。蒲團上，郝大師正爲陷入——從過去直到未來——那套咒語裏的自己流下眼淚。紅著眼眶的同時，他正悄悄地自瀆，當他在神壇前面終於彎折下去，他不禁想起那些血色鮮豔的女信衆，而這麼溫熱的女體總讓他想著採補一類的可能，或者，他缺少的竟是基因、食物、有氧運動、毅力及恆心諸多因素的總合，而他莫大的匱乏亦是血源、歷史、記憶、潛意識等等概念的乘積……白日將盡的時刻，他終於看出自己命式裏驚人的玄機，可是，他又知道這類詭祕的心思會令他午夜夢迴時感到極大的不安，而他竟是無能的，他始終是個童子，所有預卜未來的能力反映的是他的被動——願意聽信命運安排的被動。因此，他一直尋找的不是未來，正是他失陷的童年。

8

「我要告別一段時日，」說著，郝大師在淚光中抬起眼……廳堂中迴繞著香煙。兩盞佛燈，几案上放出幽暗的青光。在弟子環繞之下，郝大師平靜地說——這是最後一次——最後一次——將信衆召集到跟前來。

衆人交頭接耳，竊竊地彼此探問，卻又在低語中壓抑顏面上的驚詫。

前一刻，許廣利指著那張墨汁猶未乾的畫作，向衆人說：「我看到了，」搖晃著側轉過身，許廣利在大師面前拜下去，「我看到您佝僂的背脊，」伸出方才逕自顫抖著的手臂，這位最虔敬的弟子向空中一陣比畫，「您的背上，是我們不肖弟子的罪孽，」許廣利淚下如雨道，「我們的罪過，連累了您……」

「您不能走，不要離棄我們。」急步上前，許廣利緊緊扯住大師的衣袂。

幾位女信衆也泣道：「求您，不要離開，」她們向蒲團上的大師一齊跪拜下去。

「大師，不要走，」訣別的氣氛裏，衆人於這一刻相繼哽咽起來。

「大師，」許廣利懇切地，「您，是我們……唯一的救主，您走後，要教我們去……倚靠誰呢？」

「不，」郝大師一一攙起跪在地下的弟子，接著，他燃起三炷香，爲衆人祝禱過後，他張開眼睛，莊嚴地說：「你們，才是我唯一的信衆，……」

「我走之後，你們隨時可以再找一位高僧、喇嘛……」郝大師垂下眼，這一瞬間的他竟無限神傷，「來指點迷津，」他遙望著迢遙的海面，悲悽地說：「可是，我到哪裏？再找一批像你們這樣虔誠的信衆？」

9

當天晚上，弟子退去之後，大師陽台上的燈光倏地熄了。

有人聽見槍聲，有人於這瞬間抬眼凝望：燦亮的煙花在赫得遜河水面上潑灑開來。

以訛傳訛的結果，有人說，子彈射穿腦門的時候，在豔紅的血色中閃爍著——竟是一顆顆如白玉一般堅貞的舍利子！

輯三

天涯共此時

1924年11月30日，宋慶齡與孫中山在最後的旅程中，小說就從這張照片開始上溯。

行道天涯（選錄）

1

想要進入先生的最後一段旅程，只因為那段旅程令人如醉如癡：如果替旅程選個起點，不如就從一張甲板上的相片開始上溯。時間是一九二四年十一月三十日，拍攝的當時，同行的隨員之一曾經由口袋裏掏出懷錶，望了望，十點差三分，在船啓碇前的「北嶺丸」上，拍下這張有紀念性的小照。

相片中，先生的眼神憂戚，著馬褂棉袍的唐裝，一手拿灰色的氈帽，一手鬆鬆地拄著枴杖，臉上暮氣深重。兩個星期以前，也就是十一月十七日那一天，先生抵達此行另一個靠岸的港口上海，當地《文匯報》的記者寫道：「孫氏近來老境愈增，與民國十年見彼時判若兩人，髮更灰白，容貌亦不若往日煥發。」從相片拍攝時算起的四天，先生就到了航行的終站天津，天津的報紙形容他：「面目黧黑。鬚髮斑白。非復前此之豐姿。」事實上，此行以來，各報記者都一再記述先生的委頓神情，有些報紙甚至以他娶少艾之妻不思寶愛身體來取笑。

細看這張在日本神戶碼頭的相片，就會明瞭凸顯他老態的尤其是老夫少妻的對比：照相的時候，站在先生身旁的宋氏慶齡頭微微地斜向一側，戴著一頂皮帽，身上是灰鼠大衣，腳下踩著尖頭窄細高跟的皮靴，細看的話，她微蹙的眉間顯得幽怨，那是屬於春日凝妝少婦的一抹愁情。

下一刻，或許看到了遠遠的六甲山，憶起年輕時候留下的足跡，先生一個人走向船頭，就在「北嶺丸」即將開航的神戶四號碼頭，比實際年齡老了很多的他脫帽站著，逆光，以致額頭上有一團游移的黑影，看不清楚他的表情，因此也不能夠猜測他在思索什麼。找出當日的紀錄，唯一見到的線索就是「先生立船頭良久，脫帽還禮致敬」，而這出現在國民黨官方版本的年譜裏，事實上，那上下兩册比磚頭還沉重的大書充滿了造神運動的努力，以致忽略了革命家的性情其實比一般人更要浮動、浪漫，譬如：先生很容易就從興高采烈轉爲心灰意冷，而且他最擅長作夢！現在先生心裏念茲在茲的國民會議只是夢想中的一項：至於船正離開的神戶，那是他夢想發跡的地方。也只有在最不著邊際的夢裏，中國近代史已經與他一波三折的命運不可或分。目前，他卻還得要斤斤計較別人對他的態度。

事實上，先生這一刻又頗爲欣慰，雖然犬養毅始終未曾露面，更沒有請他上去東京，但前天於高等女校作「大亞洲主義」的演講，已經是《神戶新聞》的頭條；大阪的《朝日新聞》也在頭版上有半面的報導，至少表示仍重視他的動向。「東方王道之干城？西方霸道之鷹犬？」他悄悄地再唸一次那富於聲韻之美的對句，多麼適於傳誦。他舉手，向著岸上送行的衆人，無數條即將斷裂的彩帶。每一回輪船離開岸邊，他都不知道自己是否有一天將回到原地，尤其這次，在啓程之前，他已經囈語般地說出關於自己命運的預言，那是在黃埔軍校的餞行宴上，先生提到將來能否歸來，尚不一定，他說起自己的年齡已經五十九歲，雖死亦可安心矣！近些日子，他隱隱知覺到自己的臟器在迅速惡化，老朋友秋山定輔勸他去九州的別府溫泉療養，但是國家搞得那麼亂，他能夠撒手不管？再說，療養這種事情從來沒出現在他的時間表上，即使日子無多，先生的政治直覺只會讓他更把握目前的時機。「如果不能夠北上，我寧可死！」先生在行前一次次堅定地說著。

船行開始顛簸，進到艙裏的先生卻異乎尋常地感覺飢餓，雖然這時候他的胃已經被蹧蹋到只能夠喝些菜湯。他用湯匙舀著碗裏的紫菜末，送進嘴裏。先生從來喜歡和式飯菜的清淡，卻不習慣像日本人一樣捧起碗喝得呼嚕有聲。一刻鐘後，副官馬湘清理桌面，欣慰地爲先生移走舀到精光的湯碗，馬湘想要扶先生進屋休息，卻聽見他向唯一不曾暈船的同志戴季陶述說那年廣州起義失敗，他與少時的朋友陳少白、鄭士良逃到了這個城市神戶，那是第一回剪斷辮子，他笑道，「一八九五年……」說著，先生望見抖抖索索勉強步出房間的妻子，那年她剛才一歲？兩歲？因此，與妻子結合一開始，他就預見她必然是遺孀。

「羅莎蒙黛，」先生輕輕唸著妻子美麗的英文名字，用眼睛向她示意，要看起來步履不穩的妻子挪到自己身邊。

13

正午十二時，「北嶺丸」在天津法租界的美昌碼頭靠岸。天氣很冷，先生穿的仍是那件馬褂棉袍，脫帽站在船頭。碼頭上高高矮矮的人頭有兩三萬個，不時地呼出：「中華民國萬歲、革命萬歲、孫中山先生萬歲。」先生攙著夫人在口號聲中登岸。船艙裏還有五十萬隻牙刷等待卸下，刷柄印著先生的相片以及大元帥字樣，先生途經上海向雙輪牙刷公司訂購的，花費不多，入京後將作爲反直戰役勝利各軍的紀念品。

先生上岸未曾停留，緊接著就坐上汽車，直駛日租界的張園飯店。張園門口，早搭好了高高的彩牌樓歡迎先生。

台階上，先生一手拄杖，站在人羣中央，拍下此生最後一張團體照。那是天津鼎昌照相館的李耀庭拍的。當時，這家創辦於清光緒初年的照相館又兼採訪社會新聞，供給各家報刊用。爲先生拍照的李耀庭，正主持照相館業務，天津名流與要人的相片都是他的手藝。

先生的行程異常緊湊，根據官方的年譜，下午三點鐘，他坐馬車去曹家花園拜訪張作霖。這也是先生最後一次出門去見客。接下去幾個鐘頭，先生與張作霖會面的情況出現過數種版本，不免有些小小的差池：

正史採用的說法來自當時北京警衛司令鹿鍾麟的文章。文中說，先生見到張作霖前就如臨大敵，先生的參謀長李烈鈞甚至以劉邦見項羽的鴻門宴作比喻，連帶什麼人去——張良、樊噲在哪裏？——都煞費思量。後來決定由汪精衛、邵元沖、李烈鈞、孫科同行。先生幾人到了曹家花園，張作霖居然擺起了架子，不肯親自出迎。坐進會客廳，等候許久，張作霖才出來見面。一時賓主之間沒什麼話說，還是先生打破沉默，操著廣東腔的國語，爲直奉之役張作霖的部隊擊破吳佩孚而向張道賀。聽了，張的神情一點也不歡喜，大概要提醒先生你才是個外人，咳嗽了兩聲，張倨傲地頂了過去：「自家人打自家人，有什麼好恭賀的。」幸而與軍系人物一向熟識的李烈鈞出來解圍，說了幾句場面話，先生再加一句：「回想自從民國以來，當面得到我的恭賀的，也只有將軍一人而已。」這樣才扭轉過來僵局。主人接著請客人用茶。端起茶杯這片刻工夫，可就衍生出來了兩套恰恰相反的解釋。時人楊仲子的一篇文章裏寫著：「賓主交談甚歡，張作霖一再舉杯請大家用茶，並表示願與中山先生合作。」鹿鍾麟的版本卻說：「就在這時，張很神氣地舉起了茶杯請大家喝茶，先生明白這是意味著送客，就起身與張握手作別。」

全面推翻了前述相見情況的則是先生貼身副官馬湘的記憶。那篇叫做〈跟隨孫先生北上〉的自述中，先生見張作霖不是當天下午，而是到了天津三天之後，隨行的只有馬湘與另一位副官黃惠龍。翌日張作霖還來回拜先生。一連二十輛汽車到了張園門口，衛士足有百多人。張作霖與先生再談了三個多小時。張作霖不僅禮貌周到，詭譎的更是談話內容，馬湘記得，張作霖很誠懇地表示，決心追隨先生，願作一個衛士隊長。

先生與張作霖會面的情形姑且存疑，事隔多年，各人的記憶內容，與記敘者當時的立場倒有比較密切的相關。譬如鹿鍾麟，他是西北軍的大將，反直戰爭進入北京的先鋒。鹿鍾麟對於奉軍領袖張作霖素無好感，張作霖如何倨傲云云，反映著鹿鍾麟本人對張的看法。況且鹿鍾麟人在北京，負責京畿衛戍，親眼見到先生，又是二十多天以後先生上京的時候。鹿自己在〈先生北上紀實〉的文章裏表示，有些回憶，他是和孫先生隨員時相過從，聽他們而說寫下來的，他也爲記憶的眞確性預留餘地，鹿在文章前先解釋道：「時至今日，已相去四十年之久，其中許多事實，有的已經記憶不清，甚至遺忘，有的因當時見聞的局限，難免出入錯誤之處。」至於那位記得張作霖甘爲衛士隊長的馬湘，他原是精通拳術的華僑，追隨先生多年。馬湘忠心耿耿，記憶卻難免被思念先生的摯情所混淆！

但以先生本身的角度來看，這一類細節的爭論全都非關宏旨，而他自己一再地吃虧上當，只要是手握重兵的軍閥，先生對這批人再沒有多少期待，因此，與張作霖見面也不過虛應故事。先生所眞正記掛的毋寧是盛大的歡迎場面之後，從碼頭到張園飯店的汽車裏，一路都可見反對中山入津、反對中山與軍閥勾結的白布條。什麼人拉起那樣的標語？不像是敵對陣營的語氣，倒像是國民黨同情人士的意見。這麼說，就連北方贊成革命的人，都不認可他委曲求全的苦心。其實，在臨行之前，丁維汾、張繼等同志也屢屢相勸，勸他不要貿然北上。令先生傷心的還有那些閒言閒語，以爲他北來志在權位。爲此，行前他給段祺瑞的信裏寫著北上商議國事之後即將出國養息的心願。途中的公開談話，先生也表明一俟時局粗定，當遊歷歐美。還怕別人不信，甚至連出洋日期都定了，定在明年春間。先生到了天津，立即又發表切結書一般的聲明：「本人對於一切利祿，皆無覬覦之念。」

趁著最後一抹天光，坐在由曹家花園回程的馬車內，先生不是沒想到退隱，頓挫的此刻，也想過帶妻子到自己的舊遊之地，乘遊輪去美國或者歐洲，與妻子並肩靠在船欄，欣賞地平線上一輪滾圓的落日。但問題是他的棋局尚未見出分曉，更可惜的是，他的實業計畫從沒有機會在土地上見諸實現。即使航行在看不見岸邊的大海裏，他也不可能搖晃著酒杯，事不關己的摟著妻子看夕陽！

下午五點左右，先生的馬車終於又返回到張園行館。臉色在燈影中一片蠟黃，先生扶著椅子就要躺下來。渾身哆嗦著，先生小聲說自己肝的部位疼痛。事實上，先生從來沒有這樣痛過！先生猶豫了半晌，決定請夫人代他致歉，看來他不能夠出席各界代表在樓下大廳舉行的歡迎會了。

14

她喜歡聽S講抓伕的故事：S聲音中似乎有他自己家鄉的朔風，獵獵地響，颳進一片沒有盡頭的高粱稞裏。雖然她很陌生，但她能夠感覺那無邊無際的荒寒。

「哪邊抓到都一樣，槍桿頂著，齊步走上火線罷了！」S餘悸猶存地說。

看著S倖倖然又喜獲新生的臉色，她見到的是一片慘淡的遠景。可憐，大男孩子是沒有將來的，S手臂的肌肉結實，屁股卻平扁，顯示著欠福氣的一生吧！按摩完畢，她獎賞地摸著S滿是汗水的肩膀。她的心裏，深深地嘆著氣，不只因爲那個快要到來的結局，也因爲她救不了S，在某個意義上，她甚至救不了自己。

她執意在紀念亡夫的一本書上放S作編者，另一集關於亡夫事蹟的介紹手册，她也建議由S掛名寫前言。這是她權限中能夠給S最高的榮銜了。

總之，她要讓S知道自己的心意，她已經與他不可或分！

儘管這樣，她時時抱歉地想著，這一刻，她給予S的太少太少。

等S上樓來的工夫，一下子有些走神，她瞇著眼，在遙想高牆外是個什麼樣的世界。

如果年齡不是相差那麼遠，她會不會寧可傍著S，過一種尋常夫妻的生活？早上拎著籃子去趕早市，中午呢？中午應當做什麼？她一時想不起來，她知道的就是這麼多。尋常夫妻的生活她實在所知有限，她甚至於無從想像。

卻也不只她，生長在她們宋家，沒有人可能過尋常人的生活，沒有人逃得掉，她無奈地嘆著，哎，有關出身的歷史規律！

梧桐樹的樹葉都落盡了，她看著窗外，還在想一些漫無邊際的事。

倒有一次，S原本跟她鬧著玩。長手長腳的男人突然靜了下來，聲調有一些說不出的迷惘。S說：

「現在是新社會，我們爲什麼不乾脆辦一辦登記的手續呢？」

她抬起頭來，好啊，她無聲而溫柔地應著。

她注視壁爐裏的那點火光，快滅盡了。她的家成了孤立無援的小島，伺候她的男人，很容易就成爲掃到一邊去的枯葉。

其實，之前她認眞提過一次的，周總理拒絕了她。

她幾乎就要坦白說了，她只想做一個自由自在有婚姻自由的人。

但是周總理何其精明：「以前怎麼樣，以後就怎麼樣好了！」她嘴巴剛剛張開，還沒有發出聲音，那個入情入理的決定已經講了出來——

她望著周總理頗有深意的眼神，她有些失望，繼而又不露痕跡地開心著，她知道，至少在這個短暫的空檔，某些事情是被默許了的。

想提出那項請求，完全是未雨綢繆，要在將來保護S的緣故。

她何嘗在乎什麼名分！丈夫對她來說，只有一些空洞的意義，居孀已經三十多年，而她的婚姻生活前前後後只有十年。

她毋須名義上的丈夫，她只要身邊這個人過的可以。難道正因爲S對未來一無所知？她心裏會在一霎間充滿對S的疼憐。那種近乎天眞的無知，不知道天要塌了——S儘管機伶，他怎麼可能有那種宿命？他怎麼知道？好日子不多！而她心裏明白，最不願意看見的大破壞就快來了。

15

先生來勢洶洶的病，天津的德國名醫史密德已經看過，說是重感冒的症狀。先生撐起身子，望望窗玻璃，十二月的午後有一種陽光不足的慘淡，夫人去英租界參加黎元洪家的午宴還沒有回來。

先生一腳下了地，彎身四處尋找眼鏡。這些年裏，先生曾是個貪得無厭的讀者，只可惜他的視力近來差了許多。當然先生讀書多存著用世的心願，他看法律經濟的著作，總想著哪一套外國的制度立即可以爲中國所用。先生唯一百看不厭的書是拿破崙的傳記，每讀到一八〇〇年，拿破崙越過阿爾卑斯山的一刻，先生都有莫可名狀的感動。那個科西嘉的窮小子，一七九三年以前，所有的經驗就只有困頓與失敗，而讓先生振奮的是接下去幾乎二十年，拿破崙的生涯與歐洲歷史莫可或分！然後再讀到莫斯科市民火燒自己的房子，先生便掃興地丟開了書。

先生戴上眼鏡，拾起茶几上一份報紙，兩天裏他第一次有力氣自己瀏覽：都是各地將領藉著停戰暗地增兵的消息；又說什麼吳佩孚住在雞公山上，正爲一場奇特的瘧疾所苦；馮玉祥決心下野籌備出洋，旅費業已籌得四萬元。先生同時苦笑起來：這個廣東孫君就是指自己，孫行轅消息就是他根據地的動向，民黨分子就是他親愛精誠的同志，包括先生前日到達天津，也成了冠蓋往來那一欄的內容。

先生看看又翻到下一頁去，美國新發明了押送罪犯的摩托車、莫索里尼有意往西西里島休養，……邊欄則是補天丹、延壽酒、調精丸、白帶片、虎骨酒、化積膏、來福片、大喜丸……各種仙膏金丹，夾雜著寶珠出現的消息，分不清是新聞還是廣告，無非中國人不科學的種種證據。若勉強找出北方工業化的端倪，濟南泰康公司的紅燒牛肉罐頭，在報紙上占了好大一塊篇幅，大概是最早的高級食品加工。凝視著一則代募賑捐的消息，先生嘆了口氣，「啼飢號寒之慘，幾乎觸目皆是……況復賑邮未施，而兵燹隨之」，還有一方方的尋人廣告：「音信鮮聞，望見報速告知」、「確否見信，祈示數行，以慰知己」、「鑒自去年戰後久失通詢，見詢示覆」、「京津一帶遍尋無信，未悉鸞棲何方」、「久別想甚，未卜現役何地」、「聞汝投轄重連，不知現差何處」，先生打個哆嗦，感覺到地板緩緩上升的寒氣，這裏實在是自己所陌生的土地！先生想到北方，眼前就是枯旱的莊稼，龜裂的田畝，蓄大辮子的軍隊，不時倒在煙榻上抽兩口，憑著北洋一系牽扯不斷的厚誼隆情，即使有事都可以藉一場壽酒來解決，又因爲無從脫出的舊勢力，先生必須繼續敷衍此刻家裏正羣英聚會的黎元洪。這位民國的大總統，骨子裏是見機行事的野心家。即使目前韜光養晦的光景，黎元洪還代李根源活動河南省長、代蔣作賓活動湖北省長，目的在擺出倚老賣老的姿態，反對段祺瑞上台後純用段系人馬。

想到這，放下報紙的先生無奈起來，黎元洪與他那批精於算計的同夥，其實，他們與發源在南方的革命何嘗有任何因緣？對於北方那一套舊典章舊制度，倒有強烈的依戀之情，儘管穿上了民國的外衣，只要一敍起北洋故舊，就讓先生知悉自己純然是個局外人。事實上，先生怎麼不明白？自己不曾出身世家，小時候常常吃不上白米飯，先生長在廣東香山典型的農村，由於家計拮据，十歲才入鄉塾，十四歲就到了檀香山，從此受的是西方教育。他所思索的與舊大陸的一切都格格不入，先生沒有中試做官的想法，也很少官紳文化的薰陶。多年來漂泊異地，在倫敦、紐約、三藩市，這些有華埠的地方，先生與洪門幫派來往，活像一名講義氣的大哥；到了純粹外國人的圈子，先生滿口英文，分明又成了進退有節的西方紳士。但對盤踞在北方的舊勢力而言，先生最多是個半調子、是個西化了的農民，搞些農民起義的玩意兒！不行，先生愈想愈不甘心，他只是在關鍵時刻缺少實力，到頭來，反而讓那些看不起自己的傢伙……睡在大煙榻上敍敍舊，就收成了革命的漁利。

先生閉著眼睛，記起自己勢必要更改明天進京的計畫，只因爲船頭受了風寒，先生不情願地想：不知道又將怎麼樣橫生枝節？引來怎麼樣一連串的誤會？

16

災難降臨了嗎？那些睡不著覺的晚上，她一遍一遍地這樣想。

災難降落在這片廣漠的土地上，她有清晰的預感，但她又絕對無能爲力。

她愈來愈貪戀的是S的那雙手，S的順服，S的卑屈，愈來愈黯淡的光線下，她不肯睡下，她不捨地望著她生命中最後的男人。

桂花的香氣裏，她心裏隱約知道，是她此生最後一次的歡慶了。

在後院子的陽台上，她拴上一排縐紋的紅綠紙，親手烤了個雞蛋糕，爲S作生日。切了蛋糕，吹熄的蠟燭捨不得丟掉，再點起來。她把手搭在S的肩膀上，煞有介事地教他跳四步。

她原本很會跳舞，無奈電唱機老是跳針，這年頭，也沒有可能換台新的。

他們靠在一起的影子在牆壁上閃爍不定，步子倒漸漸合上旋律，只因爲唱針一再滑進重複的溝紋裏。

直到桌上的燭光熄滅了，他們才在黑暗裏停住腳。

其實，她站定了想著，新中國開始的時候，她就有了這種無以爲繼的預感。

S說他自己要去的是一個很冷很冷的地方。

她握住S的手，S的手沁著汗；她伸長胳臂摸摸S的臉，面頰上燙燙地熱。

S囁囁嚅嚅地告訴她，鄉下有個女人，早年圓過房，還生了兩個小女兒郁郁與珍珍。總得回家看看，去去就來。

別去！去了就回不來了，出了這棟宅子沒人能夠保護你。她在心裏呼喊著。但她說不出聲，她聽見外頭有卡車隆隆駛過，是換防的軍車？她有些走神，想到第一次見到S的情景。

這件事必須有個結束吧，她哀哀地想。到這年頭，周圍都已經一片灰暗了。S臉上的溫度在她手心裏留了一會，又從指縫裏點點滴滴地流走了。

S揚起帽子向她告別，並不瞭解等在前方的是什麼樣的命運，但她知道，她知道自己所有的恐懼都可能成眞。

她站在二樓窗台前，看著S朝大門走，她突然悲從中來，想到最後一次看見鄧演達、還有最後一次看見楊杏佛，接著就是永訣的消息。

當年，她坐在汽車裏，她必須亦步亦趨，望著同志進《申報》報館去發抗議鄧演達被殺害的電文，她怕，害怕連電文也被敵人劫奪了去。

後來，她記得的就是S在雨裏揚起帽子，帽子上一顆五角星星，亮閃閃的，終於消失在黑暗的盡頭。

S走後的許多個夜晚，她躺在那張大牀上，看著天一點點發灰發亮。天濛濛亮的時間，總有半秒鐘，血液彷彿凝住了，她的心狂跳起來：她幾乎以爲門柄正輕輕轉動著，S會推門進來，溫熱的手掌按住她的腰窩，爲她在起牀之前舒活筋骨。

形勢比人強，她也有失去了勇氣的時候。她問自己，難道自己就眼睜睜地看著S走出門去？她在窗帘後面望著他，當時下起淅淅瀝瀝的小雨，她的眼睛是一片迷濛的水霧。許多日子以後，她都聽見那輛軍用吉普在水窪裏發動的聲音。

多麼諷刺啊，她想起自己也曾經相信過海倫・史諾早年在《上海婦女》雜誌上發表的看法：「中國的女子，似比男子忠實勇敢的多。孫夫人是最好的例證！」

過了許久，時間都停頓在接到消息的那一點上！

先是S平安回到了老家。然後她收著了S酒後突然中風的報告。她知道，這一生再也見不到S了。

漸漸地，她才更明白少了S的滋味。凡是S那手絕活壓過的地方，啃，每分每秒的啃，好像有一排牙齒在骨頭縫中間咬，亮亮光光的針尖在肉裏攪，又癢又疼。

七十歲的人，她太老了。從頭再活一遍，也太遲了。

即使S恢復了，她心裏了然，沒有可能再見到他。不是因爲她會更老，而是她知曉時序的意義——他們倆沒有現在，就沒有未來！好在世上還有他的兩個小女兒。她設法要兩個小姊妹到上海來，郁郁與珍珍是S僅有的親人。

17

一連十餘天，先生的熱度時升時降，他在張園飯店養息。

這時候，北方報紙上滿是對先生病滯天津的揣測之詞，所謂「都門咫尺，何日降臨！」敦促的語氣裏，人們判斷感冒是假託的理由。有人以爲，先生正設法擺平國民黨內部親共派與反共派的紛爭，未解決國民黨本身問題以前，不便入京；有人則以廣州欠穩定的局面來懷疑先生，認定他爲了表明誠意，會先聲明取消廣州的建國政府。但也有很多人把先生看成投機派，趁機在天津觀望，弄成諸方擁戴的陣勢才肯進來。更多的人把他看成陰謀家，一面北上開國是會議，說自己「隻身北上，與公商榷國事，對於粵中軍事，早已放棄」，一面暗地在天津遙遙指揮軍隊繼續北伐，毫無與段執政提攜之誠意……

謠言誣指先生另有圖謀，甚至改變了北上的初衷，倒都是沒有親眼見到先生的緣故。這一刻，先生的臉上已經盡是病容，往日他令人驚服的革命精神明顯有消褪的跡象。先生自己明白，無數次的失敗、還有顛沛的日子，確實於他身上鑄下疤痕，他不那麼樂觀、不那麼勇往直前了。先生從來不是寡言的人，好辯原是他的特色，此時此刻，在客廳向段祺瑞派來的代表發過一場脾氣，很反常地，先生摒退左右，拄著杖，默默地踱回房間。

躺在牀上，努力平緩呼吸的當兒，先生知道還不到棄子認輸的時候，但最不能夠忍受的就是目前的一無對策：聽說段祺瑞那套偷天換日的狠招之後，先生做的也只是發表宣言反對，並沒有別的因應辦法！先生揉搓著絞痛的心口，惱恨地想著段祺瑞果然老奸巨滑，竟然以與「籌安會」類似的一個「善後會議」，無非軍人政客把持的分贓大會，就魚目混珠，竄改了自己北上的中心議題——召開國民會議討論國是。當然，這只是段祺瑞釜底抽薪的一招，之前，他趕在先生抵達天津早幾天入京，匆匆拼湊起北京臨時政府，又在宣誓就職的典禮上表示「外崇國信」、「尊重條約」，這一切，也都與先生最重要的主張恰恰背道而馳。剛才，兩位代表進謁，他們把閣員會議那一份「以前所訂條約概當履行」的決議文呈過來時，先生簡直怒不可遏地吼著：

「我在外面要廢除那些不平等條約，你們在北京偏偏要尊重它們，這什麼道理？你們要升官發財，怕那些外國人，爲什麼又來歡迎我呢？」

先生喘口氣，從牀上坐起身，搖了搖茶几上的小鈴，叫人拿來上月初與段祺瑞的通電。先生看著就有氣：這一紙是行前收到的，說什麼「公元勛照耀，政想宏深，命駕北來，登高發響，此天下之所想望，尤南北合力統一之先聲」，那一頁是從許世英那裏轉來的，寫著「大元帥爲手創革命之人，萬流景仰，非親自來京，不足以解決一切」，當時，報社記者面前，段祺瑞還虛矯地擺出「中山不北上，老段不出山」的姿態，現在可好了，等自己到了天津，段祺瑞卻在報上關於時局的談話中惡意地指稱：「孫大炮式撤廢不平等條約萬難附和」！

先生重新躺回到牀上，想著自己不僅將無功而返，還要遭受自取其辱的批評。先生記起了這次北上就是一意孤行，打定主意才讓幾個老同志知道。那時候，看見曹錕下台，北方出現了某種轉機，先生心裏立即燃起新的希望。也怪先生始終過於天眞，第一次如此，每一次都是這樣！先生之前來過北方兩次，後一次是上了袁世凱的惡當，前一次呢？先生想想更加沮喪起來，一八九四年，他那年二十九歲，已經清楚醫技不足以救國，天眞地想要上書李鴻章，那時候，自己的文字上不了枱面，同鄉鄭觀應肯幫忙，還找來太平天國的狀元王韜替他潤飾了一番。剛巧朝鮮東學黨亂，李鴻章正在蘆台督師，後來，王韜的朋友在李鴻章幕下當文案的，只傳回來一句話：「打仗完了再說吧！」那次，先生完全失去遊興，沒有盤桓幾日就回上海了。而這件上書的舊事，先生一直不願多提。除了其中不受重視的屈辱，那種上書，總不脫乞求朝廷垂聽的意圖。這瞬間，先生愈想愈覺得丟人現眼，恨不得徹底忘了才好！至於多年之後，總理信徒又將怎麼樣變造上書的舊事，甚至將他變造成與八十歲的李傳相平起平坐而縱論國事，那並不是此刻病在旅途中的先生有能力預見的前景。

先生望著窗外，樹上剩下幾片搖搖晃晃的枯葉，先生知道北上的目標已經成空，對著這些強橫的軍閥，說服工作根本不可能！這一瞬，先生記得很淸楚自己在神戶時候講過狠話：「如果有人用軍人的資格，在會議席上專橫，不讓大家公平討論，我便馬上出京，請他們直截了當去做皇帝。」到今天，看見的都是最壞的兆頭，但先生眞能夠懸崖勒馬嗎？問題在於……即使扶病回去，他不在乎增添一次失敗的紀錄，卻也再一次證實他是個對現狀判斷錯誤的空想家。手邊不剩什麼籌碼了，先生不知道往後自己還有沒有捲土重來的機會？

18

就從這個時候開始？她體重又大幅度增加！她換上「毛裝」，穿平底鞋，與革命老同志站在一塊照相，沒有什麼裝束上的區分。

每個人終於都一樣了，沒有人比起別人更平等或者更不平等。她無所謂地想道。問題在，她仍然不是一般人！她一向對農民只有概念性的瞭解。那次到田裏採棉花，雖然只爲了態度積極配合地拍宣傳照片，對她來說，已經是最接近民衆的一次。

「老妖精！」

她模糊地聽到這樣的咒罵，從她背後傳過來。她倏地回頭，田裏面一排排採棉花的農婦，聲音從哪裏來？每個斗笠底下的嘴巴都有可能，每張曬多了太陽的臉都一式一樣。

只有她，卻是佯裝的農婦。

全國響起鼕鼕的戰鼓，她知道自己的處境愈形危殆。她早就不在任何的重要會議裏列名，關於她曾經祕密再婚的謠言充斥著市井。第一次，她知覺到孫中山的遺孀地位不能夠保護她。

她可以降格，從租界裏的上層社會到充滿同情心的知識分子。再往下，到了普羅階級，她下不去了。

她可以清晰地聽到批判她的叫陣：妳這個老女人，小資產階級情調太嚴重了。

她當然知道自己的生活方式絕對是捱批的對象。她曾經有的快樂一向與無產階級革命的教義相牴觸。

「我們的隊伍向太陽，腳踏著祖國的大地，背負著民族的希望，……」她摀住耳朵，趕快把這鼓噪的發了瘋似的中央台轉掉。

耳朵裏聽到的是毛主席，牆外都是高舉著毛主席相片的遊行隊伍，毛主席半身像的鏡框掛進她家的每一間屋裏。

標語牌經過的時候，外面一陣喧囂，望著從天花板垂下的吊燈搖搖晃晃，她告訴自己不要怕，什麼大場面她沒有見過！但她的腿不聽話地打著顫，她胖大的身體驚悸地抖了起來。

沿途都祕密安排妥當，周總理關照，要她北上是爲了就近保護她。

隔著車窗，外面是一些灰白的曙色，街頭她記得的各式早點攤子顯然已經一個不剩，她只能夠費力地張望著，掛上橫幅與標語的法國梧桐是怎麼樣的蕭條景況。她簡直不能夠相信，舊日的上海消失的無影無蹤了。

突地一聲，車窗玻璃被什麼打了一下，露宿街頭的紅衞兵們卻好像被那劃過玻璃的聲音喚醒，她害怕地閉著眼睛，耳朵邊的人聲，千軍萬馬一樣地殺過來了。

19

先生由天津進京的日子是一九二四年陽曆除夕。那天氣候晴朗，但溫度偏低，風大。先生此刻的病體已經禁不住折騰，火車的速度比平常緩慢，鐵路局替先生預備了專車，計三〇八號睡車一輛、二二二號餐車一輛、一〇一號京奉包車一輛、一三二號津浦包車兩輛……鐵路沿線皆屬奉軍的勢力範圍，儘管外人對先生的病情頗多臆測，張作霖總擔心這個時候再生枝節，通令津京沿路軍隊嚴加保護。張學良還站在天津的月台上恭送先生。當年的少帥雄姿勃發，天庭飽滿的面相看不出半生周折的命運，更看不出晚年他將慈眉善目地作一個虔誠的基督徒。

下午三時許，火車載著先生穿過奉軍的領地，到達北京市郊。這時候，北京地區的治安仍由馮玉祥遙領，過去三個月內，負責機構因爲政局的改換三易其名。十月二十三日，馮玉祥倒戈回京之初，叫國民軍北京警衛司令部；十一月一日攝政內閣成立後，黃郛重新命名爲京畿警衛司令部；十一月二十四日，段祺瑞的執政府又改作京畿警衛總司令部。無論什麼名稱，司令倒都是鹿鍾麟。鹿當時是馮玉祥的心腹，後來據鹿在回憶錄裏說，先生入京之前，司令部與閉居天台山的馮玉祥每日電話往返，馮一再向鹿表示，先生本由自己相邀北上，想不到，就在這一兩個月情勢逆轉，去了直系來了皖系，國民軍回師的意義已經消失，大局操控在段祺瑞手中，如果此刻與先生晤面，反而引起段的疑忌。馮只能叮囑鹿鍾麟小心保衛先生一行的安全。因此，鹿鍾麟對於前門車站擁擠的人潮尤感不安。他從永定門車站悄悄跳上車，希望勸的動先生躲過人羣，就地在永定門下車。

鹿鍾麟把帽子托在手裏，急步走進先生的車廂。先生看到他愕然的一張臉，知道面前的人大吃了一驚，也許因爲先生不是坐著而是斜靠在臥舖上，顯得尤其衰弱，先生不願意承認的是，自己的臉色灰白的像一張紙。先生很費力地握住鹿鍾麟的手，說了幾句客氣話，卻堅持依照原來的計畫在前門車站下車。

先生的估算並沒有錯，這個當兒他的安全無虞。下午四點二十分火車進站，前門車站紮著松花彩牌樓，一片萬頭鑽動。有人用白色小旗寫「歡迎」字樣，有人晃著大大小小的標語牌。副官們攙扶先生下了火車，先生的體力只能夠支撐他向歡迎的羣眾微微點頭，幾乎腳不沾地挪了幾步又上汽車。坐在轎車裏，先生看見尾隨的車隊插滿了青天白日旗，他聽見好幾個鼓號隊奏著重疊的軍樂，望著車窗玻璃外的麗陽門與前門，先生想到這是個根據方位建築的城市，而地圖上中軸線的終點，曾經是他矢志推翻的目標，清帝早已退位，溥儀亦被馮玉祥的軍隊趕出宮去，不幸地是，先生依然有志難伸。辛亥革命十四年以後，在那塊僻處一隅的省分，先生沒有什麼軍隊、沒有充裕的財力、除了俄國之外沒有外國的支持，因此他必須隻身北上。相似的處境是一九一一年底先生回到上海，人們盛傳著先生的箱篋裏藏了巨款，甚至同志之間也存著這種指望，先生在記者會上的答覆是他一文不名，卻帶回來了革命精神。先生始料所不及的是等到今日進京，他仍然只有革命精神！

想著，先生勉強打精神，向窗外揮揮手。後面的車隊正向兩旁散放傳單，猶如一些飛舞在零度氣溫裏的彩蝶。「中山萬歲」、「革命萬歲」……長安大街上一連迭地歡呼，就連天安門廣場上的枯樹幹也跟著聲浪起伏震盪，先生有點訝異於北方同志的組織力量，當然更重要的原因是這裏的人們愛戴我，但是先生愈來愈不敢這麼講了，「大多數中國人民，都是支持我的」，眞的嗎？近些年來，先生在各種場合說這樣的話，一直到他自己也分不清是不是眞的。過去十幾個月，先生卻意外地從俄國一場革命憬悟了些什麼，他開始反省到正因爲自己缺乏民衆支持，才必須不時地仰仗或依靠一位或幾位軍閥。換句話說，先生作爲國民革命者的局限性恰恰在於他不能夠發動羣衆！自從他立志推翻清室，單憑主張、威望、說服力，其中最管用的是先生驚人的意志，革命勢力最蓬勃的時候，他所能夠策反的竟也只有學生、華僑、與一小撮依仗他的南方軍人，至於華僑，他更是激起他們熱情的專家，憑著先生賣冰給愛斯基摩人都會賺錢的第一流口才，一張張永遠不可能兌現的軍需債券，印著「此券實收到美金拾圓正，本軍成功之日，見券即還本息百元」，騙術奇譚一樣地辜負了華僑們的希望……

從前門到北京飯店只有短短一段路，先生已然回憶起自己半生的挫敗，問題是，自己的革命事業救了中國？還是給中國帶來更大的破壞？想著大軍閥橫行於中樞、小軍閥擾亂於各省的事實，而不爭氣的尤其是他那南方根據地！近一年，他致力於黨的改組徒然引起黨內分裂，整頓財政又引起外國與商人的反對，愈來愈多人認爲他糜爛廣東，商團鬧事更是致命的一擊，外國的《密勒氏評論報》甚至出口傷人，把先生說成「中國最黑暗的汚點」……車裏，先生頹然放下了答禮的手，一陣一陣地，他感覺到體內絕望的痛楚！

34

她繼續坐在那裏，點起一隻香煙，她不小心把眼光移往牆上重新裝框的照片，她覺得恍如隔世。當年她愛這個人嗎？那是多麼久以前的事了。但不管怎麼說，她必須承認，她再不可能碰到一個人像孫文，有這麼多改變世界的夢想！

不只畫出水道、點出險灘，希望十年內修築二十萬哩鐵路，製鹽的方法、開煤礦的方法，丈夫連做罐頭的方法都想研究的清清楚楚。

「願吾人之理想，將欲於有限時期發達此港，使與紐約等大」，她坐在牀上，記起了她解放初期特意去過一次，實業計畫裏第一計畫的北方大港秦皇島！

當時，直隸灣強勁的冷風颳著，眼前一幅荒寒的景象，港在哪邊？她苦笑了，感覺樸拙的字體在身邊冥紙一樣地翻飛！

她知道那是不可能實現的計畫，她從來就明白丈夫有太多不切實際的空想。但她能夠瞭解，丈夫眞是全心全意巴望中國強大起來：「由是言之，其供給分配區域，當較紐約爲大，窮其究竟，必成將來歐亞路線之確實終點，而兩大陸於以連成一氣。」當年，她坐在桌子前，筆錄員似的寫下丈夫口述的計畫大綱。

手指夾著一根「貓熊牌」，像暗夜裏的星光，她又斷斷續續記起來，那一程一程的艱難歲月。當年，一九一八年初春的廣州陰濕欲雨，她的皮膚病犯了。從她窗口望出去，珠江上方時而浮著一層白茫茫的瘴氣，她閉起眼睛，恍惚聞到水面上動物腐爛的味道。

誰能夠想到幾天之中，就窘迫到連大元帥府的日常用項都開不出去。一早一晚，她看著丈夫凝重的面色，便知道前一陣蘇俄十月革命帶來的憧憬已經成爲過去：當革命成功的消息傳進廣州，丈夫與人家的領袖列寧比較比較：一點也不輸啊！事實上，列寧也是從外國回來趕上武裝起義，丈夫甚至時機上早了六年，看來，不只六年的時間全白費了，他們正一無進展地困在廣州。這一次，丈夫「進可以攻退可以守」的算盤又打錯了，名義是軍政府的大元帥，靠著軍閥的施捨過日子，實際上已經陷入進退維谷的絕境之中。

她還模糊地記得，在一九二一年，丈夫決定由廣西集師打湖南。

那算國民黨第一次北伐嗎？她不是那麼確定。

同年十二月，她跟到了丈夫在桂林的大本營本部。她從來沒有看過那麼混亂的省會：街上掛著「談話處」的布帘子，裏面是公然吸鴉片的毒窟。軍人公開經營賭場。桂林當時有贛軍、滇軍、黔軍、粵軍各種雜牌隊伍，隨時看他們走進妓院打架鬧事。每天早晨，城腳下都會發現士兵的棄屍。

當年她簡直驚呆了，她原來就知道丈夫是作夢的人，到前線她才知道，爲了縹緲的夢想，一次次地，丈夫需要什麼樣的毅力，必須忍受的是些什麼狗屎！

偶爾在更恐怖的夢魘中，她記起當年怎樣從粵秀樓逃走！千鈞一髮之際，她頭戴著姚副官長的草帽，身披丈夫的雨衣。前方府內的士兵正往外衝，又一隊是由大門繼續進來搶掠的亂兵。她的視線模糊了，臉上都是豆大的汗珠，敵人的子彈正向粵秀樓連著總統府的棧橋掃射。

「打死孫文！打死孫文！」她聽到叛軍瘋狂地叫陣，她一面在心裏罵陳烱明做得太絕，一面慶幸丈夫已經先一步脫身。

走過棧橋，又是一陣砲火。她再也走不動了，任憑衞兵一人抓住一邊肩膀扶著前進。突然她看到一幅奇異的景象，兩個人在巷子裏面對面蹲著，眼睛不動，她心裏一懍，驚覺到他們已經死了，大概是流彈所射殺的——她嘶喊出來，小腹一陣疼痛。日後在夢裏，她反覆地看見自己下體滲出了殷紅的血水。

許多年後的陰雨天，想著她在陳烱明兵變中失去的胎兒，她會自覺體內很特殊的某種反應。她不小心看過書本彩頁裏的胚胎雛型，過大的頭以及像瘦細尾巴一般不相稱的身體。胚胎在子宮中著牀，然後一天天逐漸成形。

似乎還可以感知體內有一團模糊的生命。然後，嘴裏迴盪著血腥的味道，從咽喉衝上來的，她覺得一陣陣酸軟由小腹向上繼續翻湧。

35

先生病入膏肓的消息對某些人不啻一則喜訊。事實上，張作霖就公然宣稱：掃除了孫君從中作梗，統一的路途反而好走！先生倒不是第一次被視爲統一的絆腳石，徐世昌在一九二二年辭去北洋大總統，人們便逼迫先生在南方放棄總統的名銜——讓給黎元洪嗎？先生不肯！人們怪他破壞法統，連蔡元培也這樣說。美國當時的駐華公使更公開形容他爲「統一的明顯障礙」。

手術後第三天，先生體溫如常、脈樞和緩，傷口沒有發炎的跡象。事實上，先生在晨光中醒來的第一個感覺是割治經過良好，自己正漸漸復元。隔著窗玻璃，先生睜開眼就看到對面的另一棟樓，離地有不矮的一段距離，憑著對地形的判斷力，先生估計自己住在三樓上。窗口一棵槐樹、四棵柏樹，附近的樹木不少，先生猜測這間醫院有很好的中庭花園，哪裏還蓋了一間暖房？先生看見病房的角落擱著扶桑，大朵地掛著粉紅色的花。簡直像在西洋，室內似乎也是歐洲味道的裝飾，壁燈燈罩上都鑲著繁複的金邊，讓先生聯想到自己香山的居所，整修時他親手畫設計圖，陽台上半圓形的拱門，兩個樓層完全對稱，他採取的也是中西合璧的建築形式，先生這一刻閉著眼睛，記起他自己寫的楹聯：「一椽得所」、「五桂安居」，當年先生覺得頗爲滿意，至少，情境很貼切。再次睜開眼睛的時候，醫院上空正好有飛機經過，先生聽見嗡嗡的引擎聲，自己主持過一次飛機的命名儀式，想著酒瓶撞到螺旋槳軸頭的一瞬，先生恍然要掙扎坐起來。「羅莎蒙黛」，先生用夫人的名字稱呼第一架中國製造的飛機。

青天白日漆在四個機翼上，輪子塗的寶藍色，最令人振奮的是試飛成功，居然愈飛愈高！那是在廣州機場，病榻上的先生可沒忘記香檳灑在飛機翅膀的歡欣情緒：代表一飛沖天，從此脫出貧窮與戰亂，同時也代表迎向外面的世界。外面的世界到底怎麼樣了？——若是手術順利，自己不久就可以出院嗎？——先生自知在任何時刻，因爲革命家的本質，他不容易被擊倒，最頓挫的環境下，他寧可樂觀地想像未來，而他對外界事物一向比對眼前難題的興趣來得更高。想起來，那批外國人也是基於同樣的原因吧！動盪不安的年代裏，鋌而走險的國際冒險家紛紛到了他的廣州根據地，對國際冒險家來說，廣州是個依然具有革命可能的地方。止痛劑消褪前的祥和光景中，先生想著自己一心一意建立的空軍，還有一位來自舊金山的美國人艾伯特，在軍政府當航空教官。先生不只讓艾伯特訓練學員，已經正式進入空軍的編制。二十幾歲的毛頭小伙子，先生就倚重他，給他中校的官階。

手術的狀況究竟如何？先生又有些直覺的不安。他試著翻轉頸子，卻記起了那一回命名典禮，艾伯特坐在駕駛座上，夫人在雙人座的左側試飛飛機。飛上天的時刻先生按住頭頂的禮帽，他有一瞬間的走神：如果摔下來呢？夫人剛剛三十歲。事實上，自從罔顧所有人的反對而結合，夫妻倆曾經一再臆想過各種形式的訣別場面：驚魂的刹那包括月台上的刺客，像三年前被狙擊的粵軍參謀長鄧鏗，一顆子彈貫穿了胃部，同時粉碎掉先生與陳炯明達成妥協的可能性。要不就像十三年前的血案，也在車站的剪票口，兇手殺了當時代理國民黨理事長的宋教仁，子彈靠近心臟，先生雖然沒有站在那裏，但旁人的描述中，說著陳其美愈哭愈大聲，一路喊：「這事眞不甘心！」

先生已經慟的彷彿身歷其境。也因爲那樁血債，討袁成爲無可避免的下一步！等到一九一六年陳其美在上海遇刺，又是射進頭部的一顆子彈……先生躺在牀上，想著這回自己的手術若不成功？腦袋裏嗡的一聲，那些死難的同志已經來到眼前，一個一個，從民國未成立就前仆後繼倒下去，他同鄉友伴陸皓東開始，史堅如、楊衢雲……這時刻，先生腦海裏旋轉著一張張就義前的面容，比起那些人，他自己少有涉險的機會；近幾年間，爲了安全起見，身邊還跟著一兩位精通拳腳功夫的副官。但他想像的卻總是自己最後的時刻渾身沾血躺在女人的臂彎裏，畢竟太浪漫了。當時，飛機離地的分秒先生有一霎時的驚疑：他從來沒有想過的，如果是她先走呢？

其實，一九二一年在永豐艦上，砲聲隆隆的間隙，先生眞以爲大限到了，自己即將握著年輕妻子的手一同死去。躲避砲火的黑暗裏，巉岩頂上一點游動的燈光，讓先生唸著已經回不去的粵秀樓。他們卻只能夠漂流在海上，像一雙息隱江湖的情人，問題是他壯志未酬，一敗塗地的陰影底下，再纏綿的愛情也注定了於事無補。他的軍隊只剩下幾艘不能夠靠岸的艦艇，陸地上盡是反叛他的陰謀。兩個月的時間，讀地圖、躲避水雷、向岸邊發射幾枚砲彈，幾乎是他在艦上所有的活動。偶爾一位英文報的記者上來座艦，先生要多麼努力才抑制住深藏的創痛，三十年慘澹經營，就這樣毀於一旦！先生悲憤地望著一路涉險而來的夫人，在逃難中又失去了她的胎兒，當時他來不及多想，夫人也懂事的不願再提起——

痲醉劑的藥效逐漸消褪，先生重新感覺到尖銳的那種疼痛，仍然在老位置上，胃的下方，似乎又不是。他知道，有可能騙不過自己，手術成功的機會其實極小，往後甚至沒有餘力再向妻子說聲抱歉，他爲自己常年來不應該的遲鈍落下淚來。多少時日，尤其在失望灰心的歲月裏，先生明知道唯一能夠拯救自己的只有愛情，然而辛酸的是，他卻不曾愛上任何女人！在這分秒間，他從手術中清醒的一瞬，摸著毛毯上的餘溫，妻子必定整夜趴在牀邊，他記起她最愛吃長滿綠點的乳酪，他也記得她身上時好時壞的遺傳性濕疹；……先生覺悟到夫妻間的恩義還是牽扯他的力量，想著年輕的妻子他破天荒感到了不忍以及不捨，他怎麼能夠拋下她？疼痛又開始劇烈起來，他渾身都是冷汗，在永訣的預感中，他甚至夢境一樣瞧見了莫斯科，多數史達林式的宏偉建築尚未竣工，他的遺孀在那充滿帝國榮光的城市如同鑽進了迷宮，一家中庭有杜噴泉的酒館裏，她百無聊賴的醉倒了。「孫夫人，」是誰搖晃她的臂膀？那樣的稱呼恍如隔世。這一刻，先生更遺憾著沒有替他的未亡人留下什麼，連一個小生命都沒有。逃難中，她失去了此生唯一的妊娠，作爲一個六十歲的男人，先生怎麼不知道呢？悲傷將在妻子往後的日子裏延長不已，每當春雨綿綿密密的落下，母性的情懷將在她身體裏持續召喚，陣陣的酸楚，就好像是隱隱作祟的空虛之感。但是，從永豐艦的時日起，先生也比什麼都清楚，這種空虛是她獨有的，不只因爲死亡將使他們分開，也因爲作爲革命家的妻子，夫人總是十分克制，很快地絕口不提這一次妊娠。此時此刻，先生禁不住忍著痛安慰自己：往後若是回憶起來，妻子會不會自己懷疑，那一回，究竟是眞正有了身孕？還是在槍林彈雨中關於流血的幻覺？

47

到這一刻，只有先生還不相信死神已經近在咫尺。他的頸部鬆軟無力，腳背鼓脹起來，手臂在側睡的時候放在他的腰部，立刻滑了下去。望著先生，馬湘才知道任何不經意的姿勢原來都需要體力。而他的主人還能夠言語，當馬湘靠近先生的嘴邊，簡直不相信自己聽到了「四姑」。「四姑，」先生斷聲地喊道，在這個時候，唯一沒有受到損傷的是過去的嗅覺，先生聞到四姑身上的汗味，難道剛才還在爲過往的同志洗衣做飯？汗水濕溚溚的，順著臉頰邊的頭髮向下淌，混著某種甜而膩的狐騷。喔，不，那早就不是關於恩情的記憶，深切的竟然是做錯了的憾恨，自己什麼都沒有給她。像先生的元配盧氏，長女亡後，至少還剩下一兒一女，而他們對母親都比對父親更親近。像年輕的妻子慶齡，雖然將失去丈夫的翼護，但她畢竟教育受的完整，還有一個大家族可以投奔。只有四姑，始終是無求於他的一個女性。

「四姑，」輕的像一聲嘆息。馬湘適時地握住先生滾燙的手，令馬湘驚異的卻是那種乾燥的灼熱。先生呻吟地哼出她的名字，四姑、香菱、陳粹芬，那麼太久遠的從前，在南洋、在日本橫濱，在先生奔走革命前程最黯淡的年頭，先生記得的她雙手粗壯，屁股豐滿，連乳頭的皮膚也生滿棕黑色的皺褶，好處尤其是每一次先生說走就走，她從來不敢過問男人的去向。只有一回，鎮南關之役前的晚上，喝了幾杯送行酒，四姑的眼圈紅了，流露出來一些醉態，竟然扯住先生的臂膀緊緊不放。是哪一年？先生記不清了，他們倆後來又見著面了嗎？先生也忘了。只知道四姑始終未嫁。那麼自己留給她了什麼？噢，先生記起那隻康德黎先生送的金錶，他留在四姑身邊，聽說四姑不時地拿出來給別人看看，四姑、四姑，他一遍一遍出聲地唸著，以免忘記那個與他生命中曾經活潑的精液合而爲一的名字！

站在先生牀前，馬湘檢視著先生的手臂，青青的筋脈，浮凸在皮膚外面。多年後，馬湘在回憶中寫著，他記住的還有先生糞便的顏色，以及遺蛻經過處理空盪盪的身體。但在此刻，對馬湘來說，先生會好起來，他怎麼樣也不能相信，兩個月前，先生還是好端端的一個人！這些年來，他跟隨先生到過許多地方，與先生分享著許多珍貴的回憶，他原本是海外專長八卦劍的洪門兄弟。護著先生，他記得躲過了不只一次的生死交關。馬湘最津津樂道的是先生經過梧州的那一次，先生乘滑竿上望夫山視察情勢，半山腰一根滑竿斷了。後來先生枕著他的手臂自山上滑下，他手臂上有幾處擦傷，先生卻連衣服都很完整。這個插曲在日後愈說愈千鈞一髮。那幾年有機會保駕先生，就是馬湘此生最值得稱道的一段奇遇。

這時候，像奇蹟一樣，馬湘聽見先生的聲音：

「抱我起來坐下！」

馬湘抱起先生，這時候，馬湘先發現先生的身體已經輕了太多。馬湘把先生抱在窗枱上，再低下頭去，將先生的左腳放在肩上，爲先生輕輕搓揉著。馬湘感覺到先生的腿腫未消，腹部又有積水，肌肉已經失去了伸縮力，摸起來，竟是滑膩的一片。

那天午後，先生的體溫倒沒有如同前幾天中午一樣遽升起來。看見先生面色的人，都以爲中藥產生了特效，奇蹟終於出現。更像奇蹟的是，先生竟然開口想吃葡萄。後來，馬湘坐著汽車找遍了全北京，才在傍晚時買了幾串回來。

剝淨了皮，放一顆在先生嘴裏。先生口部肌肉動了動，一陣嗆咳，還沒有吞進去，已經把胃裏的苦水嘔了出來。

48

有時候，夢裏是探照燈的光束忽然交叉忽然分開；她浮腫的臉上現出不正常的潮紅；有時候，敲窗的驟雨中，她發出模糊的囈語。直等到半夜閃電的一道光痕，她才抖抖索索地抹去自己臉上濕濕的口涎。

似睡非睡的光景，她把眼光移向牆上孫文的照片。下一道閃電的瞬息間，她發現自己的面孔愈來愈像照片中的丈夫：平整的五官、渾圓的下巴頦，簡直分不出性別，到頭來，嘴角掛下來，也就頹然放棄了。高齡把她原來容貌上的優勢打磨殆盡，老年，原來就是某種趨同的過程——

打發時間吧！癱在牀上的日子，她常常算自己什麼時候老的。腳不能動，她頭腦還很清楚。她在一路回溯本身的角色：早年，人們試圖把她變成與孫中山有關儀式裏的花瓶；甚至更殘酷地，好像裝在錦匣中的陪葬物、或者釘在鏡框內的蝴蝶標本。天知道，她多麼努力地去反抗，自己不只是他的遺孀！

可笑的是，到這幾年，難道又翻轉過來？——她自問道。文革雖然成爲歷史了，丈夫的地位未見恢復，無論她喜不喜歡自己遺孀的角色，卻彷彿亡夫的守護神一般，年年被四個大漢抬下樓，一路抬進禮堂，在行禮如儀的紀念會裏唸演講稿。

演講稿裏的那些話，她其實是在體恤死者的意思！

她迷茫地想，丈夫始終沒有了悟，這世界終於是一片荒涼。

她記得丈夫極不甘願的面部表情，到臨死的時候都存著僥倖的心思：以爲也許會贏，牌局還沒有結束！

比起丈夫，後來政壇的鬥爭中，是她有機會站在勝利的一方，她幫忙建立了社會主義新中國。那年十月一日，她領著頭，登上天安門城樓參加開國大典。現在呢？她坐在病牀上怔忡地想，經過一場文革，綜結這一切的語言是：誰也沒有得到最後的勝利！

她摸著自己佈滿老人斑的面容，勝利是假的，什麼又是眞的？像她，對眞心愛過的人倒始終堅貞不移！

她與丈夫不一樣，她想，她從來沒擔心過歷史會怎麼樣寫她。

百齡箋

1

一百歲生日前幾天，玳瑁殼的眼鏡後面，老婦人作過手術的眼睛流光閃爍。她握著一枝金質的自來水筆，知道這冗長的角力已經結束，她戰勝了時間，誠然是意志力的結果，青春永駐的祕訣卻在於她努力記得過去所有的事。點點滴滴，她都寫在信上，雖然下筆愈來愈慢，她的筆跡如同多年前一樣清秀。

今天午後的第一封信，寫給育幼院第一屆畢業同學，想到他們曾經年幼失怙，她的心裏自然浮起一陣暖意，這也是她跟現實世界最眞切的聯繫。老婦人寫得輕鬆自如，午睡醒來就已經在腦海裏打好底稿：

多謝送來珍貴的生日禮物，你們對我懷著孺慕的情感，而我對你們也存著一份逾恆的關注。你們要記得秉持我們育幼院的精神，尤其要感念　總統的德澤，這對於你們的前途來說，可以發生很大的潛在助力，而我對於這一點，更希望你們能夠篤行實踐、奮發向上，使這一

股助力不斷滋長，去創造光明而遠大的前途。

她看了一遍，決定在「**總統**」兩字上面空格裏加上一個小小的「**先**」字，成爲「**先總統**」。她自己再讀一遍，非常滿意。唸在嘴裏的時候，覺得似曾相識。

是不是寫過同樣的信？

這一生中，少說也寫了上千封信，當然有重複的可能。只怪太多的信要她動筆，多少不可能的事因爲她寫的信而奇蹟一般地發生。一直到後來，她不諱言有些事情讓她十分寒心、十分失望，她卻不肯承認是自己的信出了問題，它們有失效的時候。

事實上，信的意義尤其在留下紀錄，證明她曾經說過。先前每一樁無可挽回的歷史錯誤之前，她都預先在信裏提出警告：

——歷史自有公正判斷

——爲視而不見者進一言

——小心，不要走上恥辱的道路

面對這個是非混淆的世界，就像她努力挺直的背脊，夫人慣常在信裏維持義正辭嚴的姿態。她把寫給華興孩子們的信裝進空白封套，桌上其他的信也等著她回覆，還有一疊收到壽禮的謝函要她簽名。夫人雖然終日不停在寫信，她卻仍然厭煩這些煩人的禮數，讓他們等等吧，夫人臉上浮出莫測高深的笑意。玻璃板上攤著封早晨寫了一半的信，將是她寄出去給柯林頓總統的第四十三封信。一本緞帶紮的記事簿中有詳細的紀錄，她親手寫下寄出的日子，順便一一編號。這些年裏，她總共收到三封回信，印著美國國璽的雪白信紙，簡短而誠摯，字裏行間，她讀出了再度邀請她去白宮作客的訊息。

親愛的總統柯林頓：

現在美國正慢慢地但是無疑地被捲入另一個世界戰爭的災難中，唯有憑藉有遠見的人民以及虔誠奉獻的能力才能夠拯救我們自己——

「拯救我們自己。」夫人喃喃唸著：Ourselves，**「我們自己？」**，夫人心思細密，許多信都是要留作研究民國史的檔案，她擔心落人口實，引起不必要的麻煩，於是把**「我們自己」**畫掉，改成**「你們自己」**。

唯有憑藉有遠見的人民以及虔誠奉獻的能力才能夠拯救「你們」自己！

夫人立即發現語氣太弱，多年來在政治核心裏打轉，夫人自有她的政治智慧，她對遣詞用字尤其敏感。那時候報紙上剛才出現「老賊」兩個字，她與外甥令侃討論了一陣，就想出了「老幹新枝」的絕妙好詞來回應：**「譬如大樹雖新葉叢生，而卓然置基於地者，則賴老根老幹。」**但夫人無論如何還是率性的人，活了一個世紀的女人，不必有太多顧忌，她告訴自己，何況以前一篇篇擲地有聲的演講稿，她從未掩飾本身對美國的感情：

每次離開美國，我總不免意緒茫然。我不僅是一個前來訪問的遊客，而且我曾在這裏度過多年的少女生活。我在這裏接受了我的全部教育，美國就是我的第二故鄉。我會用你們的語言，不但用你們思考的語言，也會用你們口頭的語言，每次到了你們這裏，我就像見到自己家人一樣。

她屢屢這樣講過。只要講起英文，夫人就毫無困難的回到少女時代的正直、爛漫，寫信的時候尤其眞誠可信。她沉吟了半晌，決定聽從發自內心深處的聲音。

唯有憑藉有遠見的人民以及虔誠奉獻能力才能夠拯救「我們」自己！

這樣折騰幾回，一個早晨也快過去了。夫人準備用鏗鏘的句子結束第一段：

歷史將進一步證明現在仍爲我們所不知道的各種邪惡事實。

各種邪惡事實，Vicious Facts？Sinful Deeds？All kinds of Vile, Sinful Deeds？夫人推敲了好一陣子，終於決定保持一點距離，夫人把上句話中的**「我們」**改爲**「美國人民」**。

歷史將進一步證明現在仍爲「美國人民」所不知道的各種邪惡事實。

第一段總是最困難。夫人喝了一口豆青色蓮花杯裏的百合湯，午後的天光裏，把那張寫了一半的信紙鋪在眼前，當下速度就快了起來：

我無法不想到那次戰爭中的悲劇以及那些傷痛的歲月，更無法忘懷中美兩國人民並肩作戰的道德勇氣。

夫人用詞非常準確，寫到「**傷痛的歲月**」這句話，一秒不差地，勾起她巡視抗日前線種下的疼痛。整整六十年前，傷的是肋骨，後來變成風濕，陰氣重的冬天，一絲絲痠冷，脈搏似的在每個關節亂竄。夫人用左手揉右手微微腫大的指關節，老了，老了，I Am An Old Hag；夫人喃喃自語，對陪伴她多年的疼痛，感覺到的反而是熟悉慰貼的滋味。

我曾一再向您剴切申言，戰爭爲人類最狂謬的事，爲確保一切民族和平與繁榮，不應容許戰爭再度發生。

寫到戰爭，夫人一貫地慷慨陳詞，她是戰爭的倖存者。除了跟自己人寫信，她在每封信中都免不了提到人生最高峯的經驗。隨著戰爭的結束，她的困厄命運就此拉開序幕。多年之後，那塊綠意盎然的小島上，在蒼涼的心境裏，她愈來愈像一個外來的借住者。她聽見人們竊竊私語的聲音，看見人們詭異而爲難的臉色，七十八歲的老婦人，她試著過遺孀的日子，年老才失勢的遺孀，還有比這個更糟的處境嗎？許多時候，對舊大陸一些殘餘的印象，是她與眞實世界唯一的接觸：

戰爭沒有失敗，數百萬同胞正在致力於長期鬥爭。只要一息尚存，對上帝懷有信心，就要繼續奮鬥，無一日無一時不用來爲爭取自由而奮鬥。……要以不屈不撓的精神和生命賦予的毅力，打擊敵人，消滅敵人。

一遍又一遍，她一再地寫，由於寫的次數太多，以致她覺得思想的速度遠超過寫字的速度。柯林頓總統呀，道義上懦怯的人們拋棄了我們，我以沉重的心情敬告你，沒有人願意提醒你眞正應該做什麼，但每個人都懂得如何告訴你，你期待要聽的聲音。善於逢迎的小人在你面前恭維你，同時在你背後嘲笑你，我看過歷史怎麼樣翻雲覆雨，人們在措手不及的情形下已經被掃進歷史，不，套句馬克思主義的術語，被掃進了歷史的垃圾箱。這就是時間的詭計。夫人的表情神祕而悠遠，在這一刻，她突兀地記憶起丈夫生命中其餘的女人，原先掐得出水的肌膚，讓男人恣意地進出幾次，不多時就老了；眞是時間的詭計。她也親眼看過時間在別的女人身上怎麼樣呈現摧枯拉朽的力量，即使同父異母的姊姊，後來也因爲體態臃腫而笨重不堪。只有她，活到一百歲的時候，人們眼睛裏現出了眞誠的羨慕，夫人駐顏有術，長青樹一般永不落葉（那是塑膠的聖誕樹，夫人呵呵笑著），男人或女人，老男人或老女人，再沒有人言不由衷，她終於贏得了這場競賽。但是眞的贏了嗎？夫人的表情瞬息萬變，一霎時變得苦澀起來，她想到活這麼老的一個麻煩就是必須爲許多人送葬，細讀一篇篇訃聞，參加一回回喪禮，如同親臨一次一次的死亡，而她每經歷一遍訣別的場面，就感到墜落的力量向下扯拉著她，再多宗教的教誨也沒有用，那是黑暗大地的無邊呼喚，八爪魚一樣包了過來，就要滅頂了，陷進去了，就要翻覆過去。

那時候，躺在丈夫病房隔壁的牀上，空氣中常有一種沙丘滑落的聲音，令夫人陷入極度的恐懼裏。後來她漸漸知道，那是時間在消逝，繼續不斷，像細沙般滑過她的指縫，一瞬也不曾停。就好像丈夫的死亡是漸進的，屍斑原只是愈長愈大的老人斑，她自己臉上也有，起先只有一小塊，浮油一樣出現在靠近眼窩與顴骨的地方，然後愈長愈大。又好像她的思緒，偶爾有斷電的時候，先是孤立的事件，漸漸會分區停電。那時候，她注視丈夫茫然的眼神，知道男人的腦細胞也只是靜靜地、一個一個區域在輪流停電。

直到所有的訊號都靜止下來！

那幾年，她腦海裏出現最多次的正是斷電的場景。原本正常的曲線，一陣雜亂的上下跳動，畫面突然呈現一條白色的直線。她驚叫起來：「救人，救人啊！」燈熄了，陷入一片黑暗之中，急救的儀器在最關鍵的時刻斷了電。睡在她旁邊的醫護人員正輕輕搖撼她，她睜開眼睛，護士細聲細氣地說：

「夫人，老先生剛量過血壓，在隔壁睡得好好的。」

2

她的膝蓋一陣痠麻，小針細細地扎，多少隻螞蟻一小口一小口地咬，想到哪裏去了？不知愣了多久，她自言自語，胡亂在寫些什麼？她趕緊撕掉手裏的信紙，一片一片撕得粉碎。夫人再拿起一張背後有她名字簡寫水印的信紙，她要正色敬告美國總統：

我想再次提醒你，自由世界如何贏得戰爭卻失去和平的往事。但是請不要以爲歷史不會重演，你我置身二十世紀，我們都看到歷史正在一次次地重演它自己。除非二十世紀的領袖人物，像你在目前的地位上，具有非凡的道德勇氣，扭轉目前的歧路。否則，上帝所不允准的，God Forbid——

下個世紀的時候，我們將會發現自己無意中闖入，不，開啓了第三次大戰。

用**「闖入」**還是用**「開啓」**？夫人逐字逐字又在斟酌。同時，她盯住這一段的開頭，**「下個世紀的時候」**，下個世紀，她看得到嗎？究竟距今還有幾個年頭？

夫人惘惘地想著，其實算計也無益；她甚至弄不清楚自己剛才昏昏沉沉出神了多少時間。

對一百歲的老婦人來說，時間又算什麼呢？

上一次美國國會演說之後，晚輩孩子們幫她在紐約家裏辦了一個盛大的派對。「Happy New Year, Happy New Year.」她跟每一個人打招呼：「Yes, Everybody, Happy New Year.」明明不是過年的時間，她的眼睛裏顧盼生輝，祝賀每一位賓客新年快樂。人們竊竊私語，露出詭異的神情，以爲夫人時序錯亂，但人們只是錯愕，旋即卻又懂得了，夫人愈來愈具有非凡的能力，在時間裏穿梭自如，只要她高興，她隨時——每一時刻都在過新年。夫人喜歡明晃晃的燈光、廳堂裏絮絮叨叨的聲浪，雖然她不能夠分辨在講些什麼，但她知道，自己永遠是衆所矚目的焦點。她站在半圓形的迴廊上，繼續向每一個宴會的賓客微笑，一位女客踢了踢旁邊友伴的腳，要她注意夫人臉上不祥的潮紅，「會不會是最後一個生日？」「胭脂太厚，搽歪了一邊。」友伴小聲駁斥這種無稽的說法。夫人還是優雅地微笑，彷彿在注視某處迢遙的地方，夫人戴白紗長手套的手臂微微舉起，她要維持這個姿勢不變，像她最熟悉的那樣，等待快門此起彼落地按下。夫人在回憶裏穿梭，好奇地猜想明天報紙上又該怎麼樣繪聲繪影描寫她？

夫人穿一件棗紅色細黑條紋旗袍，外罩黑白相間披風，胸前別著蝴蝶形翠玉，搭配翡翠耳

環與手鐲……

依據過去每一次的經驗，即使開羅會議中這種改變人類共同命運的歷史盛會，報紙上的新聞總是從她的衣飾講起，一件件巨細靡遺。夫人也曾嬌嗔著說：

「達令，他們不會寫些別的嗎？」

記者們眞的不會寫別的。夫人其實記得很清楚，在她結婚那一天，英文報紙《字林西報》用半版的篇幅描述她的禮服：

新娘穿著一件漂亮的銀色旗袍，白色的喬其紗用一枝橙黃色的花別著，輕輕地斜披在身上，看上去非常迷人，她那美麗的桃花透孔面紗上，還戴著一個由橙黃色花蕾編成的小花冠。飾以銀線的白色軟緞拖裙從她的肩上垂下來。再配上那件長而飄垂的輕紗。她穿著銀白色的鞋和長褲，捧著一束白色和銀色緞帶繫著的淡紅色麝香石竹花和棕桐葉子。

喔，眞是空前的盛況。

直到現在，她耳朵裏還迴盪著孟德爾松的那支婚禮進行曲。她挽住哥哥，走在紅地毯上，記得滿屋子都是晶晶亮的大燈小燈，從她低垂的眼瞼中瞧出去，隔一層婚紗，光亮在地上畫了許多個圈圈——

不是嗎？她一向喜歡光明而排斥黑暗。這些年來，她的神聖任務正是爲自由世界高擎照明的火炬，她在信上一再地寫：

光明與黑暗的分野，就是眞理與邪惡的戰爭！

只可惜人們一再誤解她，西方記者面對她的時候，始終不知道怎麼樣去描述一個有見解的——湊巧又是美麗的——女人。

夫人的思緒快速地跳躍，她的臉色陰沉不定，接下去卻沉浸在向杜魯門要錢的恥辱經驗裏，就在那樣的關鍵時，她在美國背水一戰，當她別有深意地在公開演講中說出**「本人已極疲憊，要求和平與休息之心，較之要求米飯與麵包更爲迫切」**，第二天報紙上對她演講內容隻字未提，《紐約時報》以整個版面報導她被藝術家協會選作「全世界十大美人」之一，入選的原因是鼻子骨肉勻亭，全世界第一名。

她簡直哭笑不得，人們總是忽略了事情的重點，還有後來受邀去白宮喝下午茶的一次，她記得事前悸動的心情，等好多年了，到詹森主政，終於又有機會與美國總統懇談，交換彼此對國際情勢的洞見。她可以好好發揮自己最自豪的外交長才，用幾個典雅又俏皮的雙關語，要緊的是再多撥一些實惠的美援。見到的只是詹森夫人，她已經有點洩氣，想不到第一夫人竟然像個普通家庭主婦，談的盡是細瑣的小事，說她自己多麼愛吃中國菜，不厭其煩試著煮中國菜，閒閒地請教烹調的祕訣，好像在消磨時間。夫人漸漸焦躁了起來，她才不稀罕這樣的下午茶。幸好詹森總統在最後一刻露了面，挽著她的手扯了幾句，讓夫人扳回一點顏面！

那次，就是夫人對白宮的最後一瞥。夫人的時日有限，因此她必須言無不盡，坦誠說出很快就會讓世人悔恨莫及的警語。

容我提醒您記住約兩千年前開始流傳下來的一件大事，這裏引述一段有關的記載：當彼拉多見到他無法控制局面，反而造成大騷動時，他當衆拿水洗手，並向衆人說：流這義人的血，罪不在我，你們承當罷。

你們承當罷，see ye to it，夫人喃喃唸著，不是出語恫嚇，她心裏其實無限悲憫，她在向應該聆聽這預言的世人作見證，若人膽敢從預言上加添什麼，寫在這書上的災禍保證加在他身上，有人刪去什麼，必然先刪去他的分。夫人目光如炬，看到的是莫測的將來，大地震動，日頭變黑像毛布，滿月變紅像血，天上的星辰墜落於地，如同無花果樹被大風搖動，落下未熟的果子一樣。她的眼眶中淚光閃閃，不說它，但我們偏偏要說，多麼不得已啊（**枯桑知天風，海水知天寒**），覺得自己像那弄濕了羽毛要去救火的鳥，這正是她此一刻的心情寫照。

3

晚飯之後，夫人握著筆，又在似睡似醒的光景裏假寐，夫人聽見雨點淅瀝淅瀝打在樹葉上的聲音，樹上還有葉子嗎？三月天的紐約已經暖和到下雨？夫人枯澀的眼睛一霎時光采起來，她喜歡空氣中潮濕的氣味，儘管她想著的台北就是一場淒淒冷雨，她常在濕溚溚的雨夜繼續周而復始的夢境。

雨聲中也有寂寞難捱的片刻，有時候，黑暗中彷彿一隻手游了過來，摸索著她依然有感覺的敏感部位；有時候，她夢見一株以她名字命名的蘭花，伸出的雄蕊凝結著幾滴水珠，鮮豔欲流，她倏地紅了臉，無端有一種燥熱，她想起掛著蚊帳的山城歲月，壁上有蚊子的血，她仰面朝天躺著，柔軟開敞的身體，在不透風的屋子裏淌著汗，怎麼還有這些模糊而熱切的夢境？……一百歲，自己一百歲了，究竟那是多麼老？她打了個冷顫，現在，連蚊子也不叮她了，她的醫生告訴過她，年老的血液成分裏有蚊子也不欲的什麼，夫人感覺到自己的膝蓋骨像石頭一樣冰涼。

更多的夜晚，她聽見丈夫的腳步聲，走一步停一下，彷彿在茫茫雨霧裏嘆息，她那個倔強的男人，知道嗎？蔣家的兒孫如同受到詛咒，死了，都死了，先前做了什麼孽？還是停棺未厝出了問題？夫人記起台北這一陣爲「移靈」的事情吵得不可開交，一次一次地隔海向她請示。按理說，她應該攤開信紙來寫回信，給中常會一紙交辦的指令，給決策當局一個明確的回覆，但要她怎麼說？這一刻，她迷迷濛濛記起來當年丈夫前妻在豐鎬房被日本人炸死，她說不出地害怕，但她緊張地毋寧是丈夫當時作什麼反應。丈夫在屋裏獨坐了半晌，批下來一紙如何善後的手諭，已經看不見情緒的波動。

——鑒於時局動盪，總以入土爲安。

入土爲安？老婦人眼裏又出現了將信將疑的神色。她才不相信那一套，她想起風可利夫的墓園裏，一個個大理石抽屜晶瑩如玉，浮在半空中，她快要睡在他們身邊了？同一個墓室裏已經定下她的空位，躺在大姊身邊她會很安心，從小到大，她對大姊始終有一種對母親的愛，大姊才是決定她一生命運的人。自己怕黑，又怕冷，棺槨裏可以點一盞明亮的燈嗎？

當然還有更壞的可能，讓她歸葬回奉化，那才是令人震懼的景象。她記得當年進去鞠躬的祠堂，一層層牌位堆疊著，幽暗的角落結著蛛網，大門開啓處漏進來一角陽光，塵絲盤旋上揚，卻好像走入一個迷離的夢境。她驚疑地迴目四顧，而這一分秒，一位跟前跟後的族人正示好地說將來也有夫人的位子，在這裏「上香」還是「尙饗」，她聽不清楚，總之是受蔣家子孫世代供奉的意思。她一陣暈眩，趕緊抓牢丈夫的衣角，手心涔涔地冒汗，好似看見了自己的名字刻在祠堂裏一塊木牌上面。

……老婦人在這一刻晃悠悠記起了豐鎬房那兩扇黑漆大門，石板地像剛才磨洗過一樣泛著靑光。後來她才明白，地是刷洗過，那是一種默然的下馬威。

當時她住在新建的樂亭別墅，西式的設備，家具也是西式的沙發席夢思，雖然窗子隔成一方一方地透不過氣，比起豐鎬房的陰鬱厚重，已經像井水不犯河水的兩個世界。

而她一向晚起晚睡，第一個早晨，她睜開眼睛，坐在牀沿上，聽不見半點聲音。她把腳踏在新鋪的地磚上，一陣沁涼讓她覺得心慌意亂。她看見窗口的陰影蓋了下來，好像當空一抹黑雲，光亮被遮去一半，有些盤捲著的藤蔓，大概是屋瓦上掉下來的或者是花架上伸過來的。她慌張地找地下的拖鞋，突然有個她不願意碰觸的念頭，丈夫哪裏去了？

後來她才知道，丈夫早早起牀，踱步到豐鎬房吃點心，大太太親自下廚，玫瑰白糖豬油餡的油炸寧波湯糰。

那女人曾經記恨她嗎？他們在南京結婚，人家說，大太太是寬厚的人，眞眞賢慧，這次連名分也讓了出來。

豐鎬房那邊果然送來了雞汁烤芋艿在內的五道小菜，她表示風度地過去答謝。丈夫攙著她走進前廳，昏暗的燈光裏，她剛剛落座，一眼看見褲腳底下裹粽子一樣兩隻小腳，急匆匆走過來。黑布衫褲，黑布大襟襖，髮網鬆鬆地掛在腦後，兩隻手不停地往身上抹，好像手上還有廚房裏帶出來的油漬。

人家說，大太太管不得那麼多，丈夫一次次把女人往家裏帶，只有兒子才是大太太的命。平常數著唸珠在佛堂唸誦，爲了保佑人在西伯利亞平安。兒子先前回家的時候，太太整天站在廚房裏做吃的。

至於她自己，一絲絲油煙味也會薰得她頭痛。而她也始終沒有生育。固然是結婚時候自己堅持的條件，想想更是意志力的結果。那種守舊的家族，給你一個兒子，同時就分配了你祠堂裏排排坐的位置。

許多年後，經兒還會讓她想起那個女人的神情：肉眼泡，小眼睛眨巴眨巴地，裏面不動聲色的陰晦，悄悄覷著她看，母子倆生著一模一樣的一對眼睛。

那時候，她在老房子裏走動，覺得自己在跟看不見的力量拔河，把丈夫從古舊的氣息裏硬往光亮處拖。看著丈夫一大口一大口喝豐鎬房送來的老母雞湯，她就覺得自己怕要輸了、怕是輸定了。那時候，她在老房子裏沒事做的遊蕩，心裏也空盪盪的，後院裏藏了什麼？……黃色的菜花在窗格子上搖曳著。像是一片片飄過來的雲遮住了天，壓得她半天喘不過氣。天愈發暗了下來，要下雨？還是透進來的光線不足？她伸出頭去，才發現自己以爲的後院只是個鑿空的天井。天井中間還用竹竿曬了幾件衣服。

織縑日一匹，織素五丈餘
將縑來比素，新人不如舊

對過裏推開窗子，其實探看得見這個廂房裏的動靜。

她疑神疑鬼起來：對面有鬼火似的一對眼睛？寬褲腳底下還有兩隻快速挪動的小腳？她搗著嘴巴就要驚叫出聲。

過幾年，消息傳到大後方，日本人的飛機，三枚炸彈在豐鎬房的後牆炸開了。大太太本來已經逃出房外，發現鑰匙沒有帶，急急忙忙回去找，埋進倒塌的磚瓦堆裏。

直到今天，夫人都不喜歡老房子裏令人窒息的氣味，正如同她不喜歡黑暗。黑暗讓她想到空襲的年月，爲了怕日本人的飛機轟炸，家家戶戶用黑布遮住窗戶——

貴國同胞所以天眞可欺，因爲你們未曾在一種十分兇險的惡夢中度過了七個悠長的年歲。我們在地下室的時間幾乎與在地面上的時間相等。防空洞潮濕得令人生厭，石壁出水如汗，點滴而下。洞中因空氣不流通而發生惡臭。有些日子空襲緊接而來，沒有人有時間煮飯。月夜最爲難當；侵襲的飛機接連如浪而來。極度的疲乏滲透了每個人的筋骨和神經，我們知道敵人是想藉疲勞轟炸來破壞我們的士氣，因此我們決心不服輸。

直到現在，警報的聲音仍然頓挫她的耳膜，震動她的神經。這些年之後，曼哈頓街頭呼嘯而過的鳴笛聲，仍會讓她驚嚇的從牀上坐起來。

然而奇怪的是，各民主國家會經目睹當時的種種暴行，卻能夠若無其事的仍然跟犯罪的國家，保持著友誼關係。當時姑息的意義，明示著：當侵略國武裝起來，力量足以侵略其他國家的時候，我們往日的遭遇，就可能在今天再度發生。

她在給誰寫信？現任的美國總統，人家可是戰後才出生，年齡可以作她的孫兒，**「不加分辨的樂觀」**，她在說什麼？她記起來送亡夫花圈上那些撲撲簌簌的菊花，**「毛氏髮妻／早經仳離／姚陳二氏／本無契約」**，他們的聯姻眞是當年的盛事，**「魔鬼的惡毒人性卻不會滅絕」**，然而誰記得呢？**「反擊當前道德的卑怯與不健全的思想」**，到場的證人全作古了，她自己成爲碩果僅存的人物，不，人瑞，**「歷史自有公正判斷」**，第二次世界大戰結束五十週年的盛會，她老到作了衆人爭睹的貴賓，**「崇高道德律爲世界所急需」**，面對底下誠摯而茫然的年輕臉孔，**「不如請您談談長壽的祕訣」**，**「你與日本的金銀婆婆比較，請問誰比誰更老？」**夫人由衷地感到寂寞起來。

4

夫人剛才還在想一些漫無邊際的事：**「太原大雪／戰事沉寂」**，那是報紙上的標題。然後她聽到壺嘴噴出蒸氣的單音，忽緊忽慢地極有節奏。夫人不相信自己坐在搖椅上也可以這麼快就發出鼾聲……

她閉著眼，面前的事物卻又清晰可見，大花圃中間有一方玫瑰園，路兩邊種著南洋杉，另一條路種著白千層，每次座車回來，都能夠在最短的時間內從喧囂進入寧靜。由於刻意經營的層次感，占地不大，後面卻像傍著蓊蓊鬱鬱的高山。藤架上開黃花的植物叫做軟枝黃蟬，暗赧色是花形奇巧的紫荊，底下一盆盆茉莉，向晚時分就吐露芬芳，有暗香盈袖，夫人彷彿坐在士林官邸的院子裏。旁邊的搖椅空了，還在前後擺盪。夫人睜開眼睛，她在這孤寂的世界上無聲地找些什麼？

每次似睡非醒的時候，夫人自有某種神祕的體悟。夫人記起凱歌堂天花板上精緻的水晶燈、前排專用的紅絲絨座椅，**「具有上帝的形象？」**那是過譽了。夫人臉上浮出淡淡的笑意，作為基督徒，她並不排斥這樣的說法，人都是依上帝的形象造的。想到這裏，她決意不再厚彼薄此，當下要跟遠道送來壽禮的李登輝總統寫一封信。二十多年孀居的日子，她十分克制自己，偶爾才會為了國家前途向現任元首陳述攸關大局的意見。

好在是主內兄弟姊妹，一霎間靈感湧現，想到報紙上斷斷續續的憲政爭議，她以自己所熟悉的經句開頭：**「人若懷裏搋火，衣服豈能不燒呢？人若在火炭上走，腳豈能不燙呢？」**夫人端詳了半晌，覺得不妥，好像多了點隔岸觀火的悻悻然，夫人可沒有那樣的意思。她畫掉，隨手寫下一句：**「擁抱有時／擁抱無時」**，寫給一位任上的總統，還是會引起不必要的誤會，夫人又換了一張信紙。

「你堅守　總裁昭示的眞義，自不必害怕黑夜的驚駭，或是白日飛的箭，也不怕黑夜行的瘟疫，或是午間滅人的毒病。」夫人用《舊約・詩篇》起頭，接下去就格外語重心長。**「望登輝同志繼續對黨忠誠，為黨策謀，一切以黨國為先，以復興基地為起點」**復興基地——夫人想了想，好久沒聽見這熟悉的詞彙了，她放下筆，記起自己搭乘軍機來到台北，冬天慘淡的陽光照耀著松山機場，迎接她的車輛充滿了挫敗的氣息，一路退到台灣，已經退無死所，這是丈夫的最後一個據點。飛機引擎的噪音裏，她想著渺茫的前景不寒而慄，但她畢竟選擇來到丈夫身側。前一天她還在紐約電台裏對全美國廣播：

我不是回到南京、重慶、上海或廣州，我不是回到我們的大陸上去，我要回到我的人民所在地的台灣島去，台灣是我們一切希望的堡壘，不論有無援助，我們一定打下去。

當時，她清清喉嚨繼續說：

我不能再向美國人民要求什麼，我在貴國停留的這幾個月中，沒有發表演說，也沒有作過呼籲。我的國家雖然亟需你們的援助，但我從未參加求援的戰爭——

我們伸著空無一物而願接受援助的雙手直立著，我們謙卑而又疲困的直立著。

對準麥克風的時候她挑高眉毛，繃緊了面部肌肉，就是後來照片上常見的表情。在人們心裏，她擁有一些不是與生俱來的威嚴，「母親您不怒而威」，經國這麼說，說話的時候低著頭，好像不敢與她的目光相遇。夫人後來也很少開口大笑，即使丈夫說她吃生菜沙拉的習慣像一隻吃草的羊，她也只是抿嘴一笑。年輕時候她聽到好笑話會笑得前仰後合，直到她感覺笑也是一種讓肌膚下墜的力量，夫人想到自己母親，後來乳房垂在腰際、堆疊至腹部的贅肉上，以夫人對身材的嚴格要求，那簡直自暴自棄！夫人不厭其煩地每天量一回體重，正如同她不厭其煩地在信裏一遍遍提及自己的家世。夫人挺直了腰桿，慎重無比地寫著：

國父革命創黨，先嚴耀如公為　總理密切夥伴，掩護同志籌助經費，余家為祕密集會處所之一，因而遭致清室懸賞通緝，被迫挈家倉促逃避東瀛。尤憶民國十三年一全大會集會廣州，與會同志，朝氣蓬勃忠黨愛國之情溢於言表。余當時在座，曾親聆　總理昭示，組織有力政黨，以黨改造國家。

夫人嘆了一口氣，接下去才是最重要的：

「**當年國父如不創黨，則無今日之中華，台澎依舊日本殖民地，飲水思源，發人深省。**」她記起了一些什麼？她究竟要說的是什麼？那年驟然來到海島上，先是下不完的梅雨，接著夏天的陣雨來了，或者是心境的關係，又不比在重慶，那裏即使一百五十架飛機輪番轟炸，還是有指望的，十月就進入霧季。她看到車窗玻璃上模糊的水光，一串串濺起的水花，此地的三輪車好像在運河裏行船，零星的招牌在雷聲中搖曳著，她的座車在三軍球場的廣場前停住，穿木屐的女人捲高了褲腳，從水窪裏踢踢拖拖地走過，這個城市原來是沼澤還是水道？城門樓上元首的照片在雨霧中濕溚溚地泛著潮意，而她裝在衣箱帶來的皮件，已經長了刮不掉的白霉。一場颱風過後，瘟死的雞鴨隨波逐流，街道上飄浮著腐物的味道，厚厚一層汗泥在太陽曝曬下，注定將孵出生生不息的蚊蠅。她疲憊地閉上眼睛，睡不著的長夜，她的風濕又犯了，記憶的重量漸漸壓垮了她，她想著自己的嘴角一天天向下沉墜，在這個多颱風多地震的小島上，當年巡視前線造成的背傷、抽煙留下的鼻竇炎，以及身上又疼又癢的蕁麻疹經常困擾她。圓山飯店翹起的屋脊，淒淒的細雨中，如同故國渺茫的夢境……

就在那時候，她爲了排遣心情開始跟老師們學畫，台灣一處處氣象萬千的景色，都像是曾經臨摹過的長軸。她在清冷的雨夜裏展卷閱讀，寄情於暫時陷落的錦繡河山，時光變得舒緩起來，顏色在宣紙上漫漶一片。夫人再沒了強烈的情緒，外交戰場上揮灑不開，她有些說不出的落寞。信任的人才有的涉案有的遭到撤職，旁觀的外人倒看出端倪，淸一色換上了太子的人馬。經國肅立在她面前必恭必敬的解釋，她聽的意興闌珊，這些年來，她其實始終沒有替自己爭取過，她從來不是苦苦經營的那種人。

「余飽經憂患，志切黨國」，她要在信裏交代什麼？其實她腦海中，對李登輝只留下浮面的印象，一九七五年丈夫過世的時日，她不記得李擔任怎麼樣的官職。但很奇怪地，後來每次進出台北，看李登輝站在停機坪上恭敬地迎送，大大的個子，臉上帶著僵直的笑意，夫人卻可以感覺到這個男人的頑強，如同那位主宰她多年生命的男人！

啊，她的男人守紀律、重然諾（夫人這時遲疑了一瞬，漢卿的事情除外），他是天生軍人，也只有穿起軍裝才最登樣，規律的作息始終如同住在軍校宿舍裏。「噢，我們美國可不這樣子的」，那是她向新婚丈夫撒嬌用的口頭禪……水晶酒杯、威瑪王朝的瓷器、巴黎進口的浴盆，比起來，她娘家的擺飾帶著夢一樣的奢華品味，開派對的夜晚，懸垂下來五顏六色的小燈，院子裏瀰漫著朦朧的浪漫氣息。當年，坐在拉都路那張雙人牀上，她經常淚水漣漣。婚後的日子怎麼那樣難挨？自己做對了嗎？……日子好像陷入難解的僵局。她源源不絕的淚水，亦由於內心深沉的迷惘，婚後無意中發現先她存在的事實，丈夫向另一個女人吐露過的，竟然是無比濃烈的感情：

「披閱潔如箋，愛戀我之情，無異孺慕也」；**「下午，攜潔如赴汕船次，爲情魔纏絆，憐耶？**

惱耶？歡無已時」：還有更露骨的白話文，丈夫稱呼那個女人「我最親愛的妻」，底下署名爲「熱愛你的介石」，信裏寫著：**「我一天從早至午至夜，都在想念你」；「我眞想假如此行你能一路陪我多麼好，附上兩張快照。請注意：我身上穿的是你給我的那件披風，那就是說：我在想念你」；「我在算日子，期待與你重聚」，「我巴不得你現在就在此地給我慰藉」；「附奉在莫斯科拍的幾張照片。你會高興看見我穿著那件披風，其意義就是我愛你」**；她坐在一堆退回給男方的信中間，一封一封地搜尋，提及自己的部分，只出現在一封攻克武漢向那女人告捷的信裏：

有一件令我驚喜的事，就是我收到宋美齡一封電報，爲我的勝利致賀，並稱我爲英雄，我已覆電致謝。

難怪別人把兩家的聯姻看作政治目的，讓她氣憤難平地莫過於這表示她沒有那麼可愛，丈夫心裏眞正喜歡的是另一個女人，只是爲政治野心才央求她大姊作媒，包括策略性地安排那個女人暫時去外國讀書。她極在意這一類的傳言，尤其她快快地發現在經國心中，潔如那位「上海姆媽」竟然也有不尋常的地位。

即使過了那麼多年，這樣的想法仍然讓她怒不可遏。因此她要不停地寫信，她在跟丈夫比賽寫字。自己每多寫一行字，多寄出去一封信，可就更加證據確鑿起來。丈夫謝世之後，她在一封封給別人的信裏敘述自己的傷懷：

余每條而悲從中來，那年返回士林，陳設依舊，令我有人去樓空之感，以往慣常之言音足

音皆冥冥肅然。

又不是老年喪偶，而且鶼鰈情深：

余與父親除數次負任去美，其他時日相伴近半百年歲，尤以諸多問題，有細有巨均不憚有商有量。

她還怕經國不夠明瞭，特別舉出感同身受的實例：

此種扣心縈懷情性，只有如汝與方媳結合四十餘年者，可能體會之。

只要她鬆懈下來不再繼續寫信，由著別人去說長道短，她對自己的婚姻實況便沒有置喙的餘地。幸而她記得所有的事，不至於讓眞相沉埋下去，她必須振作精神來寫信，**「他們同心商議，彼此結盟，要抵擋你」**，《舊約》上這樣寫過？**「當時他們人丁有限，數目稀少，而且在那地爲寄居的」**，這又出自《新約》了？她耳朵重聽，皮膚的毛病讓她夜不安枕，但她公開出現的場合總是精神矍鑠，不是嗎？她一向有這樣的意志力：**「你們也許要用紅墨水標誌中國部分，但我們必定要把這些顏色，點點滴滴，一步一步抹去的。」**曾經是她阻止赤化的豪語，同樣的堅毅不屈，她立誓要用橡皮擦拭已然寫在紙上的歷史。她記起士林官邸裏一叢一叢的花木，假山後面有幾株暗綠色的闊葉植物，重疊的葉片在雨水裏沖刷過一回，碩大的花朵彷彿騰空而起，苞蕾深處，環抱著最令人震顫的祕密。這瞬間，月光裏樹的枝枒頂端，又像離她住處不遠的克萊斯勒大樓，金頂的花苞，向著至高處的穹蒼冉冉升起——

「哦，答應我！」在她婚禮上，請來的美國歌手唱這首音階高到嗓音極限的曲子。

她緊緊挽住哥哥的手臂，踩在紅地毯上，踏上了怎麼樣的一條路？報紙推波助瀾地寫著：**「這是近年來一次輝煌盛舉，使得南京軍隊中最強有力的領導人和新娘的哥哥宋子文博士的家庭及國民黨創始人已故孫中山博士的家庭結爲一體。」**外人怎麼知道呢？她必須坦誠地說，盛大的婚禮過後，接著卻是至爲困難的適應期。

他們沒有丁點相同的地方。關鍵或者在她，她難道希望自己的男人同時是強者與弱者？她要無時無刻地君臨他，她又喜歡嘗到被他君臨的滋味！

丈夫在她面前，即使展現出最大的忍耐與彈性。許多時候，聽著丈夫在隔鄰焦躁地踱著步子，皮靴戈登戈登地響，她只想怎麼趁對方精神鬆散的瞬間，找到虛弱的地方，一句話讓對方痛徹心肺。

總有一方先行放棄了冗長的角力——

早些時候，她就已經預知將是這樣的結局，他會老到靠她拿主意，任她發號施令，他老到如同一個無助的嬰兒。

那時候，挨在丈夫耳朵近旁跟丈夫說話，她看見的只是白茫茫一片的眼神。

她意識到時間緊迫。她恨不得死命晃動丈夫，好像搖牀邊停擺了多時的鐘一樣，努力把她那個男人喚回來。

愈接近病篤，愈是靠她作所有關鍵性的決定，儘管是些任性的決定。最後一個冬天，她還可以跺著腳對醫生說：

「我不管，他如果住在醫院裏，我自己要回士林官邸過 Xmas，我搬回去。」

丈夫死了，她才好像第一次走入眞實的人世間。倚仗別人的禮遇過日子，她敏感地知道，人們是在敷衍她了。

從那時候起，她覺得責無旁貸：「晚，猶未太晚」，她必須知無不言：「不說，但我們偏偏要說」，她在無遠弗屆的信裏作丈夫的代言人：「提防思想的摹擬之害」，這個分秒，她正鬥志昂揚地寫道：

登輝同志熟諳黨史，當已了然於胸。三全大會　總裁昭示：「保障國民黨光榮歷史的基礎」，四全大會昭示：「黨內團結爲禦侮圖強之基」，民國二十七年臨全大會，總裁提示：「國民黨必須堅強團結」、「強化全黨」，十全大會昭示：「健全組織」悉皆本黨應率行之準則，如今台灣社會正受衝擊，人民企求法制民主，持舊創新，在在需求準則。

如任意製造民意，淆惑視聽，則非所應爲，而爲國人所共棄。夫崇尚民主，愼防爾「民」我「主」，庶幾不負　總裁在天之靈。

一邊寫，她記起許多年前就已經在演說裏替丈夫亟亟辯護：

蔣總統是世界政治家中首先揭發共產黨徒陰謀的第一人，同時也是著手反共的第一人。幾年以前，他因有反共的勇氣與毅力先獲得讚揚。現在卻被人侮蔑了。時代雖已改變，但此人

並未改變。

她的語氣沉痛而冰冷，她梳成橫S髻的頭髮一絲也不亂，豎直了椅背，她正在給國家現任元首寫信。她知道，到了這個年紀，信箋更重要的意義在於：她終究獨自擁有了——再也不容人曲解的他！

5

夫人又一次從眠夢中醒轉的時候，她趿著拖鞋匆匆下牀，心情頓時沉重起來，遠道的祝壽賓客聽說都下榻在附近酒店裏，漢卿夫婦怎麼沒有到？人們告訴了他沒有？

這瞬間夫人糊塗起來，最近經常如此，愈要弄清楚的事情愈難以確認。倒是那封重要的信始終沒有寫，她擱在心上那麼久，以致她剛才的眠夢中都喃喃唸著：「我們對不起漢卿。」

怎麼下筆？這是夫人最爲躊躇的地方。儘管丈夫生前她一次又一次催促：「不是說好要起用人家？」而她在處理張學良事件上的意見，一向與丈夫格格不入，丈夫就鐵青著臉要她少說話，再一抬頭，她打了個寒顫，丈夫眼裏閃著不易顯露的凶光，「難道要人家讀書思過一輩子嗎？」當時她反唇相稽，此刻她卻有更深沉的疑慮，她預感歷史論斷終將倒向不利丈夫的一邊，包括她自己在〈西安事變回憶錄〉中的文字，假以時日，也會成爲後世批判丈夫的幫凶。那篇「回憶錄」中，自己一再爲漢卿說情，後來她一回回拿出來重新琢磨，如今再次思忖，她擔心將來會有說不準的一連串麻煩；

所可喜者，雙方辯論雖甚激昂，始終絕未提及金錢與權位問題。歷來叛變軍人所斤斤不能去懷之主題，此次竟未有一人置懷，由此足見彼等此舉有異於歷來之叛變。

余等深知此次事變確與歷來不同，事變之如此結束，在中國政治之發展史中，可謂空前所未有。

事實上，比較自己寫的「回憶錄」與丈夫寫的〈西安半月記〉，簡直可以看出誰在那裏撒謊。「半月記」中處處罵張學良，「回憶錄」中處處為張辯護，當時就有人暗示夫人改一改，但夫人始終拗在那裏，她以為自己在對歷史負責，她可是要對得起歷史！

這正是夫人近些日子很不安的地方，她對得起誰？誰又對得起她？想想她就迷惑起來。夫人知道丈夫最在意歷史功過，她決意再寫一封信，用意是幫丈夫澄清幾件事。患難見眞情，她最近是有所感慨——

也因為漢卿來美國的消息見報，說是要把當年的眞相供大學作研究，什麼口述歷史一類的時髦玩意。夫人皺起了眉頭。夫人讀到的報紙上，眉毛彎彎的趙四挽著漢卿的手，無限溫柔地說：「跟他在一起，一切聽他的。」

夫人心裏眞有說不出的滋味，其實西安事變是一個分水嶺，聽到丈夫下落不明，她記得自己多麼驚惶，雖然表面上要作出鎭定的樣子，婚後第一遭，她算是有了夫妻同命的感受。她擔心那些別有圖謀的武人轟炸西安、傷了丈夫。那時候，去西安營救丈夫之前，她已經一封一封信地振筆疾書：**「余復請瑞納攜一函致委員長，……余復以長函致張學良……」**後來為了對漢卿的安全擔保，以及丈夫作的不同處置，她卻不惜在「回憶錄」裏責怪丈夫：

委員長之性情，每有計畫，非俟其成熟，不願告人；遇他人向其陳述意見時，或有不容異議之見，而以對其部下爲尤甚。

彼等確有不平之情緒，而自謂其有相當的理由。一部分國人若對中央懷抱不平，中央應虛懷若谷，探索其不平之究竟，而盡力糾正之，同爲國人，苟有其他途徑可尋，又何必求軍事解決也。

回溯起來，她甚至是狠心的，她不能夠像平凡妻子在任何情況下偏袒自己的男人。這個分秒間，她放下沒寫一個字的墨水筆，記起自己怎麼樣一再漠視丈夫自尊心受到的傷害。用英文交談的場合，其實她強烈感覺到丈夫深切的不安全感，但她就是故意要去挑釁。有時候跟美國大男孩以雙關語調調情，小試一下自己莫之能禦的吸引力。即使是開羅會議的場景，丈夫被安排在邱吉爾身邊，臉上一副尷尬的表情，她都刻意不靠過去替丈夫解圍。她瞧見丈夫一身硬挺的軍裝，雙手抓住什麼護身符一樣，緊緊握著那頂綴著青天白日國徽的軍帽，裝得彷彿他聽得懂，在場每個人又都知道他聽不懂。她自顧自嬌笑著，不時拋個媚眼，用腳趾前面鏤空的高跟鞋，踢一下羅斯福總統抖過來抖過去的那隻跛腿。

她故意裝作不知道丈夫的痛處在哪裏，或者是他們的位置，連夫妻的情感都變得複雜起來。他贊成她、她不贊成他，她是政治的、她不是政治的，但她明明沒有那麼政治！後來無數次的夢裏，她看見丈夫手腕上一道血痕，嘴唇無聲地繼續顫動，她必然用了太猛的力道，她到底使出多大的力氣？只怪那時候外面有些風風雨雨的傳言，甚至揣測老先生已經大去。那次恰好是闢謠的時機，十一屆三中全會結束，主席團代表到榮總晉見老先生。

她指揮侍衛替丈夫穿上長袍馬褂，再把病人抱到椅子上扶扶正，但是那隻肌肉萎縮的右手很容易露出破綻，一不小心就從沙發扶手上向下滑。

有人七嘴八舌出主意，索性用透明膠帶將手腕固定在扶手上，大概就掉不下來了。侍衛拿膠帶來，幾番猶豫不敢下手。倒是她急不過，匆匆自己動手紮起來，紮得很緊，深怕瘦得皮包骨的手腕還會滑動。

老先生翻翻眼皮，她看見泡在淚水中的眼眸，好像在苦苦地告饒，那必然是世界上最哀傷的一對眼睛了。那瞬間，對一個久病臥牀的老人，她知道是顧不得那麼多了，她也頗爲詫異怎麼會這樣地狠心(自己究竟用了多大力量？)，但她某種生命的強度，總讓她在最緊要的時刻冷酷起來。那時候已經機不可失，即使最短暫的一瞥，足以使人們相信他還在那裏，**「你說我是王，我爲此而生」**，全國人民沒有比現在更需要一張照片，一張照片就能夠支撐人民度過難關，**「復活在我，生命也在我」**，快要闔上眼的最後一瞥，他依舊照看人們的每一時刻：**「……余日夜侍疾，禱望總統恢復健康，掌理大事，能多一年領導，國家即多一年紮實根基」**，正是她那時候的心情寫照。

「如是幾近二年，不意終於捨我而去，而余本身在長期強撐堅忍，勉抑痛苦之餘，頓感身心俱乏」，晚了，完了，落幕了。萬念俱灰的心情裏，再提起歷史功過，她只想要追憶自己想要記取的部分：

我終於得以飛到西安去到他的身邊。當叛變他的人讓我去看他時，他驚詫得以為我是一個幻影。在他稍微安定了之後，他給我看那天早晨他所讀的經句中的一節：「耶和華在地上造了一件新事，就是女子護衛男子。」

她在護衛他嗎？她護衛過他嗎？會不會嫌晚了？還是永遠不會太晚！另一封信裏，她開始疾言厲色，她決定筆力萬鈞地寫下證言：

一九三六年，先總統在西安被幾個與共匪祕密勾結的部下囚禁。

丈夫是對的，她終於看出他超越同時代人的睿智：西安事變的插曲，必然讓丈夫失去剿匪的先機，否則，怎麼會有後來全盤失敗的困阨命運？她記起退守海島的丈夫一年比一年蒼老，反攻大陸的夢想一年比一年渺茫，從南到北，一處處鐵皮眷村改建成為一排一排磚房，愈來愈有長住下來的打算，眷屬們還聚在一起縫征衣嗎？夫人猛然想到早上一封信是寫給婦聯會姊妹的，她要謝謝她們一針一線合力繡的《**百壽圖**》。夫人的記性很好，她一個字一個字寫下組織的全名：「**中華婦女反共抗俄聯合會**」，抗俄？抗什麼俄？夫人當時愣了一愣，依稀記得俄國已經揚棄了共產主義。

丈夫過世後，夫人靜坐在凱歌堂的絲絨椅子上，外面風雨如晦，一遍遍，她在心裏默唸聖徒保羅的下場。丈夫已經鞠躬盡瘁，人們在他死後還要繼續背棄他，一尊尊銅像從操場中央敲了下來，偷偷摸摸地徹夜運走，分明把領袖看成走投無路的流亡者：

那位既扶病又疲憊不堪的老人，正被六名士兵押解著匆匆通過羅馬的貧民窟，走向蒂勃河，然後沿著奧斯汀路走了三英里，出了羅馬，轉向左邊，進入一個小松林中。在這個小松林中，能醫病的聖泉正潺潺流著，在那兒聖保羅被剝去衣服，遭受最後一次的鞭打，然後被綁在一棵松樹上，給砍下頭來。

自從來到這復興基地的海島上，她記起丈夫每天睡覺前都要檢查裏裏外外的門窗，還會提醒站衞兵的崗哨，要小心防備。她聽見丈夫站在雨裏的嘆息，就在院子的那棵扁柏底下，丈夫嘆著說：

他們要這樣判我的罪？

就從那時候開始，夫人想起聖保羅怎麼樣孜孜不倦在寫信，給羅馬人書、給哥林多人書、給加拉太人書、給希伯來人書……世人們都充滿懷疑，這時候寫下的話，終於在後世放出耀眼的光芒。他勸勉他們、指導他們、忠告他們、教育他們、曉諭他們、鼓勵他們，不正是她鎮日在做的，她也把握時間在寫信，那裏有人生最重要的使命、以及處世不可或缺的眞僞之辯。她好像宣道的使徒，世道變了，不能讓內心世界再亂了套，前一封收到壽禮的謝函中，她也對婦女會的姊妹諄諄教誨：

婦女作爲母親，必須恢復對長大成人兒女的指導權，眞理要使其不可磨滅地銘刻在青年人的頭腦之中，俾可成爲他們人格中最耐久的部分，用以抵制台灣社會的目無法紀，男女同校

的越軌言行，以及一般現代化生活的誘惑。放蕩不羈若被誤以爲就是自由，那眞是台灣社會最大的悲劇。

眞的是目無法紀，那怎麼叫做自由？她聽說官邸前面的小徑改置了五顏六色的活動公廁，自己每天散步的花圃成爲人們拍婚紗照的地方，甚至作禮拜的凱歌堂也任由人們指指點點，……正因爲她不曾自私地置產，她反而失去落腳的地方。人們連她百年都等不及了。士林的正廳還有圍籬擋住，幾處賓館就更不堪聞問，夫人想像人們對她住宿的臥房也要探頭探腦，她覺得十分窘迫，好像用過的被單沒有換掉，渾身上下適時地癢了起來。另有一本本未經授權的傳記、未經批准的小說，書裏甚至摹擬她的口氣、僞造她的信函、誤解她的想法，這都因爲沒有了權勢。夫人愈益感到丈夫應該無所不在，她必須提醒國人，你們曾經多麼愛戴他，你們怎麼可以忘記呢？尤其不應該忘記讓全國陷入一片愁雲慘霧的葬禮：

千千萬萬之人身歷其境，不分你我，融協隨和，靜默無聲，神態嚴肅，循序排隊，耐心佇候，盡日漏夜，忘其累苦，只求一瞻總統遺容，致最後之敬禮。紀念館前一排民居，有自動開放門戶二十四小時予人方便，亦有自動供應茶水者。……當靈櫬奉厝慈湖，沿途民衆跪祭泣拜，如波浪之此起彼伏……喪期中市塵靜穆，極少穿花綠色衣著者，有之則受民衆路上之瞪目制裁；宵小斂跡，閭閻不警。……

當時，她記起漢卿也站在瞻仰遺容的隊伍裏，滿臉都是哀思，**「關懷之殷，情同骨肉」**，那是他送的輓聯，夫人只願意記得這個上聯，下聯呢？**「政見之爭，宛若寇讎。」**，兩個纏鬥了一輩子的老人，不是政見之爭，到頭來只剩下了意氣之爭，頑強而孤獨，誰教男人都不願意用言語表達情感。她想到丈夫每天晨起拿著一枝鋼筆手電筒，彎著腰，躡手躡腳地，輕輕轉動門把，摸黑走進盥洗室洗臉，爲了不要吵到遲睡的她。她瞇著眼看見，卻又翻過身假裝睡得正香……

夫人這一刻的眼光溫柔而縹緲，信紙上泛著潤澤的水光，她寫不下去了，夫人憶起從榮總返回家住的幾個月，坐在官邸的陽光裏，螢光幕上是《長生殿》的劇目，一句纏綿悱惻的**「愛妃啊！」**她突然有個衝動，想要握住丈夫的手，……**「人跋涉，路崎嶇，知何日，到成都，」**那時候，劇中人還有天長地久的想望。接下去，撲面而來的死亡氣息中，她才想起已經來不及告訴他，她其實需要丈夫的庇蔭，而她始終活在那樣的庇蔭裏。

夫人望著自己寫信的一雙手，隱隱然青筋浮現，……誰還會那樣對待她？誰會幫她克服死亡將臨的孤寂之感……夫人看著枯乾的一雙手又好笑起來，居然要花一百年的時間，她才終於體悟到，在這個冰冷的人世間，除了丈夫的恩寵，任何人對她的生活原來毫無裨益！

6

老夫人一百歲那天，她想到寫來寫去，她從來沒有給丈夫寫一封信

（只怕倉皇負了卿，負了卿）

她要告訴他，她比當年更需要他，幫助她克服恐懼，克服寒冷

（膝蓋骨爬上來的春寒，太匆匆）

在另一個世界裏，我們相聚的日子就要來了

（其中所矜誇的，不過是勞苦愁煩、轉眼成空，我們便如飛而去）

夫人攤開信紙，介石夫君，生前沒有這樣稱呼過他，此刻聽起來格外婉轉

（什麼時候起？我會跟死人寫信了）

令偉作他們花童時候的穿著竟然歷歷如繪，「白緞子滾邊的天鵝絨短褲與短上衣」，可是令偉也死了

（訣竅只是繼續呼氣、吸氣：The Trick is to Keep Breathing）

人家說，我的化身人物死了

（碰到老朋友的時候，我高興時候會說：You´re a handsome boy. Yor´re as handsome as ever.）

介石夫君，相聚的時日難道就在眼前

（我們度盡的年歲，好像一聲嘆息）

像我這樣的老人，這次的熱鬧過完了，下一次受重視的時候是死亡的來臨

（應付老年的方法，就是築起一面面牆，把自己關在寂靜裏面）

但是好不好笑，時光好像又走回頭了，人家告訴她，林肯中心還有盛大的生日慶祝會

（這件事弄到後來，要怎麼結束呢？）

介兄你還記得麼？《長生殿》的女伶綰著高高的圓髻，水袖舞得像招魂的鬼魅，清亮的唱腔道：

百年離別在須臾
一代紅顏爲君盡

（不，恰恰是相反了，老夫人危顫顫笑著，臉上豔如桃花：哪有什麼離別？——她的百歲誕辰，正是歡慶與相聚的時日！）

本書收錄作品索引

篇名	完成日期	首度發表刊物
〔輯一　邊緣紀實・虛構台灣〕		
玉米田之死	一九八三	聯合報副刊（短篇小說獎首獎）
在巨星的年代裏	一九八七	當代
台灣奇蹟	一九八九	聯合報副刊（短篇小說獎首獎）
虛擬台灣	一九九六	新新聞
〔輯二　人工的紀事・智慧的傳奇〕		
世紀之疾	一九九三	聯合報副刊
童年故事	一九九三	聯合報副刊
天災人禍公司	一九九三	聯合報副刊
禁書啓示錄	一九九一	聯合報副刊

人工智慧紀事　一九八九　幻象雜誌

郝大師傳奇　一九八七　聯合報副刊

〔輯三　天涯共此時〕

行道天涯（節錄）　一九九四　中國時報人間版

百齡箋　一九九七　新新聞

平路創作年表

書名	文類	版本
玉米田之死	小説集	一九八五 聯經
椿哥	小説集	一九八六 聯經
五印封緘	小説集	一九八八 圓神
到底是誰聒噪	評論集	一九八八 當代
紅塵五注	小小説集	一九八九 皇冠
在世界裏遊戲	評論集	一九八九 圓神
是誰殺了×××	小説集	一九九一 圓神
捕諜人	長篇小説	一九九二 洪範（與張系國合著）
非沙文主義	評論集	一九九二 唐山
行道天涯	長篇小説	一九九五 聯經

國家圖書館出版品預行編目資料

禁書啟示錄／平路作. --二版. -- 臺北市：
麥田出版：城邦文化發行，2002〔民91〕
面；　公分. --（當代小說家；5）

ISBN 986-7895-28-2（精裝）

857.63　　91009042